LE TRIPODE

Littératures ■ Arts ■ Ovnis

NÉE CONTENTE
À ORAIBI

Bérengère Cournut

NÉE CONTENTE À ORAIBI

roman hopi

LE TRIPODE

* 1 *

Je suis née contente à Oraibi, ancien village hopi perché sur un haut plateau d'Arizona. Je dis *née contente*, car à l'âge de vingt jours, quand les femmes m'ont présentée au soleil levant, il paraît que j'ai poussé des cris qui ressemblaient plus à des éclats de rire qu'aux pleurs ordinaires des enfants. Après la période rituelle durant laquelle j'étais restée dans le noir, encore en lien avec le monde d'en dessous, j'étais sans doute heureuse de découvrir enfin la lumière du Quatrième Monde, celui dans lequel j'allais devoir trouver ma route, en harmonie avec le grand projet de vie de notre créateur le Soleil Dieu, Taiowa.

On m'a raconté que pour me faire fille de son clan, et parce que je lui avais pissé dessus la première fois qu'elle m'a prise dans ses bras, une tante m'a d'abord nommée Honawpaahu, Ours-qui-se-répand-comme-une-Fontaine. Puis comme ce jour-là je riais à gorge déployée, une autre m'a également baptisée Tayatitaawa, Celle-qui-salue-le-Soleil-en-riant. Enfin, parce que je suis sortie du ventre de ma mère avec les pieds tordus, une troisième femme du clan de mon père m'a encore nommée Tiihukuku'a, Pieds-qui-dansent-entre-deux-Feux – façon habile de conjurer le sort, et de consoler ma mère contrariée par ce léger handicap. Toutes m'ont ensuite souhaité de vivre longtemps en bonne santé, et de mourir sans souffrance dans mon sommeil, avant de me ramener chez nous, où toute ma famille était rassemblée pour fêter mon arrivée à la lumière.

Dans les semaines qui ont suivi, j'ai cessé de pisser sur les gens et, ficelée sur mon berceau de roseaux comme le sont tous les nourrissons, moi plus encore que les autres à cause de mes jambes mal formées, j'ai ri avant que de pouvoir danser. Voilà pourquoi je suis restée Tayatitaawa.

Mes pieds fous ont longtemps fait de moi une enfant sage, très différente du garçon qui était venu à mes parents auparavant. À ma naissance, mon frère déployait depuis plusieurs années déjà son énergie de chien de prairie à travers le village. Il paraît qu'avant de savoir marcher, il rampait en dehors de la maison accroché aux fesses des dindes sauvages. Plusieurs fois, celles-ci l'avaient mené jusqu'à la couverture de notre voisine – ce qui lui valait depuis le surnom de Mànkwatsi, Celui-qui-sait-s'y-prendre-avec-les-Filles.

Un jour, ma mère l'aurait encore récupéré au bord de la mesa, prêt à basculer dans le vide, et vers trois ans, il grimpait toutes les échelles à sa portée. Son jeu favori était alors de libérer les faucons captifs sur les toits de nos voisins. Si bien qu'un jour, l'un d'eux, fâché d'avoir perdu son frère ailé par la faute du mien, a appelé Soyoko, l'esprit qui châtie les enfants en les emmenant loin du village. Ma mère a dû parlementer longuement avec Soyoko et lui donner un plein sac de maïs pour que mon frère puisse rester chez nous.

Mon père n'a pas fait preuve de la même indulgence lorsque, quelque temps plus tard, on l'a retrouvé en train de massacrer un serpent. « Les serpents sont nos frères, a-t-il expliqué à ma mère. Leur faire du mal, c'est faire du mal à l'ensemble de notre peuple. Si personne de ton clan ne châtie notre fils lorsqu'il s'écarte du bon chemin, je dois le faire. » Puis il a allumé un feu de cèdre vert et placé mon frère au-dessus, dans la fumée âpre et toxique. De ce jour, mon frère a retenu deux leçons : respecter les serpents et faire ses expériences le plus loin possible du regard de notre père.

Une autre chose que je sais parce qu'une sœur de ma mère me l'a racontée, c'est qu'au jour de ma naissance, Mànkwatsi a poussé un cri. Un grand, long et beau cri.

Les douleurs avaient commencé depuis le milieu de la matinée, les fenêtres étaient occultées, ma mère installée sur un lit de sable chaud. Tout se présentait normalement, si ce n'est qu'en fin d'après-midi, alors que son ventre se durcissait régulièrement comme une courge gorgée d'eau, aucune fente assez large ne se dessinait pour laisser passer ma tête. Les femmes du clan commençaient à craindre une demi-naissance : l'enfant est expulsé du fond des entrailles, mais refuse de passer la dernière porte. Si l'envaginement se prolonge, la vie de la mère est en danger. Tour à tour, elles conseillaient donc à la mienne de s'asseoir, de s'accroupir, de se coucher, afin de me forcer à sortir, mais rien n'y faisait : je restais hors de vue. Devant cet entêtement, elles ont fini par faire brûler de la sauge blanche, au cas où un esprit malintentionné, caché quelque part dans la maison, ait eu pour dessein de m'empêcher de naître. Cela resta sans effet.

À la fin du jour, ma mère était considérablement affaiblie. Mon père, que les femmes n'avaient pas encore autorisé à entrer, attendait devant la maison depuis le début, écoutant les cris déchirants qui lui parvenaient de l'intérieur. Quand les cris se sont transformés en soupirs inquiétants, il a exigé de voir sa femme. Il est entré dans la pièce obscure, a cherché ma mère à tâtons puis, la saisissant à la taille, l'a serrée, serrée, espérant ainsi faire céder le gros ventre. Je ne sortais toujours pas.

Le seul espoir de sauver la situation était désormais de faire appel à un homme-médecine. Ma mère réclamait celui du clan du Blaireau, qui habitait Bakavi. En partant sur-le-champ, mon père avait une chance d'être revenu avec lui avant la nuit, mais il fallait que quelqu'un continue de soutenir ma mère. On est allé chercher mon frère. En entrant dans la pièce, au lieu de faire ce qu'on attendait de lui, c'est-à-dire venir se placer derrière ma mère, Mànkwatsi a poussé un hurlement terrible! Quelque chose que personne n'avait jamais entendu, un cri rauque qui semblait sortir d'ailleurs que du ventre d'un petit garçon. Tout le monde s'est trouvé pétrifié, sauf moi, qui ai pris ce cri pour un appel. Ma résistance était vaincue, j'ai accepté de naître au cœur de ma famille réunie.

De ce jour, mon frère a cessé d'être considéré comme un enfant. Son initiation a eu lieu la saison suivante et ma mère n'a plus été autorisée à le couver comme elle l'avait fait jusqu'à présent. Il appartenait désormais au monde des hommes et devait accomplir sa part de travail. Cet été-là, nos oncles lui ont confié la surveillance de six pêchers et mon père la garde partielle de notre troupeau.

Il avait également le droit de se rendre à la kiva avec les anciens, mais mon frère a peu profité de ce privilège, lui préférant l'indépendance que lui conféraient soudain les travaux au grand air. Au début, ma mère a été peinée de le voir ainsi s'éloigner, mais bien vite les soins qu'exigeaient mon jeune âge et mes jambes torses l'ont distraite du vide laissé par son garçon turbulent. Un nouveau cycle s'était installé dans notre maison, où j'occupais désormais pleinement la place de dernier-né.

Pourtant, je me suis toujours demandé si le cri de Mànkwatsi avait bien été le fait d'un adulte, ou simplement l'expression d'une peur, d'une joie, d'une jalousie d'enfant… Avait-il été heureux ou terrifié de mon arrivée ? Ce dont je peux témoigner, c'est que malgré sa réputation de grand faiseur de bêtises, mon frère n'a jamais attenté à mes jours. J'étais sa petite sœur *Gaga*, il était mon grand *Vava*, nous nous entendions aussi bien que notre différence d'âge le permettait. J'ai même le sentiment confus qu'à sa manière, Mànkwatsi a veillé sur mes premières années avec l'attention discrète d'une bête sauvage.

Je me souviens par exemple de cette fois où nos parents étaient engagés dans une forte querelle : mon père tonnait fort contre ma mère, qui ne se laissait pas faire. Quand mon frère s'est aperçu que je pleurais seule dans un coin, il est sorti en hâte de la maison. Quelques minutes plus tard, il revenait me jeter quelque chose à la figure. J'ai d'abord cru que c'était une motte de terre, mais en m'en emparant à pleines mains pour m'en débarrasser, j'ai découvert un chat – un petit chat noir, tout crotté. Il était chétif, il avait les yeux qui coulaient, mais il était bien chaud. Mon frère l'avait entendu miauler le matin même au creux d'un rocher, à la lisière du village, et il me l'amenait pour couvrir les cris de nos parents. Ce soir-là, mon père et ma mère s'affrontaient comme trombes et bourrasques, mais Vava et moi ne les entendions plus, trop occupés à rouler au sol notre boule de poils et de terre chaude. Plus tard dans la nuit, mon frère a quitté la maison, tandis que je m'endormais sereinement contre l'animal. Le lendemain nos parents étaient réconciliés, et j'avais adopté Tsöqamoki – Balle-de-Terre – qui fut mon premier chat, le fondateur d'une lignée encore dans mon sillage aujourd'hui.

L'arrivée de Tsöqamoki est l'un de mes premiers souvenirs, mais j'en ai beaucoup d'autres. Le plus marquant et le plus diffus est la pluie crépitante que j'entendais sans cesse autour et dans notre maison. Contrairement à celle du ciel, cette pluie-là tombait toute l'année : c'était celle des rires de ma mère et des femmes du Papillon. Notre clan n'était pas très étendu, mais il était joyeux et soudé. Nous habitions le même ensemble de maisons en bordure d'Oraibi et formions, malgré notre petit nombre, une lignée énergique. Toute la journée, les femmes travaillaient sur le pas de leur porte, guettant les allées et venues des hommes, s'interpellant d'une terrasse à l'autre. Le soir, quand le reste du village était calme, nos maisons bruissaient encore de murmures, de rires étouffés, parfois du chant de l'un de mes oncles.

Au cœur de cette ruche régnait pacifiquement Itangu, notre mère à tous, la plus ancienne de notre clan. Elle et sa sœur vivaient avec leur frère cadet dans une maison qu'avaient bâtie leurs parents et autour de laquelle chaque famille du Papillon avait aggloméré sa cellule. On avait coutume de dire qu'à eux trois, nos vieux comptabilisaient plus d'années que tous les autres membres du clan réunis. Un de mes oncles racontait même que, mises bout à bout, leurs existences pouvaient joindre un monde à l'autre ! En tout cas, il est certain qu'ils détenaient les secrets les plus anciens du Papillon, et cela comprenait ceux qui remontaient à l'aube du Quatrième Monde.

Aussi, il n'était pas rare qu'ils reçoivent la visite de jeunes prêtres ou chefs de clan hopis désireux d'interroger leur connaissance. Une fois qu'ils avaient appris ce qu'ils souhaitaient en fumant un peu de tabac avec notre vieil oncle ou en partageant une tasse de café avec Itangu, ces visiteurs se retiraient poliment, soucieux de ne pas fatiguer nos aînés. Seulement, certains venaient de si loin qu'il leur était difficile de s'en retourner chez eux directement. Notre maison se trouvait juste au-dessus de celle des anciens, c'est donc chez nous qu'ils montaient pour prendre le repos dont ils avaient besoin. Ma mère avait la réputation de ne jamais laisser personne repartir le ventre vide. Sous le prétexte de louer encore un peu le savoir de nos vieux, les voyageurs s'attardaient volontiers, reprenant du café, dans lequel ils trempaient joyeusement les fines galettes de piki que ma mère avait passé des heures à préparer. En plus de moudre finement sa farine de maïs, notre clan était connu pour son pouvoir d'apaiser les anxieux et les cafardeux – pourquoi les gens se seraient-ils passés de ces bienfaits ?

Quand ce n'étaient pas ces visiteurs d'un jour, c'étaient les sœurs de ma mère qui remplissaient notre maison. Une histoire à conter, un ragot à colporter, une mésaventure de leur mari à moquer… Tous les prétextes étaient bons pour entrer chez nous et venir y faire ce qu'elles auraient aussi bien pu faire chez elles : trier du maïs, tresser des paniers, faire des guirlandes de piments pour les sécher… Le travail ne faisait peur à aucune d'entre elles, du moment qu'elles pouvaient le faire en bavardant.

Cette proximité ne garantissait pourtant pas toujours leur bonne entente. La pluie légère de leurs rires se transformait parfois en chute de grêle, et alors il valait mieux se tenir à l'écart. Ça commençait toujours de la même façon : l'une accusait l'autre d'avoir trop plaisanté avec son mari ou un homme du village, laquelle répondait quelque chose du genre : « Ma sœur, si tu n'avais pas le nez si long, tu ne serais pas obligée de te faire des idées sur ce qu'il se passe de l'autre côté… » Ça faisait rire tout le monde sauf l'intéressée, qui trouvait alors un autre motif de chicane contre sa sœur en verve. L'échange de piques s'intensifiait et les autres femmes prenaient parti. Certaines protégeaient la première qu'elles estimaient agressée, tandis que les autres défendaient leur sœur échauffée. *Cla-cla-cla-cla-clac*! Leurs éclats de voix finissaient par atteindre l'oreille, pourtant un peu dure, de notre vieille Itangu. Notre vieille mère descendait alors parmi nous et pacifiait la situation en faisant exprimer clairement à chacune le vrai motif de son ressentiment.

Lorsque les hommes se joignaient aux femmes, c'était différent. Il était encore question d'épouses louchant derrière leur long nez et de maris soupçonnés de chasser la biche à deux jambes, mais cela ne provoquait aucune tension, seulement des rires relayés par des mines et des gestes qui, pour la plupart, m'échappaient.

Moi, ce qui me faisait vraiment rire, c'est quand le père de ma mère, mon père ou un de mes oncles pétait très fort, en affirmant que c'était le tonnerre. Pour peu qu'ils s'y mettent à plusieurs, le bruit pouvait être sidérant! Après un moment de saisissement, les femmes se mettaient en colère, levant les bras au ciel et disant qu'il ne faudrait pas se plaindre ensuite, quand l'orage passerait au-dessus du village sans arroser les cultures. Les hommes riaient tout ce qu'ils savaient, protestant qu'au contraire ils étaient de très bons Hopis. « Tiens, voilà un esprit qui a fait le tour des quatre horizons ! » déclarait l'un d'eux, avant de faire entendre à nouveau un énorme craquement. Les femmes partaient à l'autre bout de la pièce en jurant qu'ils finiraient tous pourris de l'intérieur. Et que d'ailleurs c'était déjà certainement commencé, vu comme ils sentaient mauvais ! Je me tordais de rire.

Malheureusement, le tonnerre domestique n'était pas toujours de cette nature-là... Celui que mon père était capable de faire gronder seul sous notre toit était bien plus violent et dévastateur. Ça n'arrivait pas souvent, mais j'avais appris à détecter la menace dans l'assombrissement de son visage. Il me prenait alors l'envie de me cacher – et je me suis toujours demandé pourquoi, dans ces cas-là, ma mère continuait de pépier autour de lui comme si de rien n'était, quand toute créature vivante, normalement, cherche abri à l'approche de l'orage. Elle me faisait penser à l'oiseau moqueur qui, il y a très longtemps, envoyé dans le ciel par les anciens pour voir ce qui se cachait au-delà des nuages, bravait sans peur le vent et la tempête. Les anciens craignaient chaque fois pour sa vie, mais l'oiseau revenait toujours, porteur de nouvelles connaissances. Les disputes de mon père et de ma mère finissaient trop tard dans la nuit pour que j'apprenne jamais si elle en revenait plus savante, mais en tout cas, au matin, l'orage était passé. Lavé par les larmes, le regard de ma mère brillait davantage que la veille.

À part ces quelques nuits dans l'année, mes parents s'entendaient plutôt bien. Ils étaient très différents – ma mère toujours enjouée, mon père toujours silencieux – mais au quotidien ils avaient trouvé une forme d'équilibre, de respect mutuel qui faisait de notre maison un endroit tour à tour vivant et recueilli.

Par exemple, quand mon père rentrait, souvent exténué du travail accompli à l'extérieur, ma mère, d'un coup d'aile, chassait ses sœurs du Papillon, afin qu'il trouve chez nous la paix dont il avait besoin. Elle s'asseyait près de lui et se consacrait à des tâches silencieuses, en attendant, s'il le voulait bien, d'entamer avec lui une conversation économe sur les sujets indispensables.

Mon père lui en était reconnaissant et, s'il n'avait rien à dire, se retirait bientôt dans un réduit creusé en contrebas de notre pièce à vivre, où il avait installé son métier à tisser. Comme beaucoup d'hommes d'Oraibi, c'est lui qui confectionnait les pièces de laine et de coton dont nous avions besoin pour nos vêtements et notre usage domestique. Mais alors que la plupart d'entre eux le faisaient à la *kiva* – cette chambre souterraine servant aussi bien aux cérémonies qu'au rassemblement des hommes les autres jours – mon père préférait rester chez nous. Il travaillait là avec une lenteur infinie, une méticulosité presque maladive, ne brisant que rarement son propre silence. Les vieux chants de son village et de son clan qu'il entonnait alors ne profitaient à personne, si ce n'est les araignées et les scarabées qui peuplaient les murs de ce réduit – et parfois moi-même, si j'avais réussi à me faufiler discrètement dans l'atelier.

Était-ce parce qu'il n'était pas originaire d'Oraibi que mon père était si solitaire ? Né à Walpi, sur la Première Mesa, il avait quitté son village très tôt et voyagé de longues années. Revenant sur notre territoire par l'ouest, il était arrivé par la Troisième Mesa et c'est là qu'il avait rencontré ma mère. Elle était descendue chercher de l'eau en bas du village, il avait l'air d'un étranger, ils avaient plaisanté ensemble. À cause de son pantalon de laine et de lin frotté jusqu'à la trame, elle ne voulait pas croire qu'il était un Hopi de la Première Mesa et l'appelait « le Navajo ».

Quelques jours plus tard, il était de retour à Oraibi. Il était venu y voir des membres du clan de l'Ours et proposer son aide là où elle pouvait être utile. Petit à petit, ma mère s'était convaincue qu'elle avait affaire à un parfait Hopi et avait accepté de le fréquenter. Un soir qu'ils étaient seuls à l'écart du village, elle lui avait demandé ce qu'il était parti faire, de si longues années loin de chez lui. Il avait répondu : « Si tu acceptes de m'épouser, je promets de ne plus jamais quitter nos plateaux ni ton village. » Voilà comment mon père s'était installé à Oraibi.

Les premières années, il était retourné régulièrement à Walpi pour les cérémonies auxquelles participait son clan de l'Ours gris. Puis avec le temps, ces visites s'étaient espacées. Il n'emmenait jamais ma mère, et il n'y a guère qu'à la naissance de mon frère et à la mienne qu'elle avait pu rencontrer sa belle-famille à Walpi. Le reste du temps, mon père y allait seul, ne restait que quelques jours et revenait sans dire un mot de ce qu'il se passait là-bas. Si ma mère n'avait pas quelques fois insisté pour que l'un ou l'autre de ses parents plus ou moins proches restent chez nous lorsqu'ils étaient de passage à Oraibi, je n'aurais sans doute jamais connu les membres du clan de l'Ours gris, dont j'étais pourtant la fille.

Aussi vivions-nous au sein d'une seule famille élargie, celle que constituait le petit clan du Papillon. Malgré son caractère taciturne, mon père y occupait une place à part entière. Ses longues années d'absence n'avaient pas fait de lui un de ces *makwniwsinom* – ces personnes saupoudrées sur un territoire, n'en comprenant ni les traditions ni les racines. Qu'il s'agisse des récoltes ou des bêtes, son jugement était toujours juste et mes oncles le consultaient volontiers pour les affaires importantes. Dans le village, peu de gens se souvenaient qu'il était de la Première Mesa, bien loin à l'est de notre plateau.

Il avait même fini par trouver sa place au sein du clan de l'Ours d'Oraibi. Cela s'était passé une nuit, peu après la naissance de mon frère. Mon père s'était plaint d'une douleur violente à l'abdomen, avant de tomber sans connaissance. Ordinairement, la maison du Papillon fait appel au clan du Blaireau pour se soigner. Mais cette nuit-là, parce que mon père était du clan de l'Ours, ma mère était allée frapper à la porte du chef de notre village. Notre chef avait appelé son frère cadet, et c'est ainsi que mon père avait été sauvé par un membre du clan de l'Ours d'Oraibi, dont il était devenu le fils. C'est à partir de cette époque qu'il avait cessé d'aller à Walpi pour les cérémonies et les rites, qu'il accomplissait désormais au sein de notre village.

L'autre griffe que mon père avait posée discrètement sur la Troisième Mesa était notre maison. De l'extérieur, rien ne la distinguait des autres. Elle était construite au-dessus de celle d'Itangu, petite case de terre accolée aux autres petites cases de terre qui constituaient notre partie du village. Mais dans ses fondements mêmes, elle avait réveillé les façons de faire de notre clan.

Pour commencer, il avait renforcé le vieux toit de nos anciens. Sans les déloger, il avait patiemment nettoyé leur plafond, vérifié l'état des poutres, remplacé celles qui lui paraissaient abîmées, poncé et repoli l'ensemble. Comme disait notre vieille Itangu, avant même d'avoir commencé sa maison, mon père avait déjà embelli la leur ! Ensuite, sur la terrasse ainsi consolidée, il avait édifié de bons murs, intercalant méticuleusement de petites pierres entre les grosses. Certains avaient trouvé qu'il faisait là bien des manières, mais c'était selon lui la meilleure façon de se protéger du vent et du froid. Pour le mortier, il avait même tenu à aller chercher sa terre dans une carrière que lui seul connaissait sur la Première Mesa. À ce moment-là, les femmes du village qui construisaient habituellement les maisons s'étaient fichues de lui : « Notre argile n'est pas assez bonne pour toi, c'est ça ? » Mais dès l'hiver suivant, elles avaient reconnu que notre maison gardait la chaleur bien mieux que les autres.

Ensuite, pour faciliter la vie de ma mère et celles des anciens, mon père avait édifié de chaque côté de chez nous, à la place des traditionnelles échelles, deux petits escaliers donnant à notre maison un accès facile depuis la ruelle. Les sœurs de ma mère ne sachant pas s'y prendre pour rendre leurs habitations aussi pratiques, il avait fini par relier leurs toits et terrasses aux nôtres par de solides petites passerelles, transformant ainsi l'îlot du Papillon en un ensemble d'alvéoles au sein desquelles il était facile de circuler. En cela, les gens du village lui reconnaissaient volontiers un génie de fourmi ou de termite.

À l'intérieur, mon père avait fait preuve du même sens pratique, guidé par un goût des formes simples. Tout au long des murs, il avait façonné des bancs de terre et de bois, contre lesquels nous pouvions nous appuyer ou déposer nos couvertures. Plus haut, il avait aménagé des niches et des étagères, dans lesquelles ma mère pouvait disposer ses pots, ses ustensiles et ses paniers. Mes parents dormaient au sol sur plusieurs couvertures, rabattues près du foyer la journée, si bien que rien ne traînait jamais chez nous. Nous avions l'impression d'habiter un écrin de terre meuble, moulé sur notre façon de vivre.

Seul un grand coffre ciselé occupait l'espace central. En plus de nous servir de table, ce coffre renfermait les affaires de mon père, qui ne pouvait rien entreposer dans le réduit qui lui servait d'atelier, à peine assez large pour abriter son métier à tisser. Chaque soir en rentrant, il déposait dans ce coffre ses outils, parfois une paire de bottes, une selle crow ou une couverture navajo. Ces objets étaient le fruit des échanges qu'il pratiquait de temps en temps loin du village, pour le compte de notre clan ou le sien propre. Mon père n'avait pas beaucoup de prétentions, mais il aimait avoir un bon cheval et le monter sur une selle ouvragée et confortable. Aussi profitait-il de la confiance que le clan lui accordait dans la gestion du troupeau pour trouver de temps à autre de petits arrangements lui permettant d'acquérir à bon prix une monture ou un harnais. Durant plusieurs semaines, nous le voyions faire aller et venir dans son coffre divers objets, tels que des poteries, des couvertures, des pièces de cuir, parfois un bijou… jusqu'au moment où il revenait avec un nouveau cheval. Il ne disait rien, mais ces jours-là, on voyait à son œil malicieux qu'il était heureux.

Pour nous, ses deux enfants, il avait aménagé une sorte de grenier, relié à la pièce principale par deux échelles. Sous un plancher réservé aux épis de maïs séché, accessible depuis la terrasse, deux niches dominaient l'espace commun, dans lesquelles nous pouvions faire chacun nos petites affaires. C'était très inhabituel, de faire ainsi communiquer plusieurs niveaux depuis l'intérieur d'une maison, et en voyant mon père se lancer dans ces travaux, certains avaient haussé les épaules. C'était selon eux des complications inutiles. Mais à l'usage, beaucoup d'enfants, qu'ils soient de l'âge de mon frère ou du mien, nous ont envié ces deux niches, qui étaient comme nos maisons dans la maison. L'été, depuis nos lits, nous pouvions voir le ciel étoilé à travers les petites fentes du plancher et l'hiver nous dormions bien au chaud sous les couches de maïs. Les soirs où mon père tonnait dans la pièce du dessous, je tâchais de me souvenir que c'était lui qui avait disposé les différents types d'épis qui composaient cette voûte miraculeuse. Des rouges, des bleus, des jaunes, des blancs… il y avait là, me semblait-il, toutes les beautés de notre peuple.

* 2 *

En grandissant, je suis devenue comme ma mère, et j'ai cessé d'avoir peur de l'orage. Au fil des années et des cycles de cérémonies, je comprenais qu'avec ses silences et ses éloignements, mon père était finalement plus proche du mystère de l'hiver que du tonnerre fracassant de l'été. Il lui arrivait de gronder comme un ciel d'orage, mais la plupart du temps il se comportait comme le soleil en décembre – discret, accomplissant en secret des courses lointaines dont il rapportait chaque fois de nouvelles beautés et de nouveaux savoirs. Comme si depuis la grande migration qu'il avait effectuée dans sa jeunesse et dont nous ne connaissions rien – ni la durée ni le tracé – il éprouvait le besoin de garder un œil sur ce qu'il se passe de « l'autre côté », loin de chez nous.

Il était admis dans notre clan que mon père était la personne la mieux placée pour, chaque année au cœur de l'hiver, nous guider vers la cérémonie du Feu nouveau. Parce qu'il appartenait au clan de l'Ours certes, mais également parce que sa nature austère s'accordait à cette période inquiétante où les jours raccourcissent, où le soleil ne se lève plus assez haut pour réchauffer nos corps ni réveiller la terre gelée. À l'approche de Wuwuchim, tout le monde se conformait à sa façon d'être, discrète et silencieuse, qui seyait à ce déclin. Dès que mon père faisait savoir qu'on entrait dans la lune du Faucon, ma mère et ses sœurs cessaient de se chamailler, mes oncles ne plaisantaient plus qu'à peine. Une atmosphère grave et paisible s'installait dans nos maisons. Préparer les repas, quérir de l'eau et du bois… chacun de nos gestes, même les plus anodins, revêtait un tour sacré, une importance nouvelle. Nous les accomplissions dans une sorte d'engourdissement du corps dû au froid, mais avec une lucidité profonde, attentive.

Dans le village, les hommes des différentes sociétés commençaient à s'enfermer dans les kivas pour accomplir les rites primordiaux de l'année nouvelle. Les familles devaient leur préparer du maïs, parfois de la viande, mais d'une façon conforme à leurs besoins rituels. Ce pouvait être sans sel, ou avec un maïs que nous gardions pour ces seules occasions. Les femmes se mettaient également à des travaux de couture spécifiques. Elles ne reprisaient plus les vieilles chemises des hommes et des enfants, mais cousaient des branches de sapin à des jupes de gros coton, des peaux de renard à de longues écharpes, des hochets aux mocassins – ces ornements serviraient ensuite tout le reste de l'année, lors des cérémonies ou des danses publiques. Elles réparaient aussi les masques qui accueilleraient bientôt les esprits. Du soin que nous apportions à ces travaux dépendaient la qualité de nos prières et la survie de notre peuple. Chaque détail comptait, il fallait accomplir cet ouvrage le cœur pur.

Puis arrivait le moment, au cœur de Wuwuchim, où nous ne devions plus rien faire. C'était la nuit du renouveau. Sous la consigne des hommes, à la tombée du jour, on étouffait les foyers, on éteignait toutes les lampes. Une atmosphère de mystère s'emparait du village. Tout le monde rentrait chez soi et l'on n'entendait bientôt plus aucun bruit nulle part. Nous avions beau savoir que, depuis la kiva de la Corne, les prêtres Wuwuchim s'apprêtaient à ranimer le feu de notre communauté, l'obscurité et le froid dans lesquels nous étions plongés avaient quelque chose d'angoissant.

Pourtant, cette nuit de Wuwuchim reste pour moi un souvenir très doux. C'était la seule où, en raison de la température glaciale, j'étais autorisée à dormir entre mes parents. Mon frère venait lui aussi se blottir contre ma mère et, ainsi ramassés les uns contre les autres sous un paquet de couvertures, nous passions la nuit comme une portée de chatons. Il faisait souvent trop froid pour que nous parvenions à trouver le sommeil, alors mon père chantait une vieille chanson hopi qui parlait de feu, de mort et de guerre. Les paroles que nous ne comprenions pas totalement semblaient terribles, mais la voix sourde et rassurante de mon père emplissait notre maison de la chaleur qui lui manquait, et nous finissions par nous endormir.

Au petit matin, bien avant le lever du jour, nous étions réveillés par des coups frappés à notre porte. C'était le prêtre Wuwuchim qui apportait le feu nouveau. Mon père se levait pour recueillir son flambeau et venir le placer sous le tas de bois sec qu'il avait préparé la veille, sur des cendres froides. Quand les brindilles commençaient à crépiter, mon père rendait le feu au prêtre, qui s'en allait le distribuer aux autres familles. La porte se refermait sur la nuit encore profonde, tandis que la lumière jaillissait dans notre maison, bientôt suivie d'une faible chaleur. Je chérissais ce moment où, après une nuit passée les uns contre les autres, nous redécouvrions nos visages dans cette lumière fragile. Nous restions la matinée entière dans cette pièce qui était la seule chauffée et, pendant que ma mère préparait du maïs, mon père nous contait l'histoire de Màasaw, dieu du feu et de la mort, mais aussi gardien de notre terre.

«*Aliksa'i*... commençait-il. Écoutez comment s'est passée la première rencontre des hommes et de Màasaw. C'était il y a très longtemps. Les hommes s'étaient réfugiés dans une fourmilière pour fuir le Troisième Monde englouti par les eaux. Quand ils sortirent de là après quelque temps, la Terre n'était plus qu'un immense chaos de montagnes et de vallées plongées dans l'obscurité. Grand-Mère Araignée les attendait pour leur montrer le nouveau Chemin de vie. Ils marchèrent très longtemps derrière elle, jusqu'à une immense plaine brûlée. "Ici se tient un esprit gardien qui va vous donner des instructions", leur dit-elle. Les hommes étaient très curieux de rencontrer cet être solitaire, mais quand ils le virent pour la première fois, ils le trouvèrent si laid qu'ils durent reculer. "Approchez-vous de lui, n'ayez pas peur", les encourageait Grand-Mère Araignée. Mais l'esprit était si instable que les hommes n'arrivaient jamais à s'habituer à sa présence. Tantôt squelette maladroit dont les os faisaient un bruit glaçant – *kotqa kotqa kotqa* –, tantôt morceau de charbon rouge et sifflant – *sisahiii sisahiii* –, tantôt boule de chair se roulant sur le sable en hurlant *Wuutaqa umu umu !*, il était impossible à saisir. C'est ainsi que les hommes finirent par reconnaître Màasaw, dieu du feu et de la mort, capable d'être tout ce que les hommes ne sont pas de leur vivant. Après avoir traversé la plaine comme une vibration assourdissante les obligeant à se jeter à terre, Màasaw leur parla doucement derrière la tête : "Vous irez d'abord longtemps au nord, puis vous marcherez au sud. Là-bas, l'est s'ouvrira à vous, et quand vous serez arrivés au bout, vous trouverez à l'ouest le chemin du retour. Alors vous atteindrez la terre qui vous est réservée en ce Quatrième Monde." Ayant parlé, l'esprit gardien s'en retourna rapidement vers le fond de la plaine, crépitant et sifflant comme un flambeau noirci et laissant derrière lui une odeur pestilentielle. Quand il ne fut plus en vue, les hommes cessèrent d'avoir peur et de souffrir. Maintenant qu'il avait disparu, ils reconnurent combien ses paroles étaient sages et bienveillantes. Màasaw était un dieu terrible mais bienfaisant, en qui il fallait avoir confiance. Voici comment eut lieu la première rencontre des hommes et de Màasaw. »

Lorsque mon père racontait cette histoire, il imitait si bien les hurlements de Màasaw que je croyais le reconnaître lui-même quand il grondait contre ma mère ou mon frère. Une frayeur me prenait aussitôt, bientôt remplacée par le même sentiment de sécurité que celui des premiers arrivés sur terre. En grandissant, je m'apercevais que comme Màasaw, mon père était différent des hommes volubiles et rieurs qui m'entouraient dans le clan. Rongé par un feu intérieur qu'il ne savait pas apaiser, il avait souvent du mal à se comporter normalement avec ses semblables. Mais au-delà de ce malaise, il avait une présence bien réelle et une façon particulière de veiller sur nous. Oui, mon père, parfois, faisait peur, mais c'était parce qu'il avait l'âme sauvage d'un gardien de l'autre monde.

Une fois seulement, j'ai soupçonné qu'il n'était pas tout à fait aussi puissant que Màasaw. C'était encore la nuit du feu nouveau. Nous étions couchés tous les quatre dans l'obscurité, mais pas depuis assez longtemps pour que mon père ait commencé à chanter. Soudain, nous avons entendu des cris. Cela venait de dehors. Mon père s'est dressé hors des couvertures, ma mère lui a demandé ce qu'il se passait. D'une voix blanche, il a répondu : « Quelqu'un a essayé de pénétrer le village à l'est... » Ma mère voulait en savoir plus. « C'est Ástotokya, a-t-il expliqué, la Nuit-du-Lavage-des-Cheveux... Les routes ont été fermées aux vivants pour laisser passer l'esprit des morts... Si quelqu'un a bravé l'interdiction, il est en train de le payer de sa vie ! »

Cette nuit-là, mon père n'a pas chanté. Il guettait les bruits au-dehors. Les cris s'étaient tus, mais de temps à autre on entendait une cavalcade ou bien des hochets violemment cognés les uns contre les autres. À chaque alerte, mon père se dressait dans le noir, sans oser sortir. Ma mère ne posait plus aucune question. Au matin, quand le prêtre Wuwuchim a frappé à notre porte, il était blême. Mon père a recueilli en hâte le feu nouveau à son flambeau, puis il est sorti à sa suite, sans nous conter l'histoire de Màasaw. Je n'ai jamais su ce qu'il s'était passé cette nuit-là, mais j'ai compris que mon père, s'il avait le pouvoir de protéger sa famille, n'avait pas celui de contrer l'esprit des morts.

Heureusement, la même année, j'ai appris qu'il pouvait faire bien mieux que cela. Au moment de Soyal, quelques semaines à peine après Wuwuchim, il était capable, avec d'autres hommes de notre village, de rappeler le soleil à nous. Un soir où je voulais savoir pourquoi il quittait la maison si tard, il m'a demandé : « As-tu remarqué comme les jours sont courts et les nuits longues, ces temps-ci ? » Oui, je m'en étais rendu compte. « Eh bien, c'est parce que le soleil s'éloigne vers le sud. Cette nuit, avec les prêtres, nous allons le prier d'inverser sa course et de revenir vers nous. » Je n'osais pas croire ce qu'il disait, tant cela paraissait extraordinaire. Une fois qu'il a été parti, ma mère m'a confirmé que c'était là le travail des hommes, prier pour que la course du soleil et les pluies nous soient favorables. Mon père étant du clan de l'Ours, il assistait le chef de notre village dans cette importante cérémonie et, selon elle, j'avais toutes les raisons d'être fière de lui.

De ce jour, je me suis mise à aimer Soyal plus que Wuwuchim encore. C'était toujours une période sombre et austère, mais j'admirais ce qui était en train de se produire en secret dans les kivas. Parce que je l'avais tanné pour savoir, mon père avait fini par m'expliquer que pour accomplir ce miracle chaque année, les hommes passaient plusieurs nuits à construire des autels et à faire des processions. Quelques jours avant le moment critique du solstice, ils sortaient dans le froid glacial du soleil levant et allaient se purifier à l'est, dans sa lumière faible et lointaine. Ils lui témoignaient ainsi leur désir de le voir revenir vers nous. Le reste du temps, ils jeûnaient et priaient pour l'harmonie de toutes les formes de vie – les plantes, les animaux, mais également les sources et notre Terre-Mère. Pour chaque chose qui rendait l'homme heureux – la lune, les étoiles, les oiseaux, le maïs… – un bâton de prière appelé *paho* était confectionné puis béni par le chef Soyal. Enfin arrivait la nuit du solstice, durant laquelle une jeune fille représentant le pouvoir fécondant de notre Terre-Mère couvait les graines, tandis que les hommes chantaient pour accompagner la danse d'un esprit tenant le soleil entre ses mains. Si cette nuit-là tout était bien accompli – les rites, les danses et les chants – le soleil inversait sa course et revenait vers le nord pour inonder nos cultures de lumière et de chaleur, et permettre ainsi le retour de la vie.

Je comprenais maintenant pourquoi le travail des hommes à cette période de l'année requérait le plus grand calme et le plus grand respect. Une fois que mon père était parti, je restais pelotonnée chez nous des journées et des nuits entières, attendant son retour en contemplant le feu qui brûlait dans notre foyer. Ma mère n'aimait pas me voir comme ça : « Ma fille, Soyal n'est pas l'affaire des femmes. Tu ne dois pas chercher à y participer de quelque manière que ce soit, même en pensée. » Elle aurait voulu que je joue simplement en silence, comme les autres enfants. Mon père, lui, n'avait pas ces inquiétudes. Mon sérieux l'amusait plutôt, et même quand il rentrait chez nous les yeux cernés par les veillées et le froid, il me tenait volontiers au courant : « Tout s'est bien passé, Tayatitaawa ; le soleil va très certainement entamer sa route vers le nord. »

Enfin arrivait le jour que j'aimais entre tous, celui où mon père ramenait chez nous les pahos confectionnés dans la kiva. Le plus gros, très élaboré, était pendu à une poutre au-dessus de notre foyer. Il y en avait également un plus petit pour chacun d'entre nous, et souvent plusieurs autres pour chacune des familles du clan du Papillon. Ma mère accrochait les nôtres à une branche de saule, pour que nous les portions à un sanctuaire situé à l'est du village. Mais avant cela – c'était toute la joie de ma journée – mon père disait : « Tayatitaawa, j'ai besoin de toi au grenier. » Nous montions tous les deux sur la terrasse pour accéder à l'espace situé au-dessus de nos niches, à mon frère et à moi. Là, il sortait de sa poche des graines de toutes sortes, que nous répandions ensemble sur nos réserves de maïs. Moi seule dans la maison savais pourquoi nous accomplissions ce geste, destiné à faire grossir nos stocks de nourriture tout au long de l'année. Je faisais cela très solennellement, honorée que mon père me fasse une telle confiance.

Le même jour, enfin, avait lieu l'événement tant attendu par les enfants du village : l'arrivée des premiers Kachinas. Après nous avoir accompagnés au sanctuaire, mon père se rendait une dernière fois à la kiva pour briser son jeûne, tandis que nous allions accueillir les esprits à leur retour des monts San Francisco. Après six longs mois de sommeil, ils revenaient au village pour nous assister dans la conduite des cérémonies. Mon père disait que certains d'entre eux revenaient même de plus loin, d'au-delà de la terre et du ciel visibles.

Soyal Kachina était le premier à se montrer. Il portait un casque turquoise surmonté de plumes, ainsi qu'une épaisse robe de laine blanche. Titubant comme s'il revenait effectivement d'un long voyage, il allait d'une kiva à l'autre, afin de donner sa bénédiction aux différentes sociétés. Il chantait à voix basse et déposait de la semoule de maïs sur les murs. Nous le suivions en silence, presque à la dérobée, pour ne pas troubler son action bienfaisante et mystérieuse…

Venait ensuite le Kachina Mastop, que je préférais ne pas approcher. Avec son masque noir, ses peintures noires seulement ornées de mains blanches ici et là, il me faisait froid dans le dos. Je n'aimais pas le bâton dont il frappait les chiens, et j'aimais encore moins la façon qu'il avait de se frotter aux femmes. « N'aie pas peur, disait ma mère. Mastop est bon parce qu'il nous aide à avoir des enfants. » Était-ce parce que, frappant les chiens qui hurlaient, il permettait aux gens de mieux dormir ? Tout le monde sait que les enfants se font la nuit…

Je préférais en tout cas les esprits qui apparaissaient plus tard dans l'après-midi. Les clowns Koyemsi, dits aussi Têtes-de-Boue, avaient la figure informe et sans expression des gens d'avant l'Émergence. Tout en marmonnant des choses incompréhensibles, ils me semblaient cent fois plus proches que n'importe lesquels des autres Kachinas. Toujours prêts à jouer, ils nous tendaient des bâtons recouverts de peaux de lapin très douces, qu'ils finissaient par nous céder en même temps que de petits paquets de maïs sucré. Tous les enfants du village leur couraient après pour avoir davantage de maïs et jouer encore. Cette parade durait jusqu'à ce que le soleil touche l'horizon, puis les Têtes-de-Boue rejoignaient les autres Kachinas dans les kivas. Ma mère, mon frère et moi rentrions alors nous mettre au chaud à la maison, où mon père nous attendait déjà, fatigué des nombreuses veillées de Soyal, mais soulagé de voir le village commencer un nouveau cycle sous la protection des esprits.

Le temps de la méditation et de la prière étant passé, nous avions désormais le droit de nous amuser. Mon père se mettait en retrait, mais ma mère, mon frère et moi participions avec entrain aux réjouissances collectives. Des danses déguisées avaient lieu la journée, où l'on demandait parfois aux enfants de monter sur le dos d'un homme habillé en buffle ou bien d'incarner un jeune coyote ou un renard. C'était l'occasion de nous initier aux différents pas cadencés et de nous faire prendre place dans les lignes de nos aînés.

Mais le plus impressionnant, à cette période de l'année, restait les danses de nuit. Elles avaient lieu dans les kivas et étaient données par les Kachinas eux-mêmes. Certains soirs, à Oraibi, c'étaient jusqu'à trois ou quatre groupes qui nous faisaient l'honneur de leur présence. Entassés sur les marches les plus élevées des chambres souterraines, nous ne savions jamais à l'avance lesquels d'entre eux allaient venir. Un cri se faisait entendre au-dessus de l'ouverture du toit, auquel répondait le chef de la kiva, puis des êtres souvent gigantesques descendaient l'échelle. À leur façon de pénétrer dans la kiva, nous pouvions déjà deviner quel genre d'esprits ils étaient. Les Catori arrivaient à pas lourds et lents, à cause des sacs remplis de graines qu'ils portaient sur leurs épaules. Les Oiseaux-Mouches, eux, s'annonçaient par le cliquetis des hochets qui ornaient leurs becs, quand les Ahótes, dits aussi Sans-Repos, frappaient leurs tambours à toute force en poussant d'intarissables gémissements.

Une fois que les esprits étaient parmi nous, plus personne ne songeait à chahuter ou à regarder ailleurs. Dans l'atmosphère confinée de la pièce souterraine, les Kachinas remplissaient tout de leur présence. Leurs pas résonnaient jusqu'au fond de nos ventres, les carapaces de tortue qu'ils portaient aux poignets ou aux mollets faisaient frissonner jusqu'à l'air que nous avions dans nos poitrines. Et lorsqu'ils se mettaient à parler, leurs récits se faisaient un chemin jusqu'au plus profond de notre être. Ils promettaient de revenir l'été suivant, sous forme de nuages et de pluie. Cela ouvrait en nous de grands espoirs pour l'avenir.

Puis un matin, les danses de nuit prenaient fin. Le crieur remerciait le peuple des esprits d'être venu jusqu'à nous et exhortait le peuple humain à revenir au silence : on entrait dans Powamuy, la troisième cérémonie d'hiver, qui allait clore le cycle initial de la Création. Mon père n'ayant aucun rôle à y jouer, je m'en désintéressais complètement.

* 3 *

À CETTE PÉRIODE DE L'ANNÉE, L'ALLONGEMENT DES jours devenait sensible et mon père, libéré des charges de Soyal, reprenait une vie solitaire, faite de longs trajets à pied sur nos mesas. Je recommençais à mener de mon côté une existence plus conforme à celle des enfants de mon âge, aidant aux petits travaux et passant de longs moments en groupe, à jouer ou à garder de plus petits que moi, dans les maisons alentour.

Les cérémonies avaient ceci de bon qu'elles rompaient la monotonie de la vie sur nos plateaux. Dans une famille où chacun avait des responsabilités dans la conduite des différents rites, cela agissait comme une respiration alternant les moments d'intense concentration pour le bien du groupe et les plages de liberté. J'ai très tôt ressenti cette pulsation entre l'intérieur et l'extérieur. Ainsi, jusqu'à ce que je sois en âge de comprendre que toutes les célébrations étaient importantes, complémentaires, requérant chacune la même attention et les mêmes pensées pures, je profitais de tout ce qui n'était pas Soyal pour me détacher du clan et explorer de nouveaux horizons.

À la fin de l'été notamment, au moment de Lakon, quand c'était au tour de ma mère et de ses sœurs de s'enfermer dans la kiva pour jeûner, prier et chanter, j'avais un quart de lune pour faire tout ce qui me plaisait. J'en profitais pour déambuler à ma guise dans les rues et sur les terrasses de nos voisins. Tout le monde me connaissait et si d'aventure je m'éloignais trop de chez moi, on me ramenait au clan, en plaisantant sur la vigueur de mes ailes de papillon. Une année, le jour de la cérémonie publique, j'ai réussi à disparaître pour de bon. Profitant de la foule amassée au pied et sur les toits des maisons, j'ai escaladé toutes les échelles à ma portée, jusqu'à atteindre la plus haute pièce d'une habitation, où je me suis endormie, au milieu des sacs de haricots et des épis de maïs. Mon père m'a cherchée plusieurs heures, à la fois inquiet et énervé. « Qu'est-ce que tu fais là ? a-t-il grondé quand il m'a retrouvée.

— J'en avais assez du tapage dans la rue... » ai-je bredouillé.

Il a eu l'air de comprendre et m'a ramenée à la maison sans me punir.

Avec mon frère, il était plus dur, mais ne décourageait pas non plus ses désirs d'indépendance. À partir du moment où le troupeau était en bonne santé, Mànkwatsi pouvait disparaître plusieurs jours dans le désert, mon père ne s'occupait pas de lui. Au début, ma mère ne supportait pas ces éloignements prolongés, mais petit à petit elle s'était habituée à laisser son fils aussi libre que le souhaitait notre père – même si ce n'était pas du goût de tout le monde au village. Il est arrivé, par exemple, que le chef de l'Unicorne vienne voir notre vieil oncle et Itangu pour se plaindre de ne jamais voir

Mànkwatsi à la kiva avec les autres garçons. Nos anciens promettaient d'intervenir auprès de mes parents, mon père écoutait leurs conseils avec respect, ma mère répétait à Mànkwatsi qu'il serait bon de se joindre aux autres à la kiva. Puis tout le monde laissait les choses aller leur train. Mon frère était tranquille jusqu'à la prochaine visite du prêtre de l'Unicorne.

Sans le désavouer ouvertement, Itangu disait d'ailleurs de lui : « Curieux et pénible comme un coyote, ce prêtre... Je me suis laissée dire qu'il se mêlait parfois de choses qui ne le regardaient pas ! » C'était sa façon d'approuver mon père, pour qui respecter et entretenir la grande unité qui règne entre toutes choses ne voulait pas nécessairement dire vivre en conglomérat. Selon lui, dans l'existence, il y avait un temps pour agir en commun et un temps pour se faire sa propre expérience du monde. Contempler les animaux, les roches et les végétaux pour les comprendre de l'intérieur était un devoir au moins aussi important que celui d'honorer les esprits, et en tout cas plus noble que de surveiller ses voisins. Lui respectait la chaleur et le froid autant que les prêtres, parce que l'une et l'autre avaient un pouvoir de transformation sur les choses qui dépassait de beaucoup ce que pouvaient les hommes avec leurs prières et leurs connaissances. Il révérait l'eau et la sécheresse, parce qu'ensemble elles ravinaient le sol, le griffaient d'arroyos et creusaient les canyons qui donnaient accès au cœur même de la terre. Il vénérait également la nuit qui, enveloppant tout de son voile noir, déployait les ombres et les sons qui donnaient toute leur dimension au peuple animal nocturne, soufflant et vibrant. Voilà quelle était sans doute sa principale religion. Pratiquant les étoiles autant que les sentiers, il n'avait pas peur de s'y perdre. Il lui suffisait de regarder le ciel pour s'orienter, et sa connaissance de nos mesas était comme une foi profonde, infaillible. En ne le voyant pas rentrer le soir, ma mère aurait pu craindre qu'il ne finisse un jour au bas d'une falaise ou au fond d'un canyon, mais elle savait que ce n'était pas possible. Mon père évoluait sur nos plateaux avec l'aisance du vent.

De temps en temps, la journée, il m'emmenait marcher avec lui. J'étais alors la plus heureuse du monde, car mon père savait tout et l'avoir pour moi seule était un privilège. Il m'apprenait à suivre la trace des animaux et, pour peu qu'il soit disposé à parler, me décrivait leurs habitudes aussi bien que s'il avait été l'un des leurs. Il m'enseignait à n'en craindre aucun et ne jamais rien faire qui puisse les déranger. Non seulement parce que les animaux représentaient des esprits sacrés et utiles à notre peuple, mais aussi, je crois, simplement par respect de leur tranquillité. Il y avait quelque chose de profane et d'intime dans son amour des créatures de nos plateaux. La chasse le répugnait et la capture des faucons pour les besoins de certaines cérémonies l'attristait. Ce qu'il admirait vraiment chez ces rapaces, plus que leur capacité à transmettre nos prières aux esprits, c'était leur acuité et leur précision en vol. Il pouvait passer des heures à les observer. « Regarde ! me disait-il. Celui-ci est à cent mètres de nous, il sait exactement à quel endroit nous allons déranger ses proies et à quel moment il pourra les saisir. » Ce spectacle le fascinait bien plus que celui des danses apaches, pourtant réputées pour leur rapidité et leur légèreté. Pour lui, l'agilité appartenait au monde animal, pas à celui des hommes.

Lorsque nous reprenions notre route après un long temps d'observation, il oubliait parfois que j'étais avec lui et se mettait à marcher d'un pas que je ne pouvais pas suivre. J'avais beau parler, l'appeler, ce devait être pour lui comme une petite musique qui se perd dans le vent et dont on met longtemps à s'apercevoir qu'elle manque. Je le voyais alors s'éloigner sans rien pouvoir faire que m'essouffler. Si la nuit tombait, j'étais en plus prise de frayeurs insensées. Tous ces paysages tranquilles et familiers en sa présence m'apparaissaient soudain menaçants et peuplés d'esprits malfaisants. Je sursautais à chaque bruissement, faisais des détours pour éviter les trous dont j'étais certaine qu'ils allaient me happer, bondissais de côté au moindre frôlement de branche ou d'insecte… jusqu'au moment où j'apercevais à nouveau mon père.

Il était arrêté là où il s'était souvenu de moi et m'attendait en se roulant des cigarettes de tabac. J'avais parfois dû cavaler seule une heure entière, je soufflais d'avoir tant couru, et c'est mon halètement d'animal autant que mon piétinement éreinté qui le prévenaient de mon approche. Il tournait alors la tête vers moi et m'offrait un visage que je n'avais pas souvent l'occasion de voir : celui de l'amusement et de la joie. Il semblait réellement heureux de me revoir. Pour me consoler de mes terreurs, il me racontait sur le chemin du retour des histoires faramineuses d'enfants volés par des peuples animaux ou vivant au fond des eaux. Selon lui, ces enfants qui ne retrouvaient leur famille qu'après longtemps de vie sauvage ou aquatique avaient une chance inouïe parce qu'ils connaissaient d'autres mondes que le nôtre. Ils revenaient pleins de sagesse et devenaient pour toujours des personnes précieuses à leur peuple. J'écoutais pour lui faire plaisir, mais je n'étais pas très sûre de partager son avis. J'en ressentais un peu de honte et ne le lui disais pas, mais il me semblait que pour être une bonne personne il suffisait de rester avec son père, sa mère et les gens qu'on aime. J'avais hâte d'arriver au village pour revoir ma mère.

Les nuits suivantes, à cause de ces histoires d'enfants perdus ou volés, il m'arrivait de faire des cauchemars dont ma grand-mère Honahöhöqya devait me guérir. Honahöhöqya n'était pas ma vraie grand-mère, mais appartenait au puissant clan du Blaireau, frère de celui du Papillon, réputé pour sa grande connaissance des plantes. Elle savait soigner toutes les maladies qui s'insinuent dans le corps et dans l'esprit par les pieds ou les racines. Les mauvais rêves en faisaient partie. Quand les cauchemars duraient trop longtemps, ma mère me conduisait chez elle, à Moenkopi. C'était à plus d'une journée de marche d'Oraibi et je devais rester là-bas quelques jours ou quelques semaines, le temps nécessaire à ma guérison.

Pour apaiser mes nuits, Honahöhöqya me donnait toutes sortes de décoctions, de tisanes, et me faisait dormir avec elle sur sa couverture. Elle ronflait, mais j'aimais son odeur de maïs sucré. N'ayant jamais eu d'enfant, elle s'occupait de moi comme de sa propre fille. La journée, elle m'apprenait à faire la bouillie et le ragoût à la mode de chez elle, et à tresser de tout petits paniers pour les poupées kachinas. Nous nous entendions si bien que, même quand les cauchemars étaient passés, nous n'étions pas pressées de nous quitter. Lorsque ma mère demandait à quelqu'un d'Oraibi qui passait par Moenkopi de me ramener à la maison, Honahöhöqya répondait : « Et qu'est-ce qui me prouve que tu n'es pas un ogre déguisé en Hopi ? Si le clan du Papillon veut récupérer sa fille, qu'il vienne la chercher lui-même. » Le messager repartait en riant, sous mes pieds de nez. Jusqu'à ce que le messager soit finalement mon père. Là, Honahöhöqya ne disait rien, car elle savait que ces séjours prolongés ne lui plaisaient guère. Mon père respectait ma grand-mère et le clan du Blaireau, mais il avait dit une fois qu'on ne devait pas chercher à me guérir de mes rêves. Honahöhöqya avait acquiescé, en assurant qu'elle ne cherchait à me guérir que de mes peurs.

Sur le chemin du retour, ne se doutant pas que mes cauchemars puissent venir de ses histoires d'enfants volés, mon père voulait savoir quel genre de rêves avait poussé ma mère à me conduire chez Honahöhöqya. Je lui racontais alors les immenses vagues qui s'abattaient sur le village et m'emportaient au loin sans espoir de retour, ou bien au contraire celles qui emportaient tout le monde sauf moi, me laissant seule, isolée sur l'immense île de nos mesas. Parfois, c'était encore une voûte d'eau qui se formait au-dessus de notre seule maison, où nous vivions alors tous les quatre coupés du monde. Il faisait clair, sous cette voûte, mais elle finissait par céder et nous étions entraînés dans des profondeurs noires et inconnues qui, immanquablement, me réveillaient en sursaut.

Autant ma mère était effrayée par ce genre de récit, autant mon père s'en délectait. Il n'entendait pas ma peur, mais seulement l'eau, l'eau, l'eau qui, dans mon esprit, coulait à flots sur nos mesas. Pour lui, c'était un signe de fertilité pour notre peuple. Il riait même, parfois, à l'annonce de toutes ces catastrophes dont je rêvais. Et pour célébrer ça, il m'emmenait visiter nos champs les plus lointains, ceux où il était le plus difficile de trouver suffisamment d'eau pour les cultures. Là-bas, il me montrait les techniques ingénieuses qu'il avait mises au point pour recueillir la rosée, ainsi que les foyers souterrains dans lesquels lui et les autres hommes faisaient cuire certains épis de maïs avant de les remonter au village. J'étais peut-être la seule fille d'Oraibi à qui son père montrait ces choses. Cela finissait de me consoler de mes terreurs, aussi sûrement que les tisanes d'Honahöhöqya.

Après une nuit sur place, à chasser, cuire et manger du lapin avec mon père puis à dormir bienheureuse, sans rêve, je reprenais avec lui la route de chez nous. Là, les retrouvailles avec le clan du Papillon passées, il n'était pas rare qu'une mauvaise surprise m'attende. Pendant mon absence, personne n'avait surveillé mes chats et ils s'étaient éparpillés dans le village. La plupart du temps, je les récupérais quasiment tous en bonne santé – ils s'étaient nourris en chapardant ici ou là – mais il arrivait que certains soient irrémédiablement perdus. Une fois, j'en ai retrouvé un mort au pied d'un mur, à l'est du village. Ne sachant pas quoi en faire, j'étais allée le porter sur le tas aux délivres – là où j'avais entendu dire que, après la naissance des enfants, les femmes allaient déposer ce qui enveloppait le bébé dans leur ventre. Quand ma mère l'avait appris de la bouche d'une voisine qui m'avait vue, elle avait pâli et m'avait interdit de jamais refaire une chose pareille : on ne devait pas confondre les bébés et les chats. Le tas aux délivres était un endroit sacré où je ne devais pas me rendre avant d'avoir eu un enfant, sinon cela me rendrait stérile. Comme je ne savais pas ce que ce mot voulait dire, j'étais allée voir mon père pour lui demander si, à son avis, j'étais stérile, et surtout combien de temps ça allait durer.

Mon père avait souri et, sans me répondre, m'avait conseillé de venir le voir lui, la prochaine fois que je trouverais un chat mort. Cette perspective me consolait déjà et c'est le cœur moins lourd que, quelques semaines plus tard, je lui apportais mon deuxième cadavre de chat. Tranquillement, il m'avait montré comment creuser un trou et mettre le chat dedans, avec une petite échelle pour qu'il puisse rejoindre le monde des esprits. Après cela, il fallait reboucher le trou, bien se laver, et surtout ne pas pleurer ! Le chat avait commencé un voyage au cours duquel on ne devait pas le déranger.

J'étais désormais capable de mener des funérailles toute seule, sans mettre mon âme ni mon corps en danger. Encore un secret que je ne partagerais pas avec les autres enfants, et cela me remplissait d'une fierté grave qui semblait attendrir mon père. À moins qu'à ce moment-là déjà, il ait senti et préparé des choses que nous ne savions pas ?

C'était un nouvel hiver, nous sortions à peine de Soyal et il faisait très froid. Mon père toussait depuis quelque temps. Il toussait le jour, il toussait la nuit, il n'arrêtait pas de tousser. Au bout d'un moment, je me suis mise à tousser également. Un matin, ma mère a appelé l'homme-médecine qui, pour commencer, m'a demandé d'arrêter de tousser pour faire comme mon père. Puis il l'a examiné longuement, avant d'expliquer, d'un air qui ne donnait pas envie de rire, qu'il avait des petites flèches dans le cœur et les poumons. Il pouvait les lui enlever cette fois, mais mon père devait absolument arrêter les cigarettes de tabac. Selon lui, fumer en dehors de la kiva du matin au soir comme il le faisait offensait les esprits et cette année-là, il l'avait vu, mon père ne s'était même pas arrêté durant Soyal. Malheureusement, mon père n'a pas dû entendre, car dans les semaines qui ont suivi il a continué de fumer et de tousser. Les flèches ont fini par venir se loger là où il ne fallait pas et puis un matin mon père a cessé de tousser : il était mort. Le soleil n'était pas encore levé, ma mère est sortie de leur lit pour nous réveiller et nous avons quitté la maison. C'était toujours l'hiver. Dehors les corbeaux et les aigles faisaient entendre un chant lugubre ; avant midi, la neige avait recouvert le village.

* 4 *

C'ÉTAIT LE DÉBUT DU MOIS DE FÉVRIER, AU MOMENT où commencent les cérémonies Powamuy pour la croissance des plantes et du peuple. Entre autres rites et prières, les hommes plantent des haricots dans les kivas et les font pousser à toute vitesse, afin d'encourager les récoltes à venir.

Le jour où mon père est mort, cela faisait une semaine que le village préparait les pahos destinés à Powamuy. Cette année-là, le sachant malade, le chef de sa kiva l'avait choisi pour planter les haricots. On espérait qu'en accomplissant ce rite le cœur pur, mon père allait réparer l'offense faite aux esprits et se libérer de sa mauvaise toux. Il n'en a finalement pas eu le temps.

Deux jours avant, je l'avais accompagné chercher la terre dont il devait remplir des pots pour la kiva. Il avait peiné tout le chemin et à notre arrivée à l'endroit indiqué par le clan du Sable, le sol était gelé. Mon père avait alors sorti du tabac et son briquet. Je pensais qu'il allait faire un petit feu pour réchauffer la terre, mais il avait seulement fumé lentement trois cigarettes, sans dire un mot. Sur le chemin du retour, à l'orée du village, nous avions enfin trouvé un coin de terre meuble. Mon père en avait chargé un sac de toile, j'en avais moi-même récolté le plus que je pouvais dans une sacoche, et nous étions rentrés remplir des pots. Là, il avait sorti de sa poche une poignée de haricots et m'avait montré dans quel sens il faudrait les planter pour qu'ils poussent le mieux possible. Lui ferait ça plus tard dans la kiva, mais il me confiait déjà quelques graines pour mon propre usage.

Le surlendemain, jour où il aurait dû se rendre à la kiva et s'y enfermer pour accomplir son action purificatrice, il était mort. Était-ce parce qu'il avait pris la terre là où il ne fallait pas ? En tout cas, il n'était pas question d'interrompre les rites en cours, et c'est nous, ma mère, mon frère et moi, qui avons dû rester enfermés quatre jours dans notre maison. Le parrain de mon père appartenait au clan de l'Ours, et lui seul pouvait à la fois le remplacer pour planter les haricots et l'enterrer le moment venu. Il n'y avait pas d'autre choix que d'attendre la fin de la cérémonie pour confier son corps à la Terre-Mère.

Comme au moment de Wuwuchim, nous nous sommes retrouvés tous les quatre dans notre maison sans feu, mais cette fois l'un de nos corps était complètement froid. Quatre nuits dans le noir, en compagnie de l'esprit de mon père qui attendait de partir pour la Maison des morts. Durant la première, le silence qui régnait entre nous n'avait presque rien d'étrange, habitués que nous étions à respecter celui qu'aimait et entretenait mon père. C'est lors de la deuxième que nous avons commencé à comprendre que sa voix ne s'élèverait plus jamais, ni pour gronder ni pour chanter ou conter l'histoire de Màasaw. La troisième et la quatrième ont été remplies du vent qui sifflait au-dehors et nous isolait du monde.

Les journées étaient différentes, car nous n'étions pas seuls. Dès le matin, nous descendions nous réchauffer chez Itangu, où les sœurs de ma mère et leurs maris venaient nous tenir compagnie. Même si la plupart étaient mal à l'aise, même si aucun ne demandait à entrer chez nous, dans la pièce où mon père dormait de son sommeil de glace, leur présence allégeait le défilement des heures. Nous préparions à boire, à manger, nous parlions. Et il y avait le rite des morts. Ma mère et ses sœurs ne voulaient pas que j'assiste au lavage des cheveux ni aux peintures du corps, mais dès qu'elles avaient fini, je me rendais auprès de mon père pour accomplir un rite qui m'était propre.

Sa mort ne me faisait pas peur. Sous la couronne de pahos que lui avait confectionnée ma mère, son visage brun était tranquille. Il ne m'était pas permis de le toucher – lui-même m'avait appris avec les chats qu'il ne fallait pas « tripoter la mort » – mais j'avais l'impression qu'en le frictionnant, il aurait été possible de le ramener à la vie. Le masque de coton blanc qui flottait à côté de sa tête et qui lui servirait à rejoindre le peuple des Nuages l'enveloppait d'une douceur qui m'apaisait. Maintenant qu'il était couché là, ma parole était encore plus libre qu'autrefois sur les chemins. Je lui racontais tout ce qui me passait par la tête : nos journées chez Itangu, les réactions des uns et des autres à l'annonce de sa mort, tout ce que nous faisions pour honorer son esprit en attendant le jour où son corps partirait – chaque détail de ces trois journées froides et sèches, que je n'arrivais pas à vivre autrement que dans une sorte d'exaltation.

C'est Honahöhöqya la première qui, quand elle est arrivée à Oraibi le quatrième jour, a cherché à me persuader de cesser de parler à mon père. « Il est mort, disait-elle. Tu dois maintenant laisser son esprit partir en paix. » Les autres n'avaient pas eu la force de m'interdire cela. Comme il m'était difficile de l'accepter au moment même où son corps allait être emporté, ma grand-mère m'a emmenée à l'ouest du village, pour me montrer la butte blanchâtre qui se dressait en direction du nord. Je ne pouvais pas la voir, mais d'après elle, sur cette butte se situait l'entrée de la Maison des morts. C'est vers elle que mon père était en train de cheminer. De là, il redescendrait par l'est et continuerait un chemin que nous ne devions pas essayer de connaître. Il avait besoin de toutes ses forces, il ne fallait pas le retenir.

Quand nous sommes rentrées ce jour-là, les rites Powamuy venaient de prendre fin et le parrain de mon père était déjà venu chercher son corps. Je voulais le rattraper pour être sûre qu'il n'oublie pas de mettre l'échelle dans le trou, mais ma mère et Honahöhöqya m'en ont empêchée en me serrant fermement dans leurs bras et contre leurs visages mouillés. Je n'ai jamais su où mon père a été enterré.

Dès le lendemain, mon parrain est venu chez nous pour m'annoncer que j'allais être initiée à la société Powamuy. Personne n'avait parlé de cela avant la mort de mon père et je trouvais cette nouvelle suspecte. Tout le clan m'assurait cependant que lui-même aurait souhaité qu'il en soit ainsi. L'initiation est un moment important de la vie et je ne devais pas m'opposer à la décision de mon parrain. Je l'ai donc laissé fixer une plume à mes cheveux en signe de reconnaissance et d'acceptation des rites, mais cette initiation précipitée me jetait dans le trouble : pourquoi maintenant ? Je commençais à en vouloir à mon père de ne pas être là pour m'expliquer. Mon parrain avait beau être un ami de notre famille, il était du clan de l'Aigle, je ne le connaissais pas bien. Et surtout, je n'étais jamais allée dans la kiva où il officiait, située à l'autre bout du village.

Quand il m'y a conduite le jour suivant, la chambre souterraine était déjà remplie d'enfants que je ne fréquentais pas habituellement et certains se sont tus. J'ai lu dans leur regard qu'ils savaient, pour mon père, et que cela leur faisait peur. Le chef de la kiva a fait un signe de la main et les filles se sont quand même poussées pour me faire de la place. J'ai dû me déshabiller devant tout le monde avant de les rejoindre sous une grande couverture. Installés de l'autre côté, les garçons me regardaient comme une bête curieuse.

La cérémonie a commencé par le récit de migrations qui n'étaient ni celles du clan de ma mère ni celles du clan de mon père. Je ne connaissais aucune des légendes invoquées par le prêtre, je n'arrivais même pas à écouter ce qu'il disait. Nue sous un coin de la grande couverture, incapable de me tenir près des autres filles, j'étais au contact d'une terre froide qui, mentalement, me ramenait sans cesse aux chemins gelés que j'avais parcourus avec mon père quelques jours auparavant. Alors que j'étais au milieu de tous ces enfants et de leurs parrains, je ressentais l'hiver au plus profond de moi, isolée du monde vivant.

Je ne suis sortie de cet engourdissement qu'au moment où de nombreux coups ont été frappés au-dessus de nous. Tout le monde retenait son souffle en regardant vers le toit de la kiva. Ma voisine s'était rapprochée de moi et se cramponnait à mon bras en tremblant. On a encore entendu des piétinements désordonnés, puis trois Kachinas ont surgi par le trou et dévalé l'échelle avec fracas. Ils poussaient des cris épouvantables, les yeux leur sortaient des orbites et de grandes dents blanches jaillissaient du trou de leurs bouches. Leurs pagnes en crin de cheval virevoltaient autour d'eux et leurs bras agitaient de longs fouets en fibre de yucca. Au milieu des cris, ils ont saisi certains enfants et les ont fouettés un nombre inégal de fois. Certains parrains s'interposaient pour recevoir les coups à la place de leur filleul, mais quelques enfants, frappés plus sévèrement que les autres, hurlaient de douleur. J'étais terrifiée.

Puis soudain, le calme est revenu. Quelques enfants pleuraient encore, mais les Kachinas se tenaient à présent immobiles. Quand l'ambiance de la kiva s'est trouvée parfaitement apaisée, le chef a fait un signe et les Kachinas ont porté les mains à leur tête pour retirer leurs masques. C'était la première fois que je voyais les esprits faire une telle chose. Quand ils ont été tête nue, j'ai reconnu parmi eux plusieurs hommes du village. Certains enfants se sont mis à rire nerveusement. Les Kachinas sont censés être des esprits à peine descendus des monts San Francisco, c'était totalement incongru de les voir se transformer en nos pères. Comme désormais plus personne ne pleurait, le chef de la kiva a repris la parole. Avec douceur, lentement, il a explicité le secret qui venait de nous être révélé. Oui, des hommes se cachaient sous les masques, et faisaient vivre les esprits parmi nous, chaque année, de Soyal à Niman. Durant ces six mois où ils ne dormaient pas dans la montagne, les esprits habitaient littéralement ces masques et le cœur des hommes qui les animaient. Les danses et les actions purificatrices qu'ils accomplissaient durant ce temps commandaient les cultures de l'année à venir et le sort de tous les humains. Aussi devions-nous leur garder tout notre respect et notre dévotion, et préserver leur sommeil quand, durant la période où ils repartaient dans la montagne, les masques dormaient en des endroits cachés du village, sous la garde des clans et des sociétés religieuses.

Le prêtre a fini en précisant que ce secret ne devait en aucun cas sortir de la kiva. Ceux des enfants qui avaient été battus, et qui étaient sur le point d'entrer dans la société des Kachinas, en étaient les gardiens spécifiques. Il n'était pas question qu'ils révèlent quoi que ce soit aux enfants plus jeunes, non encore initiés. Quant à nous autres, enfants de la société Powamuy, il nous nommait « petits pères des Kachinas ». Désormais, c'est nous qui serions chargés de donner à manger aux esprits et de les conduire à travers le village durant les cérémonies.

Sur le chemin qui nous ramenait à la maison du clan de l'Aigle, où je devais passer la nuit, j'ai demandé à mon parrain pourquoi j'avais été initiée à la société Powamuy alors que d'autres enfants l'étaient à celle des Kachinas. Il a répondu : « Parce que ton père y tenait. Comme il avait tenu à ce que ton frère soit initié à celle des Kachinas. » J'ai demandé pourquoi les uns étaient battus et pas les autres. « Généralement, les enfants qu'on destine à Powamuy sont plus sages… Et on ne fouette les autres que pour leur apprendre le respect des esprits, ainsi que celui des traditions.

— Et ça marche ?

— Ça dépend… Dans le cas de ton frère, par exemple, non. Je connais bien l'histoire, car Mànkwatsi a été initié par mon propre frère dans la kiva Maraw, de votre côté du village. Quand les esprits fouetteurs sont entrés, mon frère n'a pu recevoir aucun des coups qui étaient destinés au tien – Mànkwatsi en a même reçu significativement plus que les autres garçons. Cette année-là, c'est ton père qui portait le masque de Hu'. Quand il l'a enlevé et que ton frère l'a reconnu, ce n'est pas du respect, mais du défi, qu'on a lu dans ses yeux. »

J'aurais voulu poser d'autres questions à mon parrain, mais nous arrivions dans la maison de l'Aigle, où sa mère avait préparé tout ce qu'il fallait pour me recevoir. La nuit qui a suivi, dans la grande pièce où nous dormions tous, j'ai fait un rêve terrible. Je voyais mon père fouetter à tour de bras et mon frère ricaner sous la pluie de coups. Je tendais les mains vers lui pour le protéger, mais elles étaient trop petites, et quelqu'un croyait que je voulais moi aussi frapper Mànkwatsi. Finalement, mon frère ensanglanté regardait tout le monde d'un air crâne, avant de s'échapper par le toit de la kiva. Quand je me suis réveillée, je ne savais plus où j'étais et j'avais le visage inondé de larmes. J'ai essayé de m'enfuir, mais la mère de mon parrain, qui m'avait entendue gémir, m'a retenue et étouffée dans sa couverture jusqu'à ce que je cesse de pleurer et de dire des horreurs. Quand le jour s'est levé, elle m'a lavé les cheveux avec de la mousse de yucca, balayé le corps avec un épi de maïs-mère et rebaptisée Kwapkowaaya – Aigle-fugueur. Puis en souriant, elle a dit : « Allez, sauve-toi maintenant. » Sans même remercier pour la nuit ni dire au revoir à mon parrain, j'ai couru jusque chez nous.

Pour une fois, Mànkwatsi était à la maison. Je me suis jetée dans ses bras. « Tiens, tiens ! L'initiation nous aurait-elle dressé notre petite sauvage ? » a-t-il dit en me tirant doucement la tignasse. Ma mère avait dû profiter de sa nuit seule pour pleurer, car elle avait les yeux rouges et gonflés. Elle était maintenant en train de préparer un grand repas. Sans nous regarder, elle nous a demandé de l'aider. Il y avait du mouton, des passereaux, des haricots et des courges au piment. Une de ses sœurs devait encore amener des galettes et un immense bol de maïs sucré.

Quand les invités sont arrivés, j'ai constaté qu'il ne s'agissait pas de notre famille proche. À part le père de ma mère, il n'y avait là personne du clan du Papillon. Seulement mon parrain de l'Aigle et son frère, parrain du mien, ainsi que des membres de la famille de mon père. Parmi eux, j'ai à peine reconnu sa mère et une de ses sœurs, assises dans un coin, silencieuses. Près d'elles se tenait également un homme assez jeune, qui ressemblait un peu à mon père. Ma mère et Mànkwatsi avaient l'air de l'apprécier; moi, je ne l'avais jamais vu. Il avait le regard doux. Le chef de notre village et le parrain de mon père, tous deux du clan de l'Ours, étaient présents aussi, avec leurs femmes.

Lorsque nous avons commencé à manger, les conversations n'ont tourné qu'autour de mon frère et moi. Mon parrain a raconté mon initiation à la kiva Maraw et a demandé à mon frère quelle société d'adulte il choisirait bientôt. La sœur de mon père, maintenant sortie de son silence, m'interrogeait sur mes amies, mes occupations au village. J'avais envie de parler des marches que je faisais avec mon père, mais quelque chose m'en empêchait. Je répondais poliment aux questions qu'on me posait.

Le repas fini, nos deux parrains de l'Aigle ont remercié ma mère pour son invitation et ont longuement loué le clan du Papillon pour l'accueil généreux qu'il réservait toujours à ses visiteurs. Le chef de notre village voulait parler également. Il a pris son temps, et a commencé ainsi : « Sunalahonaw était un homme bon, c'était aussi mon ami. » Entendre le nom de mon père, Ours-solitaire, prononcé pour la première fois de la journée m'a fait venir une boule dans la gorge – je devais serrer ma langue contre mon palet pour l'empêcher de sortir. « Avec lui, le clan de l'Ours a perdu un membre valeureux et le clan du Papillon un précieux soutien. Je le rencontrais parfois sur les chemins. Nous observions ensemble les reliefs, les nuages, le vol des oiseaux. Il savait lire la terre comme personne et voyait les dégâts provoqués par le vent, les pluies d'orage ou la grêle. Ses conseils sur la tenue de nos maisons au bord de la falaise vont me manquer, car ses paroles étaient rares, mais justes. Une fois que nous nous étions retrouvés loin d'Oraibi, il m'avait dit : "Il ne faut pas juger la réserve dans laquelle je me tiens. Le sort des Hopis m'intéresse, mais ils sont trop bavards. J'ai beaucoup voyagé, et hors d'ici c'est pire, les hommes parlent à tort et à travers. Alors je suis revenu pour profiter du silence de nos mesas." Maintenant qu'il a rejoint le monde des esprits, la paix de nos plateaux est la sienne. Puisse-t-il y revenir le plus souvent possible, sous forme de nuage et de pluie, prendre soin de nous comme il l'a toujours fait. »

Après un silence, notre chef a ajouté : « De notre côté, nous tâcherons de veiller sur ses enfants. Notre sœur Hookonatalasho'i nous a invités chez elle aujourd'hui pour qu'en ce temps d'initiation, nous fassions un peu mieux connaissance avec Tayatitaawa et Mànkwatsi. Tous deux sont de caractères différents, mais semblent aussi vaillants que leur père. Je sais que leur mère et le clan du Papillon les élèveront dans le respect de nos valeurs. Mànkwatsi entrera bientôt dans sa société d'adulte, c'est à lui et à son parrain de la choisir. Quant à Tayatitaawa, elle doit recevoir l'éducation qui sied à son âge. Ma femme, qui comme Sunalahonaw a un temps voyagé hors de notre territoire, instruit notre fille Taalawsohu. Elle serait heureuse d'instruire également la fille de notre frère et ami.

Si aucun membre du clan de l'Ours de Walpi ne s'y oppose, voilà la protection que je peux lui offrir ici, à Oraibi. » Tous les invités ont approuvé la proposition de notre chef, puis nos parrains ont remercié ma mère pour son accueil et sa bienveillance. Les membres de l'Ours ont rappelé que leur clan resterait à tout jamais un refuge pour ses enfants quand ils en auraient besoin, et tout le monde est reparti chez soi. Ainsi s'achevait le temps de mon initiation ; j'étais soulagée de retrouver l'ambiance familière du clan du Papillon.

Quelques jours plus tard, Powamuy s'est achevé avec la visite de Mère-Corbeau. Parmi les cadeaux qu'elle apportait aux enfants, il y avait pour moi une poupée Koyemsi, dite aussi Tête-de-Boue, identique aux clowns qui surviennent aux premiers temps de Soyal. Manta rouge autour des hanches et petits mocassins blancs, ma poupée me plaisait car elle avait aussi de petits tubes à la place des yeux, des oreilles et de la bouche. Sa figure sans expression me semblait conforme à l'humeur qui était la mienne depuis la mort de mon père.

Les semaines suivantes, le père de ma mère m'a souvent félicitée d'emmener Tête-de-Boue partout avec moi. Il m'a également rappelé qu'elle était un clown sacré et qu'elle savait très bien chanter, danser et jouer du tambour. Si bien que petit à petit, j'ai permis à ma poupée de faire tout cela. D'abord pour mes chats, cachée dans un coin, puis pour ma famille, dans la pièce principale de notre maison. Certains jours, finalement, Tête-de-Boue et moi faisions un tel vacarme que le père de ma mère était obligé de venir nous calmer à la nuit tombante. Il arrivait chez nous en disant : « Le clan du Papillon demande à Tête-de-Boue, Tayatitaawa et ses chats s'il sera permis de fermer l'œil cette nuit ! » Je comprenais qu'il était temps de coucher Tête-de-Boue et je montais moi-même dans ma chambre.

Mais alors la figure silencieuse et sans expression de ma poupée revenait flotter sous mes paupières, tandis que j'entendais ma mère pleurer en bas toutes les larmes qu'elle avait retenues la journée. J'étais ensuite happée par un rêve, toujours le même, où un grand corbeau balayait de ses ailes noires les murs et le sol de notre maison. Pour lui échapper, j'essayais de sortir par le toit, mais une fois dehors je m'apercevais que le corbeau recouvrait tout le paysage, depuis le village jusqu'à l'horizon, englobant le ciel et les montagnes à perte de vue. Il n'y avait rien à faire contre ça, ni aucune issue pour sortir de cette ombre immense.

Puis un matin, quand le printemps a été bien installé, j'ai décidé quelque chose pour faire cesser ce rêve. J'ai pris Tête-de-Boue sous mon bras et je me suis rendue à l'endroit où mon père et moi aurions dû prélever la terre pour les haricots. Le sol, bien entendu, était maintenant dégelé. J'ai sorti de ma poche les haricots que mon père m'avait confiés et je les ai plantés dans le sens qu'il m'avait montré, en faisant cette prière à Mère-Corbeau : soit les esprits courroucés par tout le tabac fumé en dehors de la kiva passaient l'éponge et nous rendaient mon père en même temps que pousseraient les haricots, soit ils étaient obtus et reprenaient les haricots – mais en ce cas qu'ils gardent également la tristesse qui s'était abattue chez nous depuis le rapt de mon père. « Qu'à jamais la terre étouffe dans ce petit trou les mauvais rêves et les sanglots ! » avais-je crié devant les haricots fraîchement plantés. Et j'étais rentrée à la maison.

* 5 *

J'AI EU BEAU ALLER VOIR CHAQUE JOUR, AUCUNE TIGE n'est jamais sortie de terre à l'endroit où j'avais planté les haricots. Mais petit à petit le corbeau de mes rêves a repris une taille normale et une vie nouvelle s'est organisée. Mànkwatsi s'est vu confier le soin exclusif de notre troupeau, ce qui lui a donné un prétexte pour passer encore plus de temps hors de chez nous. Il disparaissait parfois une semaine entière. Nous ne nous savions pas ce qu'il faisait ni où il dormait, mais tant que le troupeau était en bonne santé, personne ne trouvait rien à redire. Mon frère avait beau être différent de notre père, les membres du clan s'accordaient sur le fait qu'il avait besoin de la même liberté.

La question des cultures était plus préoccupante. Les champs de ma mère étaient situés à plusieurs kilomètres au bas de la mesa et représentaient pour les hommes du Papillon une charge de travail considérable. Le père de ma mère ne supportait qu'à grand-peine les longues marches régulières qu'imposait la récolte des courges, des melons, du maïs – et pourtant, sur place, tous les bras étaient nécessaires. Quand elle le voyait prendre la route avec les autres, le dos courbé, les jambes arquées, chancelantes, ma mère le priait chaque fois de rester au village. Mais alors il s'insurgeait, demandant à quoi il serait encore bon, si on ne le laissait pas faire sa part de travail. Les yeux plissés de malice, il ajoutait : « Et que penserait ma maîtresse en bas, si je n'allais pas remplir mes devoirs auprès d'elle ? » C'était la plaisanterie favorite des hommes qui partaient pour plusieurs jours dans les champs, une façon enjouée d'exprimer leur asservissement continuel à la Terre-Mère, malgré la soif, les brûlures du soleil et la poussière asséchante des arroyos. Tant qu'il s'agissait d'extraire de la terre sa substance nourricière, aucun travail ne leur semblait ingrat.

Vers la fin de l'été cette année-là, au moment où les récoltes demandent le plus gros travail, plusieurs hommes du village sont venus proposer leur aide chez nous. La plupart par simple solidarité, d'autres parce que le clan du Papillon comptait désormais une très belle veuve. La tradition l'y autorisant, tout le monde s'attendait à ce que ma mère choisisse bientôt un nouveau mari parmi ces bonnes volontés. Mais quand ses sœurs faisaient allusion à une telle union, ma mère résistait : « Un autre mauvais caractère sous mon toit ? Non merci. Avec la maison qu'il m'a construite, il me reste le meilleur de Sunalahonaw, je ne vais pas m'encombrer d'un nouvel homme… »

Les récoltes finies, ma mère a refermé la porte de notre maison. Ses sœurs n'étaient plus autorisées à évoquer devant elle un futur mariage et nos oncles eux-mêmes étaient priés de se tenir à distance. Le seul homme qui avait le droit de venir chez nous était mon grand-père. C'est de lui que ma mère avait hérité sa joie de vivre, et lui seul parvenait à ranimer l'étincelle qui brillait ordinairement dans ses yeux. En dehors de son affection et de ses traits d'humour, ma mère n'a quasiment pas ri du premier hiver que nous avons passé seules.

Pour moi, la vie était redevenue ce qu'elle devait être pour une enfant de mon âge – voire un peu plus libre encore que lorsque mon père était là. Consciente de n'être pas toujours de bonne compagnie, ma mère m'encourageait à sortir à toute heure et à me rendre partout où je le désirais. Et dans notre maison, elle m'avait cédé la petite pièce où était dressé le métier à tisser. Tant que je la tenais propre, j'avais le droit d'y faire absolument ce que je voulais, elle n'y mettait jamais les pieds. Sans rien toucher aux affaires que mon père y avait laissées, j'y avais donc installé mes chats.

L'année suivante, quand le printemps est revenu, la question des cultures s'est à nouveau posée. Les hommes du Papillon, qui n'avaient pas rajeuni pendant l'hiver, allaient avoir besoin d'aide pour labourer, ouvrir le sol encore gelé par endroits et y faire les semailles. Ma mère a surpris – et contrarié – tout le monde en annonçant lors d'une réunion du clan qu'elle refusait que des hommes mariés s'occupent de nos champs. « Et pourquoi ça ? » a demandé l'une de ses sœurs. « Je ne veux pas nous attirer l'hostilité de leurs épouses, a répondu ma mère. Par ailleurs, je travaillerai dur pour dédommager chaque paire de bras qui se donnera de la peine sur les terres que travaillait Sunalahonaw. » Et de fait, cette année-là, elle a passé son temps à distribuer des pots de maïs sucré et les paniers qu'elle tressait nuit et jour. Il était évident que c'était une façon pour elle de garder une part de fierté dans son malheur, mais au sein du clan, personne ne comprenait cet entêtement, cet affront à la générosité naturelle de notre peuple.

Notre vieille Itangu l'a laissée agir ainsi jusqu'à l'été, mais la saison des récoltes venue, elle l'a mise en garde : le clan vieillissant du Papillon n'avait pas beaucoup de ressources. Dispenser des richesses que nous ne possédions pas mettait notre survie en danger. Et surtout, c'était là la vraie préoccupation d'Itangu, cela n'était pas digne d'elle. « Que se passe-t-il, Hookonatalasho'i ? » Ma mère ne répondait pas. Alors très doucement, la question d'Itangu est venue : « L'esprit d'un mort ne tourmenterait-il pas un peu tes nuits, pour que tu manques à ce point de jugement sur les vivants ? »

La parole des anciens comptant plus que tout dans l'appréciation des choses de la vie, ma mère s'est trouvée comme réveillée par les soupçons d'Itangu. Le soir même, elle a cherché ce qui dans notre maison pouvait l'avoir empêchée d'être plus clairvoyante. Ensemble, nous avons sorti les affaires de mon père de la pièce où j'avais mes chats et nous sommes allées les jeter à l'est du village. Dès le lendemain, elle a délaissé la confection de paniers et de maïs sucré au profit de pahos pour les cérémonies à venir, s'en remettant enfin aux esprits plutôt qu'à elle-même pour récompenser les bienfaits extérieurs dont le clan pouvait jouir.

À la fin de l'été, elle s'en voulait encore d'avoir à ce point manqué de modestie. Bien qu'elle eût participé à la première partie de Lakon au printemps et chanté les chants préparatoires avec ses sœurs du clan du Papillon, elle a jugé ne pas avoir le cœur assez pur pour prendre part aux rites d'automne cette année-là. En cette période où ce sont les femmes qui investissent la kiva, elle a donc cédé sa place et nous sommes restées quatre jours dans notre maison, en attendant que ses sœurs aient fini de célébrer la fin des récoltes. Chaque soir, nous allions voir le soleil se coucher au-dessus d'Achámali – l'Endroit-où-Deux-Rochers-s'appuient-l'un-contre-l'autre – avant de rentrer dîner en silence. Ensuite, la nuit tout à fait tombée, ma mère m'instruisait de ce qui était en train de se jouer dans la kiva.

Les rites d'automne de Lakon ont lieu au moment où les plantes meurent et où les graines arrivées à maturité entrent en sommeil jusqu'à la renaissance du printemps. Cette cérémonie et les deux suivantes, Maraw et Owaqöl, sont conduites par des femmes parce qu'elles sont en lien étroit avec la fertilité : faire passer les graines d'un cycle à l'autre, c'est relier la mort à la vie. Les femmes ne font pas autre chose lorsqu'elles portent dans leur ventre l'enfant venu du monde inférieur, destiné à renaître dans le nôtre.

Ma mère n'avait pas le droit de me révéler la teneur des rites qui se déroulaient dans la kiva, mais durant ces veillées elle est revenue sur un événement important de ma vie et auquel nous n'avions pas accordé assez d'importance : la survenue de saignements quelques jours après la mort de mon père. À ce moment-là, au jeune âge qui était encore le mien, ma mère n'avait pas cru qu'il pût s'agir de premières règles. Mais depuis, les saignements étaient revenus chaque lune. Les premiers mois, ma mère n'avait pas voulu admettre qu'une part d'enfance s'était définitivement détachée de moi et elle avait préféré me laisser à mes jeux et à mes chats. À présent, cela faisait un an et demi, il était temps de m'instruire des changements que cela impliquait.

« Ma fille, tu as maintenant le précieux pouvoir de porter la vie. Tu as encore le temps avant d'accomplir ton destin de femme et de mère, mais d'ici quelques semaines, tu te soumettras au rite de puberté en t'éloignant quelque temps du village. Plus tard, il te faudra choisir un mari. » Nous étions toujours dans la pénombre et la voix de ma mère s'est faite sourde, presque lointaine. « Un mari qui... comment dire ? Un mari capable de te dispenser ses bienfaits aussi bien le jour que la nuit. C'est-à-dire un homme sachant travailler, mais sachant également t'aimer. Et souviens-toi de ceci : peu importe si comme les nuages cet homme a de temps en temps des airs menaçants. L'essentiel n'est pas là. Reproche-t-on à l'orage de gronder avant de répandre la pluie ? Reproche-t-on aux torrents d'être furieux quand ils dévalent les falaises et irriguent la plaine ? »

Ma mère avait prononcé ces deux dernières phrases d'une voix si faible qu'elles s'étaient presque perdues. À présent, elle se taisait, mais je sentais que quelque chose restait suspendu au loin. Je me suis alors approchée et j'ai entendu ma mère souffler : « Je ne me remarierai pas, Tayatitaawa... je ne me remarierai pas. Je ne veux pas d'enfant d'un autre homme que Sunalahonaw...

je ne veux pas, je ne peux pas... » Son visage était en eau. Je sentais confusément ce que ce renoncement pouvait avoir de critique dans la vie d'une femme, mais une part de moi triomphait : pas d'autre enfant que moi-même ! Je ne sais pas d'où cela m'est sorti, mais j'ai dit : « Et pourquoi ne te trouverait-on pas un mari déjà tout sec ? » Au milieu de ses larmes, ma mère a ri. Pas nerveusement, mais de façon franche au contraire. D'un coup, c'était comme si la lumière revenait dans notre maison. Ce soir-là, nous nous sommes endormies l'une contre l'autre.

Au cinquième soir de Lakon, ma mère et moi sommes allées à la porte de la kiva où étaient enfermées ses sœurs, afin de confier un sac de maïs moulu aux jeunes initiées qui allaient pénétrer la chambre souterraine. Puis, au lieu de rentrer chez nous, nous sommes allées faire une longue promenade sous la lune. Pour la première fois depuis longtemps, ma mère semblait apaisée. Nous sommes passées par des chemins très escarpés qu'empruntait mon père et dont je ne me doutais pas qu'elle pût également les connaître. Arrivées au pied de la mesa, nous avons continué à travers la plaine, jusqu'à une énorme roche volcanique aux formes irrégulières. « Avant ta naissance, je suis venue ici, Tayatitaawa. Vois-tu ce relief dans la roche ? On dit qu'il représente la position parfaite du bébé dans le ventre de sa mère. Les femmes enceintes viennent là pour que leur enfant la sente et l'apprenne. Je ne sais pas si j'ai bien fait les choses ce jour-là, car tu es née avec les jambes toutes tordues… Quand tu attendras un enfant pour la première fois, j'aimerais que tu viennes là, et que tu poses ta main sur cette pierre, Tayatitaawa, comme ça… » Même si la question d'enfanter un jour me paraissait irréelle et lointaine, j'étais touchée que ma mère, cette nuit-là, me transmette un secret d'adulte. C'était comme un pont qui se dressait entre les âges, celui qu'elle souhaitait quitter et celui que je n'allais pas tarder à atteindre.

Quelques jours plus tard, à la fin de Lakon, ma mère a surpris tout le monde en renouant soudainement avec l'hospitalité qui lui était autrefois coutumière. Elle souhaitait non seulement réunir ses sœurs qui sortaient de la kiva, mais également leurs maris et tous ceux qui avaient participé aux travaux du clan du Papillon durant la saison. Non pour les remercier, mais simplement pour le plaisir de se retrouver ensemble avant les austères cérémonies d'hiver. Pendant deux jours, il y a eu de la viande en ragoût, des pains de maïs, de grandes galettes fourrées aux haricots, beaucoup de graines grillées et du maïs sucré. Le soleil d'automne couvait d'une douce chaleur l'amitié ainsi renouée et les cœurs étaient emplis de reconnaissance pour les stocks de nourriture renouvelés.

Nous avions bien fait de fêter les récoltes si tôt, car cette année-là l'hiver est arrivé sans prévenir. Les dernières courges étaient encore sur pied quand nous nous sommes réveillés un matin sous la neige. Tout le monde s'est alors levé en hâte pour terminer le travail inachevé. Par chance, un marchand ambulant avait passé la nuit au village. À cause de la neige, il ne pouvait plus redescendre sa carriole au bas de la mesa, et n'avait donc rien d'autre à faire que de nous aider à remonter, avec son cheval, les courges restées sur le plateau.

Mes oncles riaient, car cet homme providentiel, originaire de Shungopavi, était justement du clan de la Citrouille. Il s'appelait Patangwupööqa, Tige-de-Courge, et expliquait volontiers que c'était sa grande taille autant que sa stature rigide qui lui valaient ce nom. Grandir trop vite dans sa jeunesse l'avait figé comme un morceau de bois sec, et c'était pour cette raison qu'il avait monté un commerce ambulant, incapable qu'il était de courir les chemins et de travailler la terre comme le faisaient les autres hommes. Soufflant à côté de son cheval sur les sentiers escarpés qui remontaient du plateau vers notre village, il ne cessait de gémir qu'un tel effort n'était ni de sa condition ni de son âge, mais qu'avec cette neige, il comprenait bien que le clan du Papillon n'allait pas le nourrir à rien faire ! Patangwupööqa était drôle, et son séjour forcé parmi nous semait la gaieté.

Quand enfin toutes les récoltes tardives ont été rentrées, les gens d'Oraibi se sont occupés de lui rendre sa liberté. Grâce à un système ingénieux transformant les roues arrière de sa carriole en traîneau, ils sont parvenus à la redescendre sur le plateau. Patangwupööqa est alors parti vers l'est, pour entamer son circuit d'hiver. Tant que les mesas étaient inaccessibles au chariot à cause du gel, il sillonnait le territoire navajo pour acheter des couvertures, des selles, et s'aventurait parfois plus loin, jusqu'aux foires des grandes villes, pour ne réapparaître qu'au printemps.

La saison suivante, Patangwupööqa a été accueilli au village non plus seulement en marchand, mais également en ami. Il logeait désormais chez une sœur de ma mère et son mari, juste à côté de chez nous. Nous nous retrouvions chez eux après le dîner, et lui qui, par le passé, s'était toujours tenu dans une réserve polie, contrefaisait à présent pour notre plus grand plaisir les danses rustres des Navajos et des Cochiti. Son numéro était d'autant plus drôle qu'il était lui-même un piètre danseur, sans rythme et sans équilibre. Nous riions autant de lui qu'avec lui, mais plus nous montrions de joie, plus il se trémoussait avec énergie.

Cette année-là, nous l'avons revu quelques jours durant l'été, puis à nouveau au début de l'automne. Il semblait n'avoir jamais eu autant à faire à Oraibi ! Ma mère et ses sœurs lui commandaient chaque fois de nouveaux articles et il avait toujours lui-même quelque chose d'utile à leur montrer.

Jusqu'à ce que, un matin d'hiver, ce cycle prenne fin brutalement. En arrivant, Patangwupööqa a expliqué à notre clan que le froid s'en venait et qu'il ne se sentait pas l'envie de recommencer un long circuit dans les terres lointaines. Marchand était un métier fatigant, qui ne lui avait jamais permis d'être chez lui plus de quelques semaines par an. À cause de cela, il n'avait jamais pu garder de femme, et cela le rendait triste à présent… Depuis que nous le connaissions, c'était la première fois que Patangwupööqa s'épanchait de la sorte et sur le moment, personne n'a su quoi lui répondre. Notre ami est reparti abattu livrer, pour la dernière fois, ses autres clients.

Le recroisant plus tard dans le village, ma mère l'a invité à dîner le soir même. Elle voulait lui promettre notre amitié, même quand il ne serait plus marchand. Deux heures plus tard, Patangwupööqa s'est présenté chez nous vêtu d'une belle chemise de coton. Le repas était prêt pour quatre, mais mon frère n'est jamais rentré et nous avons commencé à manger. Quand ma mère lui a demandé ce qu'il comptait faire à présent, Patangwupööqa a d'abord eu l'air d'hésiter. Il s'est finalement redressé comme un jeune aigle, et il a lancé : « Eh bien, je voudrais me marier ! » À son tour gênée par l'indiscrétion de sa question, ma mère a baissé la tête sans répondre. D'un air découragé, Patangwupööqa a poursuivi : « Voilà bien une idée ridicule, hein ? À mon âge, te dis-tu... » Ma mère a alors sorti le nez de son assiette pour protester : « Pas du tout, mon frère ! C'est simplement que cette décision ne regarde que toi... et ta femme. Est-elle heureuse de se marier ? » Là, notre invité est devenu rouge comme un piment et m'a suppliée d'aller lui chercher un peu d'eau.

Quand je suis revenue, ma mère était aussi rouge que lui et, d'une voix faible, posait plein de questions : « Est-ce que tu as une maison ? Des enfants ? » Chacune de ses phrases était entrecoupée de petits raclements de gorge. « Ta mère est vivante ? Hum-hum. Tes sœurs sont mariées ? » Patangwupööqa expliquait qu'il vivait chez sa sœur aînée, où il s'était longtemps occupé de ses neveux. Maintenant que ceux-ci étaient grands, il n'était plus nécessaire qu'il reste là-bas. Quant aux enfants qu'il aurait pu avoir lui-même, c'était difficile à avouer, mais aucune des femmes qu'il avait connues n'était jamais tombée enceinte... Ma mère continuait de tousser et faisait « *ttt-ttt* » avec la langue. C'est ce moment que j'ai choisi pour mettre fin à leur supplice et entrer dans la pièce avec ma cruche d'eau.

Le reste du repas s'est passé gentiment, en conversations tranquilles, légèrement décousues. Après le dîner, Patangwupööqa ne s'est pas attardé. Il nous a souhaité bonne nuit, puis il est rentré dormir chez notre sœur et son mari. La porte n'était pas encore fermée que je tannais déjà ma mère pour savoir ce qui avait été dit en mon absence. Ma mère est redevenue rouge sombre et a avoué que notre nouvel ami venait de la demander en mariage. J'en étais si sûre que j'ai frappé dans mes mains et tapé des pieds ! Ma mère a voulu m'attraper pour me faire taire, mais à cette heure, j'étais bien plus agile qu'elle, et elle n'a pas pu m'empêcher de chanter et de danser. Elle n'était pas encore décidée mais je savais, moi, que ce mariage allait se faire. Patangwupööqa allait apaiser son cœur et le mien. Elle n'aurait plus le loisir d'être triste et je n'aurais plus à m'inquiéter de la laisser seule chez nous. Patangwupööqa était un homme doux et, surtout, sa présence allait m'ouvrir des horizons vastes comme le monde !

Dans la semaine qui a suivi, j'ai tourmenté ma mère quotidiennement pour qu'elle donne sa réponse à Patangwupööqa, mais elle ne voulait rien dire tant que mon frère n'était pas là pour entendre sa décision. Patangwupööqa allait repartir à Shungopavi, je n'avais d'autre choix que de me lancer à la recherche de Mànkwatsi.

J'ai d'abord interrogé les garçons du village, mais aucun d'entre eux ne savait où était mon frère. Je suis allée voir une fille que je soupçonnais être sa fiancée, mais elle m'a chassée de chez elle en râlant, pour qu'on lui fiche la paix avec « celui-là ». Je n'avais donc aucune piste en sortant d'Oraibi, jusqu'à ce que je croise un chien qu'il emmenait parfois avec lui. Ne sachant que faire d'autre, je l'ai suivi.

Le chien m'a menée directement à une grotte qui se trouvait à quelques kilomètres, sur le flanc ouest de la mesa. Mon frère n'était pas là, mais il y avait son bâton près des cendres encore tièdes d'un foyer. J'ai attaché le chien à l'entrée de la grotte en espérant que Mànkwatsi comprenne qu'on avait besoin de lui, puis je suis rentrée au village. Mon frère est revenu à la maison le soir même. Sans faire allusion à quoi que ce soit, il m'a écoutée lui parler de Patangwupööqa, puis est allé trouver ma mère pour lui dire qu'elle devait se marier. Ma mère a joué à être vexée que ses enfants veuillent à tout prix se débarrasser d'elle ainsi, puis elle m'a envoyée chercher notre ami.

Quelques jours plus tard, Patangwupööqa revenait de Shungopavi, la carriole pleine de couvertures, de poteries et d'autres belles marchandises. Ma mère était aussi gênée que flattée par tous ces présents et en a distribué la plus grande partie à nos mères, à nos sœurs, à nos voisines. Patangwupööqa était aussi généreux qu'elle et s'amusait de voir sa fortune ainsi dilapidée. Au printemps suivant, il faisait déjà partie de la famille, aidant aux cultures grâce à son cheval et sa carriole. Un peu plus de deux ans après la mort de mon père, le clan avait retrouvé un fonctionnement harmonieux.

* 6 *

Les récoltes finies, la cérémonie Lakon passée, il était temps pour ma mère d'aller à Shungopavi rencontrer la famille de Patangwupööqa. Mais avant cela, elle souhaitait me conduire à Moenkopi, chez Honahöhöqya, loin à l'ouest de la Troisième Mesa. Nous sommes donc montés tous les trois sur la carriole et avons entamé la longue route sur le plateau. Au bout de quelques heures, les roches jaunes de nos reliefs ont laissé place à la plaine désertique et monotone qui précède le canyon d'Owako. Patangwupööqa semblait heureux d'être à nouveau sur la route et sifflait à tue-tête en tenant la bride légère à son cheval. Nous avons atteint les terres rouges de Moenkopi en fin de journée.

Je n'étais pas venue ici depuis trois ans, et n'avais pas revu ma grand-mère depuis la mort de mon père. Quand nous nous sommes arrêtés devant chez elle, elle a fait ses petits yeux plissés, puis a poussé un cri de joie en nous reconnaissant. Les bras ouverts pour m'accueillir au bas de la carriole, elle me tâtait partout en riant. « Oh, la belle cascade de jais ! » s'écriait-elle en saisissant ma tignasse à pleines mains. Elle se moquait de moi, car mes cheveux étaient mêlés de poils de chat, de plumes, de brindilles… tout ce qui était passé à proximité de ma tête depuis la dernière fois que j'avais accepté de me coiffer. « C'est pour ça que je t'amène ma fille, Honahöhöqya, a lancé ma mère en descendant à son tour de la carriole. Il faut dresser cette sauvageonne ! » Nous sommes entrées toutes les trois dans la petite maison, pendant que Patangwupööqa s'occupait de son cheval.

Rien n'avait bougé chez ma grand-mère. Tout était propre et bien rangé, chacun des nombreux objets qui avaient enchanté mes séjours autrefois comme figé dans un passé de migrations anciennes. Près du mur à droite, les fétiches zunis, le grand panier apache, les pipes ojibwés et la sacoche crow en perles. À gauche, sur une petite étagère à part, des trésors plus lointains encore. Notamment le gros œuf de pierre lisse dans une boîte brillante qu'on disait « laquée », et dans laquelle reposait également un collier de coquillages vernis. Ces dernières pièces exerçaient sur moi la plus grande fascination, car ils venaient de peuples dont je n'avais jamais entendu parler, sauf par ma grand-mère. Ils étaient comme les miroirs d'un monde inconnu et inaccessible, d'une douceur froide et étrange. Ce jour-là encore, je suis allée poser mes mains dessus. Ma mère et Honahöhöqya semblaient avoir des choses à se dire, j'ai demandé la permission d'aller montrer les objets brillants à Patangwupööqa – j'étais curieuse de savoir si lui, le marchand, avait jamais rien vu de tel.

Quand je suis revenue dans la maison, ma mère était en train de prendre congé. Patangwupööqa l'emmenait passer la nuit chez un de ses amis navajos avant d'entamer le long voyage jusqu'à Shungopavi. Dès que nous nous sommes retrouvées seules,

Honahöhöqya s'est remise à rire. Elle était heureuse de me revoir. « Et tu es jeune fille depuis des lunes, m'a dit ta mère ! » J'étais gênée que cela soit notre premier sujet de conversation, mais elle semblait si fière que je n'ai rien dit qui puisse aller contre sa joie. « Si tu le veux bien, nous allons garder cette bonne nouvelle pour nous quelque temps. » Je n'avais aucune intention de le clamer sur les toits, et c'est donc bien sagement que je suis restée chez elle à moudre du maïs quatre jours durant. Nous n'avons mangé ni viande ni sel, et elle seule sortait chercher l'eau dont nous avions besoin. Le cinquième jour, elle m'a lavé les cheveux avec de la mousse de yucca en signe de purification et m'a proposé de me coiffer en papillon – c'est-à-dire les cheveux roulés en hélice de chaque côté des oreilles, comme aiment à se montrer les jeunes filles qui veulent se marier. Je préférais rester discrète pour mon retour à Moenkopi.

Ma première visite a été pour Sihusakwa, Fleur-de-Turquoise, une amie d'enfance qui habitait à quelques maisons de là. Elle aussi avait changé. Un peu plus âgée que moi, elle avait à présent les mêmes formes que nos mères. De loin, je l'avais d'abord prise pour une de ses sœurs. « Te voilà enfin, Tayatitaawa ! s'est-elle écriée en me voyant. Ta grand-mère m'a dit que tu étais de retour. J'ai du travail aujourd'hui, mais que dirais-tu d'aller faire un tour demain ? » L'idée me paraissait excellente. Avant de retourner à ses occupations, mon amie est venue passer sa main dans mes cheveux : « Qu'est-ce que c'est que ce nid d'aigle ? Il va vite falloir faire quelque chose pour toi. » Décidément, les gens de Moenkopi en avaient après mes cheveux…

Le lendemain matin, Sihusakwa est venue me chercher, et nous sommes parties pour la journée. Comme autrefois, nous avons suivi le petit chemin qui part vers le nord, jusqu'à l'étang aux Herbes. Cette retenue d'eau qui alimente le village et offre un peu de verdure aux troupeaux de Moenkopi n'est fréquentée que par les jeunes bergers et les enfants qui viennent s'y baigner au printemps. À l'été et à l'automne, les pluies violentes rendent les berges instables et dangereuses.

Cet endroit m'avait d'ailleurs toujours un peu impressionnée. D'abord parce qu'il se situait à la frontière de nos terres, mais aussi parce que je n'étais pas habituée à voir de grandes étendues d'eau – cela me faisait peur. Même si nous pouvions pénétrer assez loin en gardant pied, je n'étais jamais très à l'aise dans l'étang. C'était sombre et opaque, tout juste bon pour les serpents. En revanche, j'aimais le chemin qui y conduisait. Depuis Moenkopi, il fallait suivre un filet d'eau au bord duquel poussaient quelques arbres. Sur une bande large d'à peine quelques mètres, l'air était plus frais et la petite brise qui soufflait là changeait des vents brûlants qui asséchaient nos mesas.

Les années précédentes, nous parcourions ce chemin en bande, faisant beaucoup de bruit, cherchant à nous éclabousser s'il y avait de l'eau, grimpant aux arbres s'il fallait se cacher, escaladant les rochers friables s'il fallait se sauver. Sur la fin, on faisait la course pour arriver le premier. Cette fois, nous y allions tranquillement, Sihusakwa et moi, discutant de ce qui s'était passé depuis mon dernier séjour.

Mon amie avait fort à dire sur ceux qui étaient partis travailler ou étudier loin d'ici, ceux qui étaient revenus, ceux qui songeaient déjà à se marier, ceux qui s'étaient mal conduits au moment des cérémonies, ceux qui jouaient aux jeux d'argent… J'étais étourdie par toutes ces histoires concernant des personnes dont, pour la plupart, je me souvenais à peine. À un moment quand même, le flot de ses paroles s'est tari et elle a demandé : « Et toi, alors ? Qu'as-tu fait durant tout ce temps ? » Après cette avalanche de nouvelles affolantes, je ne savais pas quoi répondre. J'ai simplement dit : « Oh, tu sais… il ne se passe presque rien, à Oraibi. Des histoires de clan, de chats… » Elle m'a regardée d'un air navré, avant de déclarer : « Je comprends… Moi aussi, si mon père était mort, j'éviterais d'en parler. » Et pour combler le vide qu'elle croyait avoir ouvert en parlant de mon père, elle a entamé le récit des exploits de nos camarades. Il y avait désormais à Moenkopi de vrais fortiches qui avaient plongé des rochers au printemps dernier ! Il y en avait même un qui continuait de le faire à présent que les berges étaient fragilisées par les pluies. « Mais il ne sera peut-être pas là aujourd'hui : il travaille dans un garage de Tuba City. » Tout cela semblait revêtir aux yeux de mon amie une importance primordiale. Ces garçons qui, autrefois, nous enquiquinaient plus qu'autre chose avaient l'air d'être devenus des types formidables. J'avais hâte de voir ça.

Quand nous sommes arrivées à l'étang, la petite bande habituelle était déjà là. La plupart des garçons avaient effectivement grandi et pris en force, mais à des degrés divers. Quelques-uns avaient gagné trop vite en hauteur et riaient maintenant le dos voûté, en se pinçant le nez. Ce n'était pas très gracieux. D'autres en revanche s'étaient étoffés tout en gardant un corps harmonieux. Sous leur peau dorée, les muscles roulaient aussi vite que leurs yeux. Ceux-là ont été les premiers à remarquer notre arrivée.

« Salut les *kwakwahùwyam** ! » a lancé mon amie. À peu près tous lui ont répondu d'un air désinvolte, sans relever ma présence. Seul l'un d'entre eux, resté relativement petit, m'a gentiment fait signe de la main : « Tiens, salut Tayatitaawa ! » Il avait gardé son œil rieur d'autrefois. Les autres avaient l'air plus intéressés par les manières de Sihusakwa. Après une demi-heure de conversation pour savoir qui allait venir, qui *devait* venir, qui ne pourrait pas être là, les discussions ont pris un tour plus crucial : à quoi allions-nous passer la matinée ? Comme s'il n'avait pas été absolument sûr que ça se termine comme ça, les garçons ont longtemps hésité avant de proposer des courses autour de l'étang. Les filles ont dit d'accord, à condition que ce soient elles qui en fixent les règles. Autrement dit, rien n'avait vraiment changé ces dernières années.

Nous étions trois filles pour sept garçons. Sihusakwa a proposé qu'on se mette chacune à un point du chemin qui faisait le tour de l'étang. La première contrôlerait le départ de la course, la dernière

---

* Jeunes aigles.

l'arrivée, et celle du milieu serait celle aux cheveux de qui les garçons, à mi-parcours, accrocheraient délicatement une plume. Une fois que tous les garçons seraient arrivés, elle devrait elle-même courir jusqu'à la ligne. Le gagnant serait celui qui combinerait la meilleure place au classement et la meilleure tenue de la plume dans les cheveux. Ce jeu semblait convenir à tout le monde, il n'y avait plus qu'à déterminer la place de chacune des filles.

Les garçons voulaient absolument que je sois celle du milieu, à cause de mes cheveux en bataille. J'ai regardé Sihusakwa d'un air crâne en tirant moi-même sur ma tignasse et je suis allée me placer de l'autre côté de l'étang. Pendant ce temps, les garçons sont allés quérir leurs sept plumes, chacune reconnaissable par sa taille, sa couleur et sa forme. Les coureurs se sont élancés au cri : « Le dernier arrivé est un coyote ! » Quelques instants plus tard, ils sont arrivés sur moi comme une meute hors d'haleine.

Le premier à m'atteindre était l'un des mieux bâtis. Sa course était souple et régulière, il savait qu'il avait de l'avance. Faisant mine de s'arrêter uniquement à la force de son bras enroulé autour de ma taille, il a délicatement planté sa plume à l'arrière de mon crâne, puis est reparti en sautillant à reculons, pour faire la nique à ses copains. Les deuxième et troisième étaient au coude à coude et m'ont fait mal en me fichant chacun une plume au-dessus des oreilles. Mon favori, le petit rieur, était quatrième. Il s'est appliqué trop longtemps à emberlificoter sa plume de duvet et s'est fait bousculer par les trois derniers, furieux de s'être fait distancer par ce gringalet. Tous les trois m'ont tiraillée l'un à l'autre pour finalement repartir d'une façon désordonnée, les deux derniers se jetant à la poursuite du premier reparti, après avoir lâché leurs plumes sans soin.

J'ai attendu que tous aient franchi la ligne d'arrivée puis j'ai couru jusqu'à eux sans ménager mon port de tête. Je savais dès la première foulée qu'il y aurait trois disqualifiés, dont les plumes volaient déjà en l'air, et j'en ai senti une quatrième se défaire avant les derniers mètres. Nous avons attendu que notre camarade du départ nous rejoigne en ramassant les plumes perdues, puis les deux filles ont rendu leur verdict.

Deux des trois dernières plumes à avoir été accrochées s'étaient probablement détachées avant même que je commence à courir et la bousculade à laquelle les trois garçons s'étaient livrés avait dû arracher celle du troisième garçon à m'avoir atteinte. La plume qui était tombée juste avant mon arrivée était celle que le deuxième m'avait fichée sur un côté de la tête. Restaient donc en place celle du premier à avoir franchi la ligne, celle du petit rieur et celle d'un des trois bousculeurs. Selon toute logique, le bien bâti devait être déclaré vainqueur de la course, mais mes camarades m'ont demandé mon avis, puisque j'étais le cœur de la course.

Après avoir loué l'agilité et la rapidité du premier arrivé, j'ai dit que, à considérer le peu de place dont il disposait encore sur ma tête – l'arrière et les côtés étant déjà pris – ainsi que la délicatesse de sa plume – il s'agissait d'une plume de duvet douce et fragile –, le petit rieur arrivé quatrième, dont la plume avait résisté à l'assaut des autres, me paraissait plus méritant que le bien bâti arrivé en tête, dont la plume, très belle, aurait tenu dans n'importe quelle chevelure.

Ceux qui avaient été disqualifiés d'office m'ont traitée de mal-peignée en piétinant les plumes tombées au sol, les autres ont accepté mon arbitrage en riant et en se moquant des râleurs. Le bien bâti très sûr de lui m'a même offert sa plume d'une belle couleur vive et le petit rieur m'a tapé dans les mains. Je retrouvais l'ambiance des années passées et j'avais le sentiment agréable d'avoir regagné ma place dans le groupe.

Après une journée de jeux et de plaisanteries, nous sommes rentrés en bande à Moenkopi, où j'ai regagné la maison de ma grand-mère. Pendant le dîner, je lui ai raconté la course que j'avais fait gagner au petit rieur et la plume que m'avait offerte le bien bâti – ce dont, malgré moi, j'étais un peu fière. « Ouh ! Se faire offrir une plume de couleur par un jeune homme, ce n'est pas rien ! » a lancé Honahöhöqya l'air admirative, mais je voyais bien qu'elle se moquait de moi. Je lui ai demandé pourquoi. Très gentiment, ma grand-mère m'a expliqué que si ce garçon m'avait donné sa plume avec tant de désinvolture après que je lui en ai préféré un autre, c'est certainement qu'il ne devait pas me prendre très au sérieux. « Ça m'est égal », j'ai répondu. Mais j'étais quand même un peu vexée : qu'aurait-il donc fallu que je fasse pour me faire offrir cette plume sérieusement ? « Bien entendu que cela t'est égal, a repris ma grand-mère avec malice. Si ce n'était pas le cas, tu te peignerais les cheveux et tu porterais la jolie coiffure papillon des jeunes filles à marier… Mais ce n'est pas ton genre, à toi, Tayatitaawa, hein ?

— Ah, tu l'as dit, Honahöhöqya ! me suis-je écriée. Deux fleurs de courge à la place des oreilles, très peu pour moi ! »

Ma grand-mère est partie à rire, et nous sommes allées nous coucher.

Les jours suivants, j'ai continué d'aller à l'étang avec Sihusakwa. Certains après-midi, nous étions jusqu'à une quinzaine. Dans l'ensemble, l'ambiance me plaisait. Nous avions tous grandi, mais nous restions plus ou moins les mêmes. J'observais avec un peu d'admiration les façons de Sihusakwa. Elle n'avait jamais eu sa langue dans sa poche, mais avec l'âge, elle avait acquis une verve insolente qui lui permettait de moucher les garçons à tous les coups. Une fois que l'un d'entre eux avait tenté de passer sa tête sous sa jupe, elle avait lancé : « Où vas-tu, toi, avec ta grosse tête de courge ? C'est à se demander comment tes ancêtres ont pu passer le Sípàapuni*… »

Cela dit, Sihusakwa n'était pas toujours aussi farouche, et cela m'intéressait également. Sur le chemin du retour, elle disparaissait parfois avec un garçon, toujours le même. Quand ils nous rejoignaient un peu plus loin, juste avant d'entrer à Moenkopi, elle avait toujours les yeux brillants et les cheveux décoiffés. Je les soupçonnais d'avoir mesuré ensemble la taille du Sípàapuni qui se trouvait

* Trou par lequel les hommes ont émergé du Troisième Monde.

sous sa jupe, mais je n'osais rien demander à mon amie, de peur d'avoir l'air idiote.

Et puis un jour, elle a vraiment disparu. Du moins, elle a quitté le chemin entre l'étang et le village et, au moment où nous nous sommes dispersés à Moenkopi, elle ne nous avait toujours pas rejoints. Je suis rentrée chez ma grand-mère sans rien dire, mais je me faisais du souci, car ce soir-là, son copain n'était pas avec nous, et mon amie elle-même m'avait confié être sage ces jours-ci. On était alors en plein Maraw, la fête féminine qui suit Lakon et à laquelle les femmes de son clan participaient. Comme souvent, cette cérémonie exige que les hommes et les femmes restent à distance les uns des autres. Sihusakwa n'appartenait pas encore à la société Maraw, elle n'était pas obligée de suivre strictement les règles, mais devant être initiée l'année suivante, elle participait déjà à certains préparatifs et prenait cela très au sérieux.

Peu avant le coucher du soleil, sa mère est venue chez nous voir si sa fille n'y était pas. Elle ne s'inquiétait pas, mais elle voulait la prévenir que, le lendemain matin, elle devrait se lever tôt pour aider ses sœurs à se préparer pour la danse. J'ai répondu que je ne l'avais pas vue depuis que nous avions quitté l'étang aux Herbes, mais qu'elle allait sans doute arriver d'un instant à l'autre. Dès que sa mère est repartie, j'ai fait part de mon inquiétude à ma grand-mère. Cet après-midi-là, des types que je ne connaissais pas nous avaient rejoints au bord de l'étang. Parmi eux, il y avait le fortiche qui plonge même quand les berges sont instables à la fin de l'été, les autres étaient des gars de Tuba City. Comme c'est la coutume de le faire au moment de Maraw, mon amie s'était beaucoup moquée des garçons ce jour-là. Elle leur en avait fichu plein la figure, les accusant sans cesse d'avoir une conduite vilaine et stupide. Les garçons de Moenkopi, qui connaissaient la tradition et Sihusakwa, s'en étaient amusés, mais les autres, qui n'avaient pas l'air d'être de chez nous, s'étaient montrés plus nerveux. Qui était cette fille qui se payait leur tête devant tout le monde ? Ils avaient bien essayé de se défendre, mais soutenue par toute notre bande, Sihusakwa s'était déchaînée contre eux. Elle avait même fini par leur balancer les restes de son repas. Le fortiche riait beaucoup de voir ses copains de Tuba City rendus furieux par une de son village. Le seul qui, alors, ne semblait pas s'amuser était l'amoureux de mon amie. Il avait d'ailleurs quitté l'étang avant tout le monde. Ne voyant pas reparaître Sihusakwa à Moenkopi, j'ai d'abord pensé qu'il l'avait attendue quelque part sur le chemin du retour, pour la raccompagner comme d'habitude. Mais maintenant qu'elle n'était pas rentrée, je m'inquiétais pour de bon.

En entendant cette histoire, ma grand-mère a eu elle aussi l'air soucieux : « Je vais venir avec toi, et nous allons refaire le chemin jusqu'à l'étang. » Nous sommes parties sans tarder et, heureusement, nous n'avons pas eu à marcher longtemps. La nuit commençait à peine à tomber quand nous avons vu une silhouette venir à notre rencontre. C'était celle de Sihusakwa. J'ai couru vers elle. Mon amie avait le visage défait et se tenait les côtes, les cuisses, les bras… Ma grand-mère est venue m'aider à la soutenir. Sihusakwa semblait honteuse et voulait attendre qu'il fasse plus sombre pour rentrer à Moenkopi. Nous avons cheminé lentement vers le village et, une fois l'obscurité tombée, mon amie a fini par raconter ce qui lui était arrivé. En fin d'après-midi, alors que nous quittions tous l'étang, elle avait été rattrapée par les gars de Tuba City restés en embuscade en haut d'une butte. Quand elle était passée la dernière, ils avaient dévalé sur elle, l'avaient entraînée dans une faille rocheuse et l'avaient chahutée avec brutalité. Elle était tombée au sol plusieurs fois, d'où ses bleus et ses écorchures. L'un d'entre eux, plus excité que les autres, ne cessait de répéter qu'elle avait raison, qu'il se conduisait très mal avec les filles, et il avait longuement tourné autour d'elle en faisant des gestes obscènes. Le fortiche avait ri avec les autres, jusqu'à ce qu'elle commence à pleurer et à avoir vraiment peur. Ne trouvant plus ça aussi drôle, il avait alors demandé à son copain d'arrêter, mais l'autre avait continué, et ils s'étaient battus. Sihusakwa en avait profité pour se sauver. À présent, elle avait honte : sa robe était déchirée, elle avait mal partout, et ne pourrait sûrement pas participer à la cérémonie du lendemain.

En arrivant au village, Honahöhöqya s'est rendue auprès de la mère de Sihusakwa pour lui expliquer ce qu'il s'était passé et mon amie a dormi chez nous. Il n'était pas question, en effet, qu'elle aide ses sœurs à célébrer Maraw. Non parce qu'elle était impure elle-même, comme elle le croyait, mais simplement parce que l'émotion causée par son agression l'empêcherait d'être parfaitement à ce qu'elle ferait. Ce soir-là, devinant la confusion qui régnait dans nos cœurs, Honahöhöqya nous a longuement expliqué la teneur des rites et de la danse qui auraient lieu le lendemain.

Sous leur manta sombre, les femmes auraient les jambes peintes en noir et quatre lignes courraient du haut de leurs cuisses jusqu'au-dessous de leurs genoux. Ces lignes *márawu* symbolisent le sang, la fertilité des femmes et leur pouvoir d'attraction. De tout ça dépend le recommencement perpétuel du cycle de vie, et c'est pour cela qu'il convient de le célébrer. Mais à leur poignet, les danseuses porteraient également une peau de renard, pour évoquer le pouvoir sexuel des animaux qui, lui, ne se manifeste qu'au moment du rut. Autrement dit, cette peau est là pour rappeler qu'il convient de ne pas abuser du pouvoir ni du plaisir sexuel. C'est également le sens du chahut auquel se livrent hommes et femmes au moment de Maraw, et que mon amie a fait l'erreur de prendre pour un jeu. Oui, lors de cette cérémonie, les hommes et les femmes s'affrontent et se harcèlent, mais uniquement par parodie. Cette comédie n'a d'autre but que de dénoncer les mauvais penchants et souligner le fait que, dans la vraie vie, les hommes et les femmes se doivent au contraire un respect mutuel et prudent. En harcelant des garçons qui n'étaient pas de notre peuple, Sihusakwa avait joué avec le feu. Elle ne devait pas être honteuse de leur mauvaise conduite à eux, mais retenir la leçon selon laquelle il est préférable de garder une certaine réserve quand on n'est pas sûre de l'homme à qui l'on a affaire.

Comme toujours, Honahöhöqya me paraissait d'une grande sagesse. En gardant Sihusakwa chez elle ce soir-là, elle préservait la paix de la cérémonie Maraw et elle en profitait pour nous instruire, sans réprimander mon amie. Le lendemain, sous sa protection, nous avons pleinement profité de la danse publique, tâchant de comprendre au mieux ce qui était en train de se jouer sous nos yeux. Quelques jours après, Sihusakwa semblait parfaitement remise de son agression et l'avoir presque oubliée, mais à moi, cet épisode laissait un goût amer. Nous étions retournées à l'étang avec les copains, mais les jeux perpétuels entre garçons et filles me paraissaient bien compliqués, et désormais, les mines et les petites histoires de Sihusakwa m'ennuyaient.

Dès lors, je frayais moins souvent avec la petite bande et restais plus volontiers à la maison pour faire du piki. Honahöhöqya me demandait de lui moudre le maïs, tandis qu'elle mélangeait la farine avec de l'eau. Nous allumions le feu sous la pierre à cuire, et elle me montrait comment faire les feuilles les plus fines possible et confectionner de beaux rouleaux. Selon elle, un bon piki était un atout déterminant pour faire une bonne union ! En disant cela, elle riait de bon cœur, et je tâchais de rire avec elle. Mais entre nous quelque chose demeurait mystérieux, à propos de quoi je n'osais pas l'interroger : pourquoi ma grand-mère, qui semblait si experte dans les rapports des femmes avec les hommes, n'avait-elle jamais eu de mari ?

J'ai eu la réponse un soir, en tournicotant une fois de plus autour de la boîte laquée qui contenait le collier en coquillages vernis et l'œuf en pierre lisse. « Tayatitaawa, m'a-t-elle dit alors, je dois te prévenir de quelque chose. Si tu quittes un jour le territoire hopi, tu verras sans doute de très belles choses. Des choses qui se mettront à briller dans ton cœur et dans ton esprit – ce qui peut être beau et bon. Mais ces choses t'empêcheront peut-être aussi de voir les richesses d'ici. Moi je n'ai fait qu'un seul voyage, et j'en ai été éblouie. À mon retour, il m'a fallu trop de temps pour récupérer la vue, et je n'ai pas su voir à temps la valeur des hommes d'ici. Je ne regrette rien, mais si un jour tu veux un mari et des enfants, sache qu'il ne faut pas perdre le contact avec le cœur battant de notre Terre-Mère – jamais. »

Quelques jours après cela, mes chats et le clan du Papillon ont commencé à me manquer et un matin, j'ai demandé à Honahöhöqya l'autorisation de rentrer chez moi à pied. Je craignais de lui faire de la peine, mais elle a répondu d'un air joyeux : « Ah, enfin ! Je commençais à me lasser de toi. Allez, remets tes habits poussiéreux et rends-toi chez toi si laide que ta mère elle-même ne te reconnaisse pas ! » C'était une façon de bénir ma route pour que je ne fasse pas de mauvaises rencontres. Ce matin-là, j'ai couru à l'étang pour dire au revoir à la petite bande de Moenkopi, puis j'ai pris le chemin de la Troisième Mesa. Honahöhöqya m'a accompagnée jusqu'à la jonction de la route qui part vers l'est. Nous nous sommes quittées juste au moment où le soleil atteignait midi. Mon sac était lourd de toute la nourriture qu'elle m'avait préparée pour le voyage et j'avais le cœur plein de reconnaissance pour tout ce qu'elle m'avait appris durant ce séjour. Honahöhöqya m'a serrée une dernière fois contre elle, et j'ai entamé le long chemin qui mène à Oraibi.

* 7 *

Oraibi est presque à deux journées de marche de Moenkopi. Comme c'était la première fois que je faisais le trajet seule, j'aurais pu rester le long de la route que nous avions empruntée avec ma mère et Patangwupööqa. Mais il existe un chemin plus direct, qui longe le canyon d'Owako et offre une meilleure vue sur les mesas. Même si ce chemin est plus isolé, plus accidenté, l'idée de marcher droit sur Oraibi en contemplant nos mesas me plaisait.

En fin de journée, les rayons du soleil ont enflammé le paysage à l'est et la frontière entre ciel et terre, sur laquelle nos maisons reposent en équilibre depuis des siècles, est apparue dans une clarté magnétique. Les trois mesas hopis étaient comme une grande main de feu agrippée au plateau. Au-delà, il n'y avait que des lignes bleuâtres s'enfonçant dans la brume. Notre territoire semblait être le seul à avoir jamais émergé de la grande eau primordiale.

Derrière moi, à l'ouest, le soleil continuait sa course vers la montagne de l'Ombre. Il laissait au sud les Kachinas endormis depuis deux lunes sur les monts San Francisco et ne reviendrait pas toucher ce point de l'horizon avant l'hiver prochain, au moment du solstice. Alors les Kachinas se réveilleraient et reviendraient parmi nous.

À Oraibi, je ne prêtais jamais une si grande attention à la course du soleil. Grâce à elle, les prêtres déterminent pourtant le temps des semailles et le calendrier des cérémonies. Mais ici, cette connaissance ne m'aurait de toute façon pas été très utile, car chaque point d'observation est unique et donne lieu à des interprétations particulières. Ce qui se passait à ce moment et cet endroit précis du plateau, j'en étais le seul témoin. Sans savoir ce qui m'avait poussée à prendre la route seule, j'éprouvais pour la première fois le sentiment que certaines choses dans ce monde, certains moments pouvaient n'appartenir qu'à moi. Et cette pensée nouvelle me remplissait le cœur de joie.

Le soir venu, alors que le soleil atteignait l'horizon, j'ai arrêté ma propre course pour m'asseoir sur un rocher en surplomb du chemin. Je voulais voir le moment où l'astre immense allait basculer de l'autre côté. Pour l'instant, il était entièrement de ce monde, mais petit à petit, de plus en plus rouge, il faisait sa couche dans les reliefs noirs et lointains. Les montagnes ont commencé à l'avaler et, durant quelques minutes, il a été à la fois ici et là-bas. À ce point précis de l'horizon, que j'étais la seule à pouvoir contempler, un pont de lumière s'était établi entre le monde visible et invisible. Si j'avais pu, j'aurais arrêté le temps pour contempler à mon aise cette voie unique, mais l'arc du soleil est devenu de plus en plus petit, et bientôt il a totalement disparu, me laissant, cette fois, vraiment seule sur le plateau. Il me fallait trouver un endroit où passer la nuit.

Je suis redescendue sur le chemin et je me suis installée au pied d'une butte, dans un renfoncement de sable et de roches. D'autres voyageurs avaient dû passer la nuit ici, car il y avait les traces d'un feu et des restes d'épis de maïs. Moi, je n'avais pas besoin de faire de feu, Honahöhöqya m'avait préparé de la bouillie de maïs refroidie, enveloppée dans des feuilles de jeunes épis. J'ai donc mangé en regardant l'obscurité tomber et en écoutant les animaux prendre possession du plateau. Les corbeaux volaient bas pour chasser les insectes et de petits mammifères se faisaient un chemin sous les rares buissons secs.

Quand la nuit et la fraîcheur sont tombées tout à fait, je me suis plaquée au sol, contre la terre encore chaude, et j'ai posé ma couverture sur moi. J'ai entendu un coyote au loin, mais il ne me faisait pas peur. Au contraire, je l'ai remercié pour le ciel clair et rempli d'étoiles que j'avais au-dessus de moi, car c'est à lui qu'on le doit.

Je me suis même endormie en pensant à cette histoire que l'on m'avait maintes fois racontée : à notre arrivée dans le Quatrième Monde, il n'y avait pas encore de lumière. Sous les conseils de Grand-Mère Araignée, les anciens ont alors taillé un rond dans une peau de daim, l'ont entouré d'un cercle de bois et l'ont peint avec de l'argile. À l'aide d'une grande couverture, ils l'ont ensuite lancé en l'air plusieurs fois, en chantant ce que Grand-Mère Araignée leur soufflait de chanter. Le cercle a fini par se maintenir au-dessus d'eux quelques instants, puis a disparu dans le noir. Grand-Mère Araignée leur a alors dit d'aller se coucher. Quand ils se sont réveillés, un disque lumineux était apparu dans la nuit perpétuelle qui les enveloppait et avait commencé une lente course dans le ciel : c'était la lune. Les hommes étaient contents, car ils pouvaient désormais chasser et bâtir leurs maisons. Mais au bout de quelque temps, ils se sont aperçus que, pour construire des choses plus petites, ils n'y voyaient rien. Grand-Mère Araignée leur a alors conseillé de découper un cercle plus grand dans la peau de daim et de le recouvrir cette fois de jaune d'œuf et de pollen. Il fallait ensuite y attacher des soies de maïs et dessiner au centre un visage rouge et noir. L'objet ainsi fabriqué était plus lourd que le précédent et ils ont dû s'y reprendre à plusieurs fois pour le lancer en l'air à l'aide de la couverture. Ils ont également dû chanter longtemps, très longtemps, avant que le disque cesse de retomber chaque fois sur eux. Quand enfin il a disparu dans le ciel, il ne s'est rien passé pendant un long moment. Les hommes étaient fatigués et déçus, ils voulaient aller se coucher, mais Grand-Mère Araignée leur a dit d'attendre. Finalement, une lueur a pointé à l'est, et le soleil est apparu. Plus il montait dans le ciel, plus il y avait de lumière. Les hommes étaient heureux! Ils ont commencé à faire tout ce que la nuit ne leur avait pas permis d'accomplir. Quand le soleil s'est enfin couché de l'autre côté, ils étaient épuisés et ils ont fait comme lui, laissant en plan tout ce qui leur avait servi à fabriquer les deux astres. Passant par là quelques heures plus tard, Coyote s'est demandé à quoi pouvaient bien servir tout ce fouillis, ces petits bouts de peau de daim, les pots d'argile, de jaune d'œuf et de pollen, les soies de maïs et la couverture. Il les a tournés et retournés pendant un long moment sans trouver quoi en faire, et puis à la fin, énervé de ne rien pouvoir en tirer, il a tout envoyé promener d'un coup de patte! Ainsi sont nées les étoiles, prodigieusement bien dispersées sur la voûte céleste – voilà ce qu'on m'avait souvent raconté.

À mon premier réveil dans la nuit, j'ai été surprise de constater que des étoiles étaient tombées sur le plateau. Était-ce un nouveau tour de Coyote ? Curieusement, elles s'étaient rassemblées pour former un chemin qui montait au sommet de la butte qui m'abritait. Intriguée, j'ai repoussé ma couverture, chaussé mes mocassins et suivi ce chemin. Arrivé en haut, il passait de l'autre côté pour rejoindre une autre butte, plus élevée. Je suis donc descendue et remontée. Là-haut, j'ai découvert que Coyote n'y était pour rien : c'était Honahöhöqya qui était en train de perdre ces étoiles ! Elle en portait toute une montagne sur son dos, dans une grande hotte, et la hotte était si pleine que les étoiles en tombaient à chacun de ses pas. Je l'ai appelée, appelée, mais Honahöhöqya ne s'est pas retournée. Au bout d'un moment, elle a seulement redressé sa hotte, et levé la main en signe de remerciement. Ainsi a-t-elle cessé de perdre ses étoiles et sa silhouette s'est éloignée sur le plateau, en direction de Moenkopi. Il n'y avait plus de chemin à suivre.

Dans cette longue nuit qui se poursuivait, je m'apprêtais à redescendre pour aller chercher mes affaires et reprendre ma route vers l'est, quand j'ai vu apparaître à l'ouest un soleil aussi rouge que celui qui s'était couché la veille au même endroit. J'ai d'abord cru que mon souhait de voir le monde visible et invisible reliés durablement était exaucé, mais le soleil ne se contentait pas revenir à l'horizon : il s'approchait à grande vitesse, tel un homme courant à toute allure dans la plaine. Au bout d'un moment, il a même tendu ses rayons vers moi, jusqu'à toucher ma peau. Il n'avait pas de bras, mais sa douce chaleur m'enveloppait comme un cuir. Je pouvais sentir son odeur, forte, musquée, comme celle d'un homme qui a travaillé longtemps en été. La sensation agréable d'être lovée au sein même du soleil a duré quelques instants, puis sa chaleur s'est évanouie, et je me suis à nouveau réveillée – en bas de la butte, où un coup de vent venait d'emporter ma couverture.

Le soleil était déjà haut dans le ciel. Encore tout habitée de la visite qu'il venait de me faire en rêve, je l'ai salué en riant et je me suis mise en chemin vers Oraibi. Cette fois, j'ai suivi la route normale, celle qu'empruntent les chariots, les bêtes et les gens. À la nuit tombée, je n'étais toujours pas arrivée, mais j'ai continué à marcher sous la lune. Quand je suis entrée dans Oraibi, il n'y avait aucun bruit, tout le monde dormait. J'ai poussé la porte de chez moi le plus discrètement possible et me suis écroulée dans la pièce où mes chats somnolaient.

* 8 *

Quand je me suis réveillée le lendemain, ma mère avait déposé près de moi un plateau de nourriture. J'ai tout englouti avant de me lever, puis comme la maison était déserte, je suis sortie à la rencontre du clan. Ça sentait fort le piment rôti, la récolte devait être achevée depuis très peu de temps. J'ai trouvé ma mère et ses sœurs chez notre vieille Itangu, où elles confectionnaient de grandes tresses de piments. Plusieurs étaient déjà accrochées dehors, prêtes à passer l'année.

Naturellement, ma mère avait annoncé mon retour, et lorsque je suis entrée, ses sœurs avaient cent questions à me poser. Qu'avais-je fait durant ces longues semaines ? Comment allait Honahöhöqya ? Qui avait dansé pour Maraw à Moenkopi ? De quelle taille étaient les courges là-bas ? Était-il vrai que la cadette du clan de la Flûte allait se marier ? L'enfant du Bois-Graisseux, avec qui l'on avait un lien de parenté, était-il enfin né ? Toutes ces questions m'étourdissaient et tâchant d'y répondre du mieux que je pouvais, je confondais encore telle sœur de clan avec telle autre, disant des choses impossibles qui mettaient les femmes du Papillon hors d'elles. Il fallait que je rectifie sans être sûre exactement de ce que j'avais vu ou entendu là-bas, et je finissais par m'embrouiller moi-même. Itangu a mis fin à mon supplice en m'interrogeant sur la seule chose qui l'intriguait : « Pourquoi es-tu rentrée seule, à pied, de Moenkopi ?

— Parce que mes chats me manquaient.

— Et nous ? a demandé une sœur de ma mère.

— Pas trop », ai-je plaisanté – ce qui m'a valu plusieurs coups de tresses. Itangu a finalement salué mon retour au sein du clan, et j'ai pu vaquer à mes occupations.

Mon premier souci a été de vérifier qu'il n'y avait pas eu d'hécatombe parmi mes chats, ce qui ne semblait pas être le cas. Seule Talasi manquait à l'appel. Cette chatte dorée, dont le nom signifiait pollen, était la fille de Tsöqamoki, mon premier chat, et je tenais beaucoup à elle. Je l'ai cherchée plusieurs jours – en vain. Ma mère jurait l'avoir vue la veille de mon arrivée, mais je ne la croyais pas. Elle m'avait si souvent caché de telles disparitions, pourquoi ne mentirait-elle pas cette fois encore ?

Et puis un matin, quelques jours après mon retour, j'ai entendu des couinements dans la pièce à chats. On aurait dit une couvée d'oisillons affamés. Ça venait d'une niche où j'avais caché les dernières choses qui me restaient de mon père : un grand panier de boules de coton et de laine ayant échappé à l'ultime tri de ses affaires. En farfouillant là-dedans, j'ai découvert Talasi et cinq chatons aux yeux clos. J'ai vite rabattu un tissu sur eux et fermé les panneaux de bois de la pièce pour empêcher la lumière de rentrer, puis j'ai appelé ma mère. En voyant les chatons, elle s'est mise à rire : « Alors comme ça, je te mens depuis ton retour ? Je me disais bien, aussi, que Talasi avait grossi… »

J'étais toute tourneboulée, parce que c'était la première fois qu'une chatte faisait ses petits à l'intérieur de la maison. Habituellement, elles faisaient ça sur le toit, ou bien ailleurs dans le village, je ne savais pas où. Elles disparaissaient quelque temps, puis revenaient un jour avec les petits dans la gueule ou s'égayant déjà entre leurs pattes. Mais voilà qu'en mon absence, Talasi était venue se réfugier ici, et j'avais à présent chez moi, dans ma pièce, des bouts de chats encore mouillés de leur voyage ! Malgré la faible clarté, Talasi me regardait en clignant des yeux. Je ne savais pas si c'était parce qu'elle était contente de me voir, ou bien parce qu'il y avait encore trop de lumière pour ses chatons. Fallait-il les garder vingt jours dans l'obscurité complète, comme on le fait avec les nouveau-nés ? Quand j'ai posé la question à ma mère, elle m'a regardée comme si j'étais une demeurée : « Talasi est une chatte, Tayatitaawa. Où as-tu appris que les animaux observaient les mêmes rites que nous ? »

N'empêche que si Talasi était venue faire ses petits dans la maison, c'est qu'elle attendait peut-être quelque chose de moi. Les chats étaient mal vus à Oraibi. Les gens les disaient bagarreurs, chapardeurs et inutiles. Moi, je savais qu'ils étaient porteurs de bonnes choses pour notre peuple et je les protégeais. D'abord, ils chassaient les rongeurs – c'est d'ailleurs la principale raison pour laquelle mon père les avait tolérés chez nous – mais je les soupçonnais de pouvoir faire mieux que ça. Je pressentais qu'ils étaient dotés d'un pouvoir spirituel au moins équivalent à celui des aigles. Je ne savais pas encore lequel, mais si Talasi était venue faire ses petits dans ma pièce à chats, c'était peut-être pour que je le découvre.

J'ai ainsi passé des journées entières à les observer. Au début, les chatons restaient blottis contre leur mère, dormant ou tétant avec frénésie. Quand elle s'éloignait pour se nourrir, ils couinaient plus qu'ils ne miaulaient, semblables en cela aux oisillons de l'aigle. Si ceux-ci étaient destinés à transmettre nos prières aux esprits, quel était le rôle des chatons ? Plus tard, ils se sont mis à jouer, à s'escalader les uns les autres, à se mordre et faire de remarquables figures au sol. Une telle souplesse devait avoir un sens. J'ai fini par le saisir quand, au cours des journées suivantes, je les ai regardés attentivement faire leurs besoins. Ils allaient toujours dans le même coin de la pièce, grattaient la terre, faisaient leur crotte et recouvraient soigneusement. Nous ne nous y prenions pas autrement pour planter le maïs ou les haricots ! Les chats étaient simplement des semeurs sacrés. Il suffisait peut-être de leur faire avaler des graines pour qu'ils les portent en terre avec succès. Un soir qu'il était chez nous, j'ai émis cette hypothèse devant le père de ma mère. Il a ri de bon cœur, en me conseillant, pour parfaire cette découverte, de leur apprendre à faire pipi dans les quatre directions.

Voyant que je portais une attention sincère à sa suggestion, le père de ma mère a compris qu'il était temps de me sortir de la pièce à chats. Il s'était évidemment moqué de moi et il fallait maintenant en finir avec l'initiation des jeunes félins. Ensemble, nous avons mis Talasi et ses chatons dehors, jeté le panier, les boules de coton et les tissus souillés par leur naissance. Ma mère ne disait rien, mais je voyais qu'elle était un peu découragée que je puisse encore avoir ce genre de lubies à mon âge. Moi, je restais partagée, pas certaine que mon intuition fût si absurde que ça.

L'automne étant bien avancé, il était temps de reprendre l'enseignement que je suivais depuis maintenant trois années auprès de la mère de mon amie Taalawsohu. Le matin, je me rendais chez elles dès le lever du soleil et durant deux ou trois heures, nous apprenions à lire, écrire et compter. La mère de Taalawsohu connaissait beaucoup de choses. Jeune, elle avait étudié loin d'ici et travaillé avec des gens qui parlaient une autre langue que la nôtre. Ses leçons me tordaient de rire, parce qu'on y apprenait des mots imprononçables et des phrases à rallonge pour désigner des choses très simples. Par exemple, *soq* se disait « contraire à ce qui doit être » et *suta*, « peinture faite avec des minéraux ».

L'après-midi, je restais souvent avec Taalawsohu. Mon amie et moi étions les seules du village à ne pas appartenir à un clan nombreux, riche en enfants, et il n'y avait pas à Oraibi d'endroit aussi amusant que l'étang aux Herbes de Moenkopi. Lorsque nous n'arrivions pas à nous joindre aux enfants des autres clans, il arrivait souvent que nous nous ennuyions toutes les deux, chez elle ou chez moi.

Plutôt chez moi d'ailleurs, car ces jours-là la seule chose dont on ne se lassait pas était de fouiller dans la pièce de Mànkwatsi. Sans doute parce qu'elle n'avait pas de frère, Taalawsohu éprouvait une soif inextinguible pour tout ce qui concernait le mien. Chaque fois qu'elle le voyait, elle le dévorait des yeux et ne pouvait s'empêcher de me dire ensuite combien elle le trouvait beau. Mànkwatsi portait très souvent un chapeau ou une veste extravagante, ce qui provoquait invariablement la même réaction chez mon amie : « Il est unique, ton frère, uniiiique ! » J'en convenais volontiers, et pour nous conforter dans cette idée, nous passions un temps fou à explorer frénétiquement sa chambre. Pour deux filles comme nous, cette pièce était remplie de mystères. On y trouvait des vêtements usés jusqu'à la corde, des revues achetées en ville, loin d'ici, ainsi que des ornements de cérémonies auxquelles nous n'aurions jamais le droit de participer... Il y avait aussi de petits flacons dégageant de fortes odeurs et des faisceaux d'herbes séchées dont on ignorait l'usage.

Une fois où Mànkwatsi n'était encore pas revenu chez nous depuis longtemps, Taalawsohu m'a demandé où il passait ses journées et ses nuits. J'ai répondu que nul ne le savait. « Et tu ne l'as jamais suivi ? » L'idée n'était pas mauvaise et Taalawsohu proposait de couvrir mes absences auprès de sa mère et de la mienne.

J'ai donc attendu que mon frère rentre, et discrètement j'ai surveillé sans relâche le moment où il allait repartir. Cette fois-là comme toutes les autres, il est resté peu de temps, juste assez pour refaire son sac – un petit sac, avec presque rien dedans. Quittant la maison dès le lendemain matin, il a d'abord emprunté le chemin escarpé qui mène au bas de la mesa pour voir si ses bêtes allaient bien. Là, il a échangé quelques mots avec le garçon du Roseau qui s'occupait du troupeau ces jours-là, puis il est remonté par le nord. Je le suivais à distance, entre les pierres, pour ne pas qu'il me voie. On a fini comme ça par rejoindre la route qui mène à Bakavi, où j'ai pu rester à découvert, comme n'importe qui vaquant à ses affaires, suffisamment loin pour qu'il ne me reconnaisse pas.

À Bakavi, j'ai perdu Mànkwatsi entre les maisons, avant de le retrouver au fond d'une ruelle, en train de se débarbouiller au-dessus d'une cuve. Il avait retiré sa chemise, attaché ses cheveux, et se trempait la tête dans l'eau. Je n'avais jamais remarqué chez lui un tel soin de la toilette. Il se frottait le visage, le torse, les aisselles… Il a ensuite sorti des herbes de son pantalon, qu'il s'est passées sur tout le corps. Puis il a remis sa chemise, son bandeau, et il est sorti de l'autre côté de la ruelle. Là, il a escaladé l'échelle d'une maison qui, par ailleurs, avait en façade une porte d'entrée parfaitement accessible… Je me doutais bien qu'il n'allait pas rejoindre un copain.

Une heure plus tard, j'ai vu une jeune fille quitter discrètement la maison par devant, et mon frère s'échapper par l'échelle à l'arrière. Ils sont sortis séparément du village, avant de se rejoindre à l'est. Ensemble, ils ont marché jusqu'à Hotevilla, le village qui se trouve de l'autre côté de la grande route. Là, ils ont sifflé au coin de plusieurs maisons, et quelques instants plus tard, des jeunes gens sont sortis de partout. Ils étaient peut-être une quinzaine en tout. J'ai eu peur que l'un d'eux me remarque, alors je les ai laissés prendre de l'avance. Grâce à leurs cris, leurs rires et leurs mouvements, je ne craignais pas de les perdre. Mais après être restés longtemps visibles au loin, ils ont soudain disparu. J'ai couru dans leur direction jusqu'au bord du plateau : ils avaient pris un chemin si escarpé qu'il se perdait dans les éboulis de pierres. Je les ai rejoints, en leur laissant toujours une butte ou une dépression d'avance. Qu'allaient-ils donc faire dans la plaine aride ? Ils ont fini par s'arrêter près d'un tas de rochers. Serrés les uns contre les autres, ils disparaissaient un à un, se glissant chacun leur tour entre deux roches. Probablement l'emplacement d'un sanctuaire abandonné.

Bientôt, la plaine qui avait longuement résonné de leurs cris est retombée dans le silence et, cachée dans un buisson comme je l'étais, j'aurais pu m'y croire tout à fait seule. J'ai attendu un long moment, plusieurs heures sans doute, mais personne n'est jamais ressorti de là. C'était comme si la terre avait avalé mon frère et ses compagnons. Le vent a commencé à souffler, j'avais de la poussière plein les oreilles, j'ai dû abandonner là ma première chasse.

Les jours suivants, je suis retournée chaque matin du côté d'Hotevilla, mais je n'ai croisé aucun des jeunes gens qui accompagnaient mon frère – à part une jeune fille pâle et titubante, une fois. Je ne parvenais pas non plus à retrouver l'endroit où ils avaient disparu de la surface de la terre. Tous les tas de rochers se ressemblaient et aucun ne me délivrait jamais l'ancien sanctuaire.

Mànkwatsi a fini par réapparaître chez nous au bout d'une semaine, un agneau dans les bras.

Ma traque a duré ainsi plusieurs mois, menant invariablement à de tels mystères. Mànkwatsi était à la fois présent et absent, là pour ses bêtes quand elles en avaient besoin – la mère de l'agneau qu'il avait ramené venait de mourir, il a nourri lui-même le petit jusqu'à ce qu'une autre brebis soit en mesure de le faire – mais introuvable des semaines entières à d'autres moments. À force de le suivre, j'ai tout de même compris que ces disparitions étaient toujours liées à des rassemblements de jeunes gens. Ça pouvait être dans le trou d'Hotevilla, mais également dans des ruines situées près de Mishongnovi, sur la Deuxième Mesa, ou bien encore dans une grotte au nord de Sichomovi, en contrebas de la Première Mesa. Je voyais toujours le moment où ils pénétraient de tels lieux, jamais celui où ils en sortaient ; ma patience et ma résistance n'allaient pas jusque-là. En revanche, à force de l'y suivre, j'ai fini par savoir localiser précisément ces repaires. Et un jour que Mànkwatsi était parti vendre des bêtes à la foire de Flagstaff, j'ai décidé de me rendre toute seule au sanctuaire d'Hotevilla.

Après avoir retrouvé le tas de roches indiquant la présence de l'ancien sanctuaire, il m'a fallu un moment pour trouver l'entrée. C'était une faille très mince entre deux plaques rocheuses, que dissimulait ce jour-là un buisson sec d'amarante. Cette cavité ne semblait pas avoir été creusée par les anciens à l'époque où le sanctuaire était utilisé. C'était plutôt une sorte de galerie naturelle courant le long d'une fissure. Large de deux ou trois mètres, elle paraissait finir en un étranglement vers le sol, mais si l'on passait sous le gros rocher qui en obstruait presque l'entrée, on pouvait pénétrer une salle un peu plus vaste, une sorte de caverne affleurant la surface sous une dalle de pierre. Contrairement à la galerie qui était sombre, ici le jour perçait par endroits. On ne pouvait pas se tenir debout partout, mais c'était suffisamment vaste pour qu'une quinzaine de personnes puissent s'y asseoir.

L'endroit était jonché de pots cassés, de branches, de vieilles couvertures… Mes yeux n'étaient pas encore habitués à la pénombre, mais il me semblait distinguer des peaux de bêtes accrochées aux parois. En m'approchant à tâtons, j'ai cru reconnaître une peau de mouton, une peau d'antilope, peut-être une peau de daim, et plusieurs peaux de lapin. Au milieu de la salle, sous la plus grande des ouvertures, celle qui dispensait assez de jour pour que je puisse voir quelque chose dans cette caverne, il y avait également un foyer. Les cendres et les morceaux de bois carbonisés indiquaient qu'on avait fait du feu récemment. Pourtant, jamais lors de mes séances de guet je n'avais vu de fumée s'échapper du sanctuaire. Enfin, posés sous le rocher, un cerceau de bois et quelques bouteilles vides. Je suis ressortie de là encore plus intriguée que je n'y étais entrée.

Quelques jours plus tard, Mànkwatsi est revenu de Flagstaff. Il avait vendu deux moutons et acheté une grande grille pour cuire la viande et le maïs. Il avait également un gros sac à l'épaule, dont il a gardé le contenu secret. Après une nuit à la maison, il est parti le matin en direction d'Hotevilla. Je savais qui il allait rejoindre et où ils allaient se rendre. Cette fois, j'étais bien décidée à en être. J'ai raconté à ma mère que Mànkwatsi m'avait ramené une surprise de Flagstaff qui ne pouvait s'offrir qu'à la pleine lune, et que j'allais donc rester avec lui quelques jours. Elle a eu l'air un peu étonnée, mais elle m'a laissée partir à ses trousses. En chemin, je ne me suis pas pressée car je savais qu'il allait d'abord s'arrêter chez la fille de Bakavi.

Arrivée au sanctuaire, je me suis glissée dans la galerie et je suis allée directement au fond de la caverne. En soulevant une à une les peaux de bêtes accrochées au mur, j'ai fini par découvrir un renfoncement de la paroi où m'installer, et j'ai attendu. Bientôt, des cris et des rires se sont fait entendre, et la petite bande d'Hotevilla est entrée dans la galerie. J'ai reconnu la voix de mon frère. Un à un, garçons et filles sont apparus sous le rocher et ont pris place dans la caverne. Le dos presque collé à la paroi, ils formaient un large ovale autour du foyer. Par chance, d'où j'étais, je pouvais voir presque tout le monde, de face, de dos ou de profil. Tous riaient, se pinçaient et se poussaient du coude. Mon frère était assis à côté de sa petite amie.

Puis le calme s'est fait. Une voix s'est élevée, suivie de toutes les autres : épaule contre épaule, ils se sont mis à chanter. Avec des paroles très simples, une jeune fille d'Hotevilla contait l'histoire d'un peuple ancien touché par la famine. Entre chaque couplet, les autres reprenaient un refrain étrange, dont, sans en reconnaître tous les mots, je comprenais qu'il célébrait le pouvoir des animaux. L'histoire était celle-ci.

Une jeune fille est envoyée loin de chez elle afin de récolter des graines pour nourrir ses frères et sœurs affamés. Arrivée dans une forêt, elle fait la rencontre d'un homme qui porte sur ses épaules un daim mort. Il lui paraît bien vieux pour avoir chassé un tel animal, surtout en ces temps de famine où les animaux se cachent. Mais elle ne dit rien et le salue poliment. Le vieux s'arrête et lui demande : « N'as-tu pas faim ? » Et sans attendre sa réponse, il poursuit : « J'ai tué ce daim pour toi. Je vais le cuire maintenant. » Et voilà qu'ensemble, au milieu de la forêt, ils font un repas comme la jeune fille n'en a pas fait depuis très longtemps. Pour le remercier, elle lui offre de partager pour la nuit le lit de branches qu'elle s'est fait pour elle-même un peu plus loin. Le vieil homme accepte, se couche à ses côtés et s'endort immédiatement. Quand elle se réveille au matin, il a disparu, mais elle trouve, près du tas de graines qu'elle a déjà récoltées, les restes de viande, salés et prêts à être emportés. La jeune fille charge tout cela sur son dos et retourne dans son village.

Quelque temps plus tard, elle donne naissance à un garçon, dont personne ne sait qui est le père – pas même elle. Cet enfant grandit entouré des soins de toute la famille, et devient rapidement un habile chasseur. Mais voilà qu'un jour, alors qu'il n'est qu'à quelques mètres de lui, le jeune garçon manque un lapin à queue blanche, qui court se réfugier sous un rocher. Vexé, le garçon poursuit l'animal, s'allonge à côté du rocher et enfonce son bras pour l'attraper. Tandis qu'il fouille en vain dans le noir avec sa main, un homme apparaît et soulève le rocher. Le jeune garçon reste interdit : il n'a jamais vu un être humain soulever un tel poids. Voyant sa tête, l'homme se met à rire et lui dit : « Je vois que tu ne reconnais pas ton père. Suis-moi. »

Le jeune garçon accepte mais, avant de se relever, il attrape le lapin et, sans le tuer, l'attache par les pattes autour de son cou. L'homme et lui cheminent un long moment. S'enfonçant dans la forêt profonde, ils finissent par atteindre une imposante kiva qu'aucun village ni aucune habitation n'annonçait. L'homme monte sur le toit et frappe si fort du pied qu'il fait trembler la terre tout autour. Un souffle venu de l'intérieur ouvre alors l'entrée. Le jeune garçon est invité par son père à pénétrer à l'intérieur de la kiva. Des hommes et des femmes l'accueillent. Ils le débarrassent de son lapin, qu'ils posent près du foyer en le remerciant pour ce présent, et lui préparent un repas copieux, tel qu'il n'en a jamais fait dans son village. Le jeune garçon mange de bon appétit puis, rassasié, remarque enfin les peaux de bêtes qui couvrent les murs de la kiva. Il demande la raison de leur présence en si grand nombre. Son père ordonne alors à ses compagnons de revêtir les peaux de bêtes et, sous les yeux du jeune garçon, tous se transforment en animaux. Son père est une antilope, la femme qui lui a servi son repas est un bouc, l'homme qui se tenait à côté de lui est un lièvre… Il est entouré d'une quinzaine d'animaux qui le regardent sans rien faire. Quelques instants plus tard, sur un signe de tête de l'antilope, tous reprennent leur forme humaine et vaquent à leurs occupations.

« Voilà, lui dit son père. Tu sais à présent qui nous sommes : le peuple des Animaux. C'est moi qui, un jour, ai nourri ta mère tandis qu'elle était venue cueillir des graines par chez nous et qui lui ai permis de t'enfanter, afin qu'à travers toi un peu de notre pouvoir aide les hommes à ne plus mourir de faim. Parce que tu es un bon chasseur, nous allons te donner assez de viande pour tous les tiens. » Le jeune garçon est alors invité à sortir de la kiva, suivi de tous ceux qui s'y trouvaient. Il est reconduit à l'endroit où il chassait son lapin, et plusieurs animaux sont tués, dépecés et déposés sur son dos. Il y en a tant que le jeune garçon ploie sous le fardeau, il est incapable de faire un pas. Son père s'approche alors de lui et, par le pouvoir de l'antilope, lui donne la force de porter tout cela jusque chez lui.

Ainsi se terminait le conte de la jeune fille. Mon frère et ses amis ont entonné une dernière fois le refrain en l'honneur des animaux, puis ils se sont plongés dans un profond silence. Leur recueillement était tel que j'ai été happée malgré moi, comme au cours des cérémonies traditionnelles. J'ai rouvert les yeux en entendant un petit grattement : l'un des garçons avait sorti une pipe et était en train de la bourrer avec un mélange contenu dans un petit sac de peau. Il l'a allumée, a tiré dessus plusieurs fois, avant de la passer à son voisin. Tous ont fumé les uns après les autres, remplissant méthodiquement le fourneau quand il était vide, avec le mélange du petit sac de peau qui circulait en même temps que la pipe. Ils tiraient tous de grosses bouffées, l'odeur de ce tabac était puissante et très sucrée. Bientôt, la caverne n'a plus été qu'un nuage épais de fumée odorante. Je ne pouvais pas m'empêcher de tousser, mais le bruit que je faisais était couvert par les soupirs et les reniflements des autres. Certains pleuraient sans même s'en rendre compte.

Ensuite, nous sommes tous tombés dans un sommeil dont j'ignore combien de temps il a duré. J'imagine que les autres ont dormi aussi longtemps que moi si ce n'est plus, car quand j'ai retrouvé mes esprits, la plupart étaient encore écroulés au sol ou sur l'épaule de leur voisin. Seuls mon frère et un autre garçon fumaient encore avec nonchalance, entretenant un léger filet de fumée dans le nuage maintenant très éclairci de la caverne. Quand la pipe a été finie, cette fois ils ne l'ont pas rechargée. L'ami de mon frère s'est levé pour secouer doucement les autres, qui se sont redressés avec lenteur, pendant que mon frère attirait à lui son sac et en sortait des bouteilles identiques à celles qui étaient entassées sous le gros rocher – à ceci près que les nouvelles étaient pleines d'un liquide doré. Il en a ouvert une et l'a donnée à la fille qui se trouvait à côté de lui. Chacun buvait une gorgée, puis passait la bouteille à son voisin. Quand la première a été finie, mon frère en a ouvert une deuxième. Puis une troisième, une quatrième… Ils en ont peut-être bu six ou sept. Personne ne parlait, ils avaient tous les yeux hagards. Au bout d'un moment quand même, un jeune homme s'est levé puis, péniblement, est allé revêtir une des peaux de bêtes accrochées à la paroi. Les autres l'ont d'abord regardé hébétés, puis réveillés par une voix cristalline, ils ont entonné un refrain, dont cette fois les paroles m'étaient totalement incompréhensibles. Tandis que tout le groupe chantait, le jeune homme avec la peau de bête est venu s'asseoir près du foyer. Les autres se sont tus et il a commencé à parler.

Il était un cerf et désirait raconter comment, à la suite du peuple humain, il était arrivé dans le Quatrième Monde en s'agrippant à une tige de roseau. « Les eaux montaient dans le Troisième Monde et l'on se demandait qui pourrait atteindre le suivant. À cette époque, le roseau poussait infiniment plus vite que maintenant – quasiment d'une traite – et c'est pour cela que Grand-Mère Araignée l'avait choisi pour sauver les hommes. Elle en avait planté un juste au-dessus du Sípàapuni ouvert sur le Quatrième Monde et immédiatement, il s'était élancé dans le ciel. Les hommes, avec leurs longs bras et leurs longues jambes, étaient montés sans difficulté en s'agrippant à sa tige. Mais dans sa grande hâte, Grand-Mère Araignée n'avait pas pensé au peuple des Animaux. La plupart d'entre nous n'étions pas faits pour grimper ainsi. On m'envoya le premier parce que j'étais fort et courageux. Mes sabots glissèrent un nombre infini de fois contre la tige lisse, mais jamais je ne me suis découragé, recommençant inlassablement depuis le bas. Finalement, au prix d'une longue lutte, je suis arrivé au sommet. Derrière moi, d'innombrables encoches se trouvaient creusées sur le roseau, grâce auxquelles les autres animaux ont pu grimper facilement. Aujourd'hui, le roseau porte encore les cicatrices de mon ascension, mais il ne m'en veut pas et se tient prêt pour le prochain passage. Voilà ce que j'avais à dire aujourd'hui. »

Le garçon s'est levé. Le visage livide, il s'est éloigné du foyer, est allé raccrocher sa peau de cerf avant de reprendre place dans le cercle. Pendant qu'il contait son histoire, le jour avait décliné, et nous ne voyions désormais plus rien dans la caverne. Selon moi, c'était la deuxième nuit que nous allions passer ici, la première s'étant écoulée pendant notre sommeil. Personne n'avait mangé, mais personne ne semblait avoir faim. Moi-même, je n'avais pas encore pioché dans les provisions que j'avais emportées. La fumée nous avait nourris, et eux recommençaient à étancher leur soif.

Pendant que de nouvelles bouteilles tournaient, ils ont allumé un feu. Quand il y a eu assez de braise et qu'aucun gardien n'était plus requis près du foyer, une jeune fille s'est levée, est allée mettre une peau de lapin sur ses épaules et est venue s'agenouiller près du feu. Je pouvais voir son profil danser au rythme des flammes. Elle avait les yeux fermés et balançait sa tête d'arrière en avant. Pendant un long moment elle n'a rien dit, puis elle s'est mise à parler d'une voix monocorde. Elle demandait aux autres de lui donner la force de se projeter en dehors de la caverne, à travers le petit trou par lequel s'échappait la fumée. Le cercle s'est alors mis à chanter, chanter plus fort, et elle à demander, demander plus fort, jusqu'à ce qu'elle pousse un cri aigu, un cri qui m'a glacé le sang. Elle était au-dessus de la caverne, elle voyait les étoiles, elle pouvait toucher du doigt le vol nocturne des aigles en chasse. Son voyage a duré quelques minutes, durant lesquelles elle a vu au-delà des mesas, au-delà du pays navajo, atteignant des hauteurs que même les oiseaux ne fréquentent pas. Un bref instant, elle a vu l'eau des océans. Pendant ce temps, les autres continuaient de chanter en sourdine. Puis à nouveau elle a poussé un cri, moins aigu que le premier, plutôt un soupir rauque, et elle s'est affaissée près du foyer. Celle qui était sa voisine dans le cercle l'a tirée à elle et, après lui avoir ôté sa peau de lapin, l'a laissée somnoler contre son épaule tout le reste de la nuit.

Ceux qui en avaient encore la force ont recommencé à faire circuler des bouteilles, tandis que les autres se contentaient de regarder les flammes au centre du cercle. Mànkwatsi avait l'air infiniment plus éveillé et plus frais que ses compagnons. Il a sorti quelques grains de maïs de sa poche, qu'il a jetés sur un des garçons assis près de lui. L'autre a fait signe qu'il attendait que le liquide doré lui revienne, après quoi il est venu prendre place près du foyer. Il portait sur le dos une vieille peau d'ours, dont les pattes pendaient sur les côtés. Comme il me tournait le dos et me cachait la lumière du feu, je ne voyais de lui qu'une silhouette effrayante. Pendant qu'il se tenait là, deux autres garçons ont roulé jusqu'à lui une grosse pierre qui se trouvait à l'entrée de la caverne, ainsi qu'un long et lourd morceau de bois, qu'ils ont eu du mal à hisser entre le foyer et l'ouverture vers le ciel. Une fois dressé, ce mât devait sortir d'un bon mètre au-dessus de la dalle.

La pierre présentait un creux en son sommet et le garçon à la peau d'ours a vidé dessus un sac de maïs. Après avoir soigneusement réparti les grains dans ce large creuset, il a attrapé le mât à pleins bras et, comme s'il s'agissait d'un simple pilon, l'a soulevé et abattu plusieurs fois sur la pierre. Si bien qu'en quelques instants le maïs s'est trouvé réduit en farine. Le garçon était en sueur, mais il avait accompli cet exploit avec aisance.

Je ne savais plus, à la fin, si je voyais réellement ces choses ou si je les rêvais. Cela faisait maintenant trois jours que j'étais repliée au bas de la paroi, où je n'avais plus rien à manger ni à boire. Aussi, quand j'ai vu tous les garçons s'approcher de la farine et la mettre dans leur bouche, j'ai failli bondir de ma cachette pour manger, pour dégourdir mes membres, pour ne pas me transformer en pierre.

Heureusement, la délivrance n'a pas tardé. Une fois la bouche, le nez, les doigts couverts de farine, mon frère et les autres gars ont pris des sacs et des bâtons entassés dans un coin de la caverne et se sont faufilés vers la galerie. De là, ils sont sortis au grand air. Certaines filles les ont suivis, d'autres sont restées dans la galerie, mais tous ont quitté la grande salle. Le feu, à présent, était éteint, il faisait sombre, j'ai pu ramper hors du renfoncement où je me terrais.

Une bouteille à moitié pleine gisait à quelques mètres, je me suis précipitée dessus. Assoiffée, je l'ai portée à ma bouche, mais dès la première gorgée, le liquide doré qui était à l'intérieur m'a brûlé la langue, la gorge, l'estomac. Je n'avais jamais rien bu de si horrible. La bouche écumante, je me suis approchée du mât et de la grosse pierre : je n'avais pas rêvé, il y avait bien là des traces de maïs moulu. J'en ai gratté quelques pincées, que j'ai fourrées dans ma bouche. C'était pâteux, mais ça apaisait le feu… J'avais si faim à présent, que j'ai également ramassé les quelques grains de maïs qui étaient tombés dans le foyer. Ils étaient encore chauds, enrobés de cendre. Ça craquait sous la dent, c'était délicieux... Comme il y avait très peu de grains, j'ai ensuite mangé la cendre seule. Dans mon hébétude, je trouvais ça excellent. Puis les voix des jeunes filles ont résonné dans la galerie : celles qui étaient sorties rentraient déjà, les bras chargés de bois. J'ai juste eu le temps de regagner le bas de ma paroi et de rabattre une peau d'antilope sur moi avant qu'elles ne rentrent dans la caverne pour s'affairer autour du foyer et faire renaître le feu.

Celles qui étaient allées quérir les branches et les brindilles avaient l'air ragaillardies. Elles chantaient, elles avaient des gestes plus vifs que celles qui étaient restées dans la galerie. Mais toutes avaient ces cernes profonds que donnent les veillées à répétition. Au bout d'un moment, quand le feu a été bien vivant, les garçons sont revenus à leur tour, leurs sacs légèrement gonflés et tachés de sang. Ils avaient là quelques lapins déjà dépecés. Tandis que les jeunes filles se chargeaient de les faire cuire, ils ont raconté combien leur chasse avait été facile. Le jour tombait, ils marchaient ensemble sur la plaine, quand ils ont entendu le cri du coyote immédiatement suivi du croassement du corbeau. C'était le signe que du gibier se tenait près d'eux, à leur disposition. Ils avaient alors fouillé les trous alentour, des lapins étaient sortis, ils les avaient assommés puis avaient libéré leur esprit en les tuant selon le rite du peuple des Animaux.

Je sentais le fumet des lapins et je salivais dans mon renfoncement. Heureusement, ma torture n'a pas duré longtemps, car du moment où il a été prêt, le repas n'a duré qu'un instant. Au moins aussi affamés que moi, mon frère et ses compagnons ont dévoré leurs lambeaux de viande. Ils ont conclu ce repas uniquement constitué de chair par une nouvelle prière au peuple des Animaux, dont je ne comprenais quasiment aucune parole. Pour moi, il était désormais difficile de rester attentive. Mon corps et mon esprit étaient engourdis, mes paupières se fermaient sans cesse, ma langue enflait dans ma bouche, je ne suivais plus ce qui se passait dans la caverne que de loin en loin. J'ouvrais un œil, et je les voyais fumer, chanter, jeûner, accomplir des exploits insensés – je ne distinguais plus les hallucinations causées par la soif et la fatigue de la réalité.

Finalement, quelqu'un a dû me sortir de ma cachette, car je me suis réveillée la tête sur les jambes d'une jeune fille. Elle me faisait avaler une décoction de plantes dont je voyais les tiges effeuillées à côté de moi. Il y avait encore de la fumée dans la caverne, et le liquide jaune circulait, circulait encore, sans faire cracher personne sauf moi, à sa simple odeur au-dessus de ma tête… À un moment, j'ai cru voir Mànkwatsi marcher sur les braises, mais ce devait être la fièvre, la faim… L'eau de plantes me faisait du bien…

* 9 *

« Quel poison a bien pu mettre ta sœur dans cet état ? » Incrédule, ma mère examinait ma bouche sèche et mes yeux noircis. Mànkwatsi, qui m'avait ramenée à la maison sur son dos, a haussé les épaules : « Tayatitaawa a voulu faire la grande sans en avoir l'âge… » Ma mère m'a harcelée pour en apprendre davantage, mais j'ai juste dit que je m'étais intoxiquée avec quelque chose que je croyais bon contre la soif. Elle nous a traités de nigauds, de menteurs, et s'est occupée de me remettre sur pied.

Pendant plusieurs jours, je n'ai fait que dormir, boire et manger. Puis un matin, ma mère a voulu que je retourne suivre les cours de la mère de Taalawsohu. Celle-ci n'a posé aucune question sur mon absence, mais Taalawsohu, elle, m'est tombée dessus. J'ai dû tout lui raconter, les longues marches, les séances de guet et les jours terrée dans la caverne. Aussi fascinée qu'effarée, mon amie me demandait toujours plus de détails. À force de répéter cette aventure, je commençais à sortir des brumes dans lesquelles elle m'avait plongée et à prendre conscience de son étrangeté. Par moments, je doutais de ce que j'avais vu. Au-delà de la fatigue qui m'accablait encore, cela perturbait mon humeur et mon apprentissage.

Interrogée par sa mère, Taalawsohu a fini par s'ouvrir à elle de ce qu'elle appelait mes « visions » et la femme du chef d'Oraibi est venue chez nous pour alerter ma mère.

Sans doute voulait-elle bien faire, mais son intervention a fait souffler sur notre maison un vent de discorde et de panique. D'abord, ma mère s'est sentie trahie en apprenant par quelqu'un d'autre ce que je n'avais pas voulu lui dire. Visions ou réalité, elle ne supportait pas que notre intimité filtre à l'extérieur du clan. Tant que la mère de Taalawsohu était chez nous, elle a nié les faits avec légèreté, mettant ces histoires sur le compte de mon imagination. Mais dès que la porte a été refermée, j'ai compris à son regard l'affront que je venais de lui faire subir. « Tu préfères t'ouvrir à des étrangers plutôt qu'aux tiens, c'est ça ? Le clan du Papillon n'est pas digne d'écouter tes petites histoires, alors tu te répands sans pudeur hors de chez toi ? » Elle était animée d'une colère noire. « Tu sais ce que je crois, ma fille ? Je crois que tu racontes n'importe quoi pour faire ton intéressante… » Cette accusation était très blessante, et elle le savait. Je n'avais plus qu'à me taire.

Le lendemain, mon frère est rentré, mais ma mère a fait comme s'il n'était pas là. Se doutant que ça avait un rapport avec moi, Mànkwatsi me regardait comme une petite punaise. J'étais aussi triste qu'enragée. Réelles ou fantasmées, mes visions indiquaient qu'il y avait du souci à se faire pour au moins l'un de ses enfants et plutôt que d'y faire face, ma mère préférait se murer dans le silence et nous opposer l'un à l'autre. Fuyant cette atmosphère nauséabonde, mon frère est reparti le plus vite possible. Quant à moi, j'ai passé le plus clair de mon temps chez mon amie Taalawsohu, en attendant que cessent les jours de glace.

Et un soir, en rentrant, j'ai trouvé plusieurs femmes du Papillon réunies autour de notre vieille Itangu. Ma mère, le visage blême et les mâchoires serrées par l'angoisse, me demandait finalement de raconter tout ce que j'avais vu ou cru voir en suivant Mànkwatsi dans la caverne d'Hotevilla. Comme je restais muette de saisissement devant cette assemblée imprévue, Itangu m'a doucement encouragée : « Sois sans crainte, Tayatitaawa. Ce que tu as à nous dire pourrait bien sauver un ou plusieurs cœurs... » J'ai donc raconté la traque et la façon dont, volontairement, je m'étais laissée prendre au piège au fond de la caverne. J'ai raconté les pipes qui tournaient, les bouteilles remplies de liquide doré, les performances extraordinaires de mon frère et de ses amis, mais aussi la faim, la soif et la torpeur. Itangu voulait que je revienne sur certains détails, que je fouille dans ma mémoire profonde : depuis combien de temps jeûnait-on exactement quand la jeune fille s'était avancée vers le foyer ? Où était-elle placée par rapport à l'ouverture vers l'extérieur ? Quelqu'un tenait-il des pahos près d'elle ? Je tâchais de répondre le plus scrupuleusement possible, mais plus les questions étaient précises, plus mes souvenirs devenaient flous. Je finissais par bafouiller, par dire des choses contradictoires. Puis soudain, le premier refrain chanté par la jeune fille m'est revenu, j'ai entonné :

He'ee'ew, he'ew he'ew, he'ew!
Yungya'ai, yungya'ai, qatu'ui
Petu pai kivun'öki...

Avant que je puisse aller plus loin, une sœur de ma mère s'est écriée avec terreur : « *Yayaponcha* ! *Yayaponcha* ! » et, d'un geste vif, Itangu m'a fait signe d'arrêter. Éperdue, j'ai demandé ce qu'il se passait. Itangu m'a expliqué d'une voix posée : « Yayaponcha est une société secrète que tout le monde croit disparue, mais qui dans les faits reparaît régulièrement. Jadis, ceux qui en faisaient partie étaient dotés de pouvoirs puissants qui leur venaient du peuple des Animaux. Certains d'entre eux ont même sauvé nos anciens de la famine en usant de l'œil magique, qui permet de voir très loin et de chasser la nuit. Malheureusement, un jour, les membres de cette société se sont servis de ces pouvoirs à des fins personnelles. Ceux qui en avaient fait l'usage le moins grave les ont simplement perdus, les autres sont devenus des *powaqa*, c'est-à-dire des sorciers et des magiciens. Aujourd'hui, ces personnes survivent parmi nous avec un cœur double, à la fois humain et animal. Tu les connais, ce sont les Deux-Cœurs, obligés de voler la vie des autres pour prolonger la leur. À leur mort, quand celle-ci finit par advenir, ils rejoignent le monde d'en dessous par une route longue et brûlante : un seul pas par an, un seul grain de maïs, une seule goutte d'eau. S'ils ont expié leurs crimes au terme de ce terrible voyage, ils peuvent reprendre leur Route de vie ; autrement, ils se transforment en scarabées et continuent de répandre maladies et mauvaises récoltes dans nos villages les jours de brouillard… »

Cette histoire était terrifiante, mais je ne voyais pas le lien avec le récit que je venais de faire. « Crois-tu que Mànkwatsi et ses amis puissent être des powaqa ? » ai-je demandé à Itangu. En guise de réponse, la sœur qui avait reconnu le refrain s'est levée brusquement et a quitté la maison. Ma mère n'osait plus poser les yeux sur personne et surtout pas sur moi. Après un long silence, Itangu a dit : « Tayatitaawa, pour le savoir, nous devons d'abord vérifier si tu as réellement vu ces choses ou si tu les as rêvées. Si tu les as simplement rêvées, ça voudra dire que c'est en toi que sommeille l'esprit Yaya… » En moi ? Mais comment cela était-il possible ? J'ai regardé autour de moi, et j'ai compris que ma mère avait montré ma pièce à ses sœurs et raconté la naissance des chats. « Ce n'est pas moi qui les ai amenés ici ! ai-je crié. Ils sont venus tout seuls, je ne suis pas une sorcière ! » Puis j'ai voulu me sauver, sortir de la maison, mais toutes ensemble, les femmes m'ont attrapée, déshabillée, lavée, serrée dans une couverture et couchée près du foyer. Pendant qu'elles faisaient ça, Itangu préparait une tisane avec des herbes qu'elle avait apportées exprès. Quand les herbes ont été assez infusées, elles m'ont fait boire de force et recouchée près du feu.

Une heure après, celle qui était partie précipitamment est revenue accompagnée d'un homme-médecine, celui du clan de l'Oiseau bleu. Toute suante dans ma couverture, j'ai entendu Itangu lui demander de prendre toutes les précautions nécessaires : une Deux-Cœurs qui s'ignore peut très bien lancer des os, des insectes ou du verre sans s'en apercevoir. L'homme-médecine s'est approché de moi tranquillement. Il m'a d'abord cherché des flèches dans les jambes puis, une main posée sur ma gorge, il a écouté mon cœur. Cela a duré assez longtemps. Ensuite, il a demandé à ce que le noir soit fait dans la pièce et m'a piqué trois fois le bras avec une longue épine de porc-épic. Ça faisait mal, mais je n'ai pas dit un mot. Enfin, il a demandé à ce qu'on laisse le jour entrer à nouveau et m'a pressé les plantes de pied l'une contre l'autre. « Hookonatalasho'i, a-t-il dit en levant les yeux vers ma mère, ta fille a les pieds plats, mais le cœur parfaitement pur ; tu n'as aucun souci à te faire. »

Itangu l'a raccompagné à la porte et lui a donné un petit sac d'herbes qui était dissimulé dans sa chemise. Quand l'homme-médecine a été sorti, un soupir de soulagement a parcouru la maisonnée. J'ai demandé si je pouvais me lever, mais on m'a répondu qu'on n'en avait pas fini avec moi. Pour la troisième fois, j'ai dû faire le récit des journées passées dans la caverne d'Hotevilla – y compris des détails dont j'étais de moins en moins certaine, notamment quand j'avais vu Mànkwatsi danser sur les braises. À cette évocation, ma mère retrouvait son visage crispé. Je comprenais bien que tout ça ne faisait plaisir à personne. Mon récit terminé, Itangu m'a remerciée de mes efforts et toutes les femmes sont parties se réunir dans la maison du Papillon. J'ai passé la nuit seule, ficelée dans ma couverture près du foyer.

Le lendemain matin, ma mère est rentrée les traits tirés. Elle m'a demandé si Mànkwatsi était revenu durant la nuit. Il ne me semblait pas, mais les herbes m'avaient fait dormir si profondément que je ne pouvais pas en être certaine. Elle a fouillé partout dans la maison, et n'a trouvé aucune trace de son passage. Plus tard dans la journée, Patangwupööqa, qui s'était absenté quelques jours, a repris sa place parmi nous. Ne sachant pas si ma mère en avait parlé avec lui, je n'osais dire un mot de toute cette histoire. Les heures défilaient, mornes, inquiètes, silencieuses. Jamais ma mère n'avait guetté le retour de mon frère avec autant d'anxiété.

Une nuit, Mànkwatsi a fini par reparaître. Le découvrant endormi chez nous au matin, ma mère l'a réveillé, puis inspecté sous toutes les coutures. Comme à son habitude, mon frère ne disait rien. Remarquant des taches de sang séché sur ses vêtements, elle a demandé : « Tu es allé à la chasse ? » Mon frère n'a pas répondu. « Tu pars si longtemps, si souvent... Tu dois bien chasser de temps en temps, non ? Pourquoi ne ramènes-tu jamais rien ? » Mon frère se taisait toujours. « Qu'est-ce que tu sens mauvais ! a-t-elle fini par lancer, tâchant d'esquisser un sourire. Tu n'auras rien à manger tant que tu ne te seras pas lavé. » Comme mon frère ne bougeait toujours pas, elle est allée chercher de l'eau. Mànkwatsi était assis contre le mur de sa pièce, le regard fixe. Ma mère lui a ôté sa chemise et a commencé à le frotter. Je voyais qu'elle faisait des efforts pour ne pas pleurer. Lui ayant bien décrassé le dos, elle s'est agenouillée pour lui retirer ses mocassins et tremper dans l'eau ses pieds pleins de poussière. Quand elle les a sortis de là, son visage s'est décomposé. Mon frère portait sous la plante des pieds des brûlures à vif qui ne laissaient plus de doutes sur la véracité de mes dires. Elle savait qu'il ne révélerait jamais l'origine de ces blessures, et s'est donc contentée de le rechausser en laissant couler ses larmes. Mon frère est reparti dans la journée.

Le soir, asphyxiée par le souci et la tristesse, elle s'est enfin ouverte de ses soupçons à Patangwupööqa, qui a tâché de la rassurer : « Mànkwatsi est encore jeune, brave mère Papillon. Peut-être ne fait-il rien d'autre que se livrer à des expériences certes dangereuses, mais sans rapport avec la sorcellerie. » Puis il a ajouté : « Parles-en avec les membres du clan, mais si cela peut aider, je connais quelqu'un à Walpi qui sait quoi faire des jeunes gens comme Mànkwatsi. »

Ma mère est allée trouver Itangu pour avoir son avis. Notre vieille mère devinait, peut-être, qui à Walpi pouvait être d'un si précieux secours. Un prêtre officiant au sein de la société du Serpent. Le tout était de persuader Mànkwatsi de bien vouloir suivre Patangwupööqa jusque là-bas. Personne n'avait de prise sur mon frère, et le deuxième mari de ma mère encore moins que quiconque.

« Ne t'inquiète pas pour ça », a dit Patangwupööqa à ma mère. Il n'avait pas noué de lien intime avec mon frère, mais en commerçant habitué à pourvoir aux besoins et aux désirs des gens, il avait remarqué son goût pour les habits qui le distinguaient des autres. Aussi a-t-il laissé reposer les choses quelque temps, avant de dire un jour à Mànkwatsi : « Tu sais, j'ai encore à Walpi, en dépôt chez un frère de clan, quelques caisses d'habits qui datent de mon ancien commerce. Si ça t'intéresse, viens avec moi choisir ce qui te plaît, avant que je disperse tout ça. » Évidemment, mon frère a accepté.

Quand il est revenu seul de Walpi, Patangwupööqa a raconté à ma mère comment cela s'était passé. Il avait conduit Mànkwatsi chez un de ses frères du clan de la Citrouille qui possédait encore des reliquats de marchandises, avant d'aller trouver son ami de la société du Serpent. Patangwupööqa avait rapidement expliqué à Naqyuqawu, Oreille-qui-parle, les soupçons qui pesaient sur Mànkwatsi et le subterfuge par lequel il l'avait entraîné à Walpi. « Très bien, a dit le prêtre. Je vais aller voir le fils de ta femme et lui apprendre tout de suite pourquoi tu l'as amené ici. » Patangwupööqa redoutait la réaction de mon frère, mais il a laissé faire. Quand le prêtre est entré chez l'homme du clan de la Citrouille, il a trouvé Mànkwatsi en train d'essayer une chemise et un gilet. « À ce que je vois, jeune homme du Papillon, tu aimes les parures, a-t-il lancé. Quand ce n'est pas les peaux de bêtes, ce sont les chemises colorées... » Mon frère a adressé un regard sans expression à cet étranger et a continué ce qu'il était en train de faire. « Quand tu auras fini de te travestir et si tu es assez courageux, je pourrai t'apprendre à chasser les serpents. » Mon frère, cette fois, s'est tourné vers lui avec intérêt. Tous les jeunes hommes intrépides espèrent un jour qu'on leur fasse cette proposition. Mànkwatsi a reposé les vêtements, puis s'est avancé vers Naqyuqawu : « Et pourquoi ferais-tu ça ? » En le regardant droit dans les yeux, le prêtre a répondu : « Parce que je suis membre de la société du Serpent qui a toujours besoin de bons chasseurs, et que ta famille craint par ailleurs que tu ne sois en train de verser dans la sorcellerie. T'emmener chasser le serpent est le meilleur moyen de vérifier la couleur de ton cœur. » Mànkwatsi a pris un air fougueux pour protester, mais le prêtre ne l'a pas laissé parler : « Ne cherche pas à me convaincre. Si tu as la prétention de vouloir appartenir au monde des animaux alors que tu n'es pas des leurs, les serpents le sentiront et te mordront. Si au contraire tu as assez de respect pour eux et de modestie en toi, tu feras un excellent intermédiaire entre le monde des hommes et celui des serpents – je dois dire que c'est surtout cela qui m'intéresse. » Mon frère a réfléchi un instant, et a annoncé à Patangwupööqa qu'il pouvait rentrer à Oraibi sans lui.

Durant plusieurs lunes, nous n'avons eu aucune nouvelle de Mànkwatsi. Je crois que ma mère n'était pas très heureuse de savoir son fils entre les mains de la société du Serpent, réputée pour ses pratiques archaïques, dangereuses et effrayantes. Plusieurs fois, elle a exprimé le désir d'aller voir à Walpi ce qui se passait, mais notre vieille Itangu et Patangwupööqa l'en ont dissuadée. En âge d'être initié à sa société d'adulte, Mànkwatsi avait choisi celle du Serpent et, d'une certaine manière, cette société l'avait choisi elle aussi. Il fallait la laisser éprouver cette forme de courage qu'il avait développé seul et qui avait désormais besoin d'être canalisé, mis au service de notre peuple. Obéissante, ma mère acquiesçait à ces paroles pleines de sagesse, mais quand nous étions seules, je l'entendais maudire mon père, les hommes du Papillon et le parrain de mon frère de n'avoir pas su mieux prendre en main la vie spirituelle de son fils.

Puis un jour, en plein cœur de l'été, nous avons appris que le rite du Serpent était commencé à Walpi, et que la danse publique aurait lieu dix jours plus tard. Il nous serait alors possible de voir Mànkwatsi là-bas, ce qu'à tout prendre ma mère préférait, plutôt que de rester sans nouvelles. Nous sommes donc partis une nuit pour arriver à Walpi au matin du seizième jour de la cérémonie. Quand nous sommes entrés dans le village, des centaines de personnes étaient déjà installées sur le bord de la falaise et sur les toits. La course du Serpent était déjà commencée, tout le monde guettait en contrebas la boucle par laquelle les coureurs devaient apparaître. Des prêtres étaient postés au pied de la mesa, tenant à leur disposition les pahos et la petite jarre d'eau qu'ils devraient ensuite monter jusqu'à la kiva, par un chemin escarpé débouchant sur l'arrière du village.

Nous étions déjà installés depuis un bon moment quand, tout à coup, plusieurs silhouettes sont apparues, assez rapprochées les unes des autres. Une clameur s'est élevée dans le public, car cela annonçait déjà une course serrée. J'espérais reconnaître mon frère parmi les coureurs, mais ils étaient trop loin pour que nous puissions les distinguer. Le premier s'est arrêté quelques instants auprès des prêtres puis s'est engagé dans le dernier virage avant le chemin de pierres qui se trouvait hors de notre vue. Avant même de l'atteindre et de disparaître dans la falaise, il a été rattrapé par un autre coureur, à qui il a été obligé de céder les pahos et la jarre. Tous deux étaient talonnés par un troisième et un quatrième qui se sont élancés dans le goulet à leurs trousses. Nous ne pouvions pas savoir lequel allait arriver le premier, en possession des objets rituels, et la foule, qui criait déjà à chaque échappée des coureurs, a fait des pronostics bruyants tout le temps de leur montée par le petit chemin caché. Près de nous, un vieil homme tranquille nous a expliqué que la société du Serpent venait d'initier deux jeunes hommes excellents et que, selon lui, il était impossible de dire si ceux-ci allaient ou non détrôner les anciens favoris. Nous n'osions pas dire que l'un d'entre eux était mon frère, mais mon cœur battait à tout rompre.

Soudain, un jeune homme a jailli de l'escarpement. Il avait les cheveux collés aux joues et le visage crispé par la lutte qu'il avait dû mener pour venir à bout des autres coureurs. Il tenait fermement les pahos dans sa main, ainsi que la petite jarre presque vide. Accueilli par les cris de la foule, il a fait rapidement le tour de la plazza, puis a disparu par le toit de la kiva où un prêtre l'attendait. Entre-temps, trois autres coureurs étaient sortis du chemin, également salués par le public. Mon frère était parmi eux, le visage creusé par l'effort, mais la foulée encore souple. Son torse passé au noir était couvert de sueur et écorché par endroits, comme s'il s'était frotté aux rochers dans la montée. En nous voyant, il a fait un petit signe de la main assorti d'une mine navrée, et il a suivi les autres. Les membres de la société du Serpent dispersés sur le parcours arrivaient un à un sur la mesa, distribuant des pieds de maïs et de courge que chacun allait ramener chez soi. L'ambiance était joyeuse, et cela nous faisait oublier notre inquiétude : nous avions vu mon frère en pleine forme, nous étions fiers de lui.

Il était maintenant midi. Le soleil tapait fort, il valait mieux prendre un peu de repos avant la danse publique. Nous aurions pu chercher les membres du clan de l'Ours parmi la foule, mais ma mère préférait rester discrète. Elle ne souhaitait pas voir la famille de mon père tant qu'elle n'était pas sûre que son fils allait bien. Patangwupööqa a proposé que nous trouvions refuge chez son frère de la Citrouille. Cet homme et sa femme nous ont accueillis avec beaucoup de gentillesse, nous offrant abondamment à boire et à manger. Ayant déjà rencontré Mànkwatsi, sachant très bien pourquoi nous étions là, ils formulaient à l'attention de ma mère des phrases très douces, apaisantes, sans jamais lui poser directement de questions. Je les regardais faire avec une certaine curiosité. Chez nous, les discussions étaient toujours vives et frontales. Ici, sur la Première Mesa, les gens se laissaient le temps de la réflexion entre deux phrases. Même leur façon de prononcer les mots était différente de la nôtre, s'attardant volontiers sur certaines syllabes. Cela donnait aux conversations un tour plus tranquille, plus délicat.

Sans avoir l'air de nous les imposer, comme pour lui-même, le frère de Patangwupööqa s'est mis à raconter de vieilles histoires. Sa femme était aussi attentive que si elle les entendait pour la première fois, mais c'était bien à nous qu'elles s'adressaient. Depuis toujours, le clan de la Citrouille était lié à celui du Serpent et, dans sa vie, notre hôte avait vu nombre de ses frères danser avec des crotales ou des serpents à sonnette dans la bouche. La plupart du temps les reptiles étaient calmes, mais il arrivait que certains s'agitent comme de longs fouets puissants. C'était impressionnant, mais il n'avait aucun souvenir de morsure fatale ou d'empoisonnement. Au contraire, il avait souvent vu des enfants très jeunes tenir entre leurs mains des spécimens vénéneux et, sous la conduite de leurs aînés, les manipuler sans dommage. D'après lui, la société du Serpent de Walpi était celle qui avait les rites les plus anciens et les plus purs. Ses pratiques étaient issues de l'histoire ancestrale du peuple hopi et étaient peut-être les seules capables de maîtriser certaines forces, certains dangers. Pour nous donner la preuve de ce qu'il avançait, notre hôte a alors raconté comment, lors des migrations anciennes, le clan du Serpent avait défait celui de l'Arc.

« À l'époque, le clan de l'Arc était déjà connu pour ses pouvoirs maléfiques et la discorde qu'il semait partout où il allait. Un jour, il est arrivé sur les terres que partageaient les clans du Serpent et du Lézard, et a semé son maïs sans rien demander à personne – privant ainsi les deux autres de leurs champs et de leur nourriture. Dès lors, le Serpent et le Lézard n'ont eu d'autre choix que celui de livrer bataille. Accompagnés de leurs esprits totems, ils ont mené contre leurs frères de l'Arc un long combat, dont par bonheur ils sont sortis vainqueurs. Le clan du Serpent a pu s'emparer de l'arc maléfique et, pour finir d'étouffer un clan malfaisant, un serpent a été placé dans la bouche de chacun des frères pervertis. Voilà comment s'est constituée la société du Serpent et comment elle a acquis le pouvoir de canaliser le mal. Chère Hookonatalasho'i, maintenant que ton fils a été initié à cette société, tu as toutes les raisons d'être fière de lui. »

L'heure de la danse était arrivée, nous nous sommes tous rendus sur la plazza. Au fond, à l'ombre d'un mur donnant au nord, une petite case en branches de peuplier avait été dressée, l'ouverture en était fermée par un simple tissu. Notre hôte nous a expliqué que les serpents reposaient là en attendant le début de la danse. J'ai demandé d'où venaient ces reptiles et, d'un geste ample, il a désigné du bras tous les alentours de Walpi. Les membres de la société du Serpent se livraient à une chasse de quatre jours, durant lesquels, avec un sac et un plumeau, ils devaient en dénicher le plus grand nombre possible. Ensuite, les serpents étaient ramenés dans la kiva, enfermés dans des jarres et nourris de pollen jusqu'à la nuit des chants sacrés, au cours de laquelle ils étaient libérés à l'intérieur de la pièce souterraine. Si certains venaient se lover entre les jambes des chanteurs ou s'enrouler autour de leur taille, cela était considéré comme un grand honneur et la reconnaissance d'une grande sagesse. J'aurais voulu en savoir davantage, notamment sur les rites qui concernaient les jeunes initiés, mais notre hôte nous en avait déjà trop dit. Les secrets du Serpent devaient être encore mieux gardés que ceux des autres sociétés.

Je venais de prendre place sur un toit où se trouvaient déjà d'autres enfants quand les danseurs sont entrés sur la plazza. Ils marchaient les uns derrière les autres, le corps peint en rouge foncé. Un large ovale blanc couvrait leur poitrine et leurs épaules. Leur visage, passé au noir, était coupé de deux traits blancs au front et à la gorge. Tous ceints du même jupon brun orné d'un serpent noir, ils donnaient l'impression d'un même être décliné à l'infini, tout droit sorti de la terre brute plutôt que du trou de la kiva. Je n'arrivais pas à distinguer mon frère des autres danseurs.

Les membres de la société de l'Antilope sont venus se placer en ligne face à ceux du Serpent et dans le silence imposé par l'arrivée des danseurs, l'air s'est empli du bruit des grelots. Sous le soleil écrasant, les coquillages qui teintaient aux chevilles humaines rappelaient sans équivoque la cascabelle des serpents à sonnette. Plus rien ne bougeait dans l'atmosphère, sauf une ligne bleue très lointaine à l'horizon.

Puis très lentement, les danseurs se sont mis en mouvement. Les deux lignes se sont rejointes pour former une ronde caressant les contours de la plazza. De temps en temps, les danseurs se séparaient à nouveau pour venir se croiser au centre, puis le cercle se reformait, ondulant sous nos yeux, au ras des maisons. Soudain, un bruit sourd, très profond, s'est fait entendre. Le chef de la société du Serpent venait de frapper le premier coup sur le *pochta*, une caisse de résonance aménagée à même le sol. Cette vibration envoyée dans les profondeurs de la terre signifiait au monde inférieur que les hommes d'ici étaient prêts à accomplir leur devoir cérémoniel. Chacun leur tour, les danseurs sont venus frapper du pied sur ce tambour, signalant ainsi leur nombre et leur présence. Le son était si grave que chaque coup nous donnait à nous aussi l'impression de vibrer.

Une fois le signalement à la terre terminé, les membres de la société de l'Antilope se sont extraits du cercle et sont venus se placer à l'endroit où reposaient les serpents. Quand ils ont été bien en ligne, l'un d'entre eux a poussé un cri et un chant grave et monotone s'est élevé de leurs poitrines. Ceux du Serpent ont encore fait un tour de plazza, puis leur chef est venu s'accroupir au bord de la cabane de peuplier. Il a levé la couverture qui en fermait l'entrée, a introduit sa tête à l'intérieur, et en est ressorti avec un serpent dans la bouche. C'était la première fois que je voyais cela et j'en ai eu un frisson. Il le tenait entre ses dents, juste au-dessous de la tête, une main placée sur son abdomen et l'autre sur sa queue. Le serpent pendait depuis ses mâchoires jusqu'à son ventre, figé comme un bâton contre son torse. Un autre danseur l'a rejoint et s'est mis à caresser le serpent avec un plumeau. Ensemble, ils ont entamé un tour de la plazza, tandis qu'un autre couple de danseurs venait s'emparer d'un autre serpent.

Quand un danseur avait fini son tour, il venait relâcher son serpent dans un cercle tracé au sol, où un attrapeur venait le saisir et le montrer à la foule. Après cela, c'était au tour d'un chanteur Antilope de venir caresser le reptile, comme pour le faire patienter. Tant qu'il y avait des serpents dans la cabane de peuplier, des hommes allaient les chercher, les faire tourner, les montrer et les caresser.

Cette fusion des hommes et des serpents en un vaste et interminable mouvement ondulatoire était troublante. Ils semblaient former ensemble un peuple hybride, au sein duquel je ne distinguais pas Mànkwatsi. Il y avait plusieurs sortes de serpents, de races, de tailles et de couleurs différentes, mais il n'y avait plus qu'une sorte d'hommes : bruns, ondulants, tellement habités par leur devoir sacré qu'ils en perdaient leur humanité.

À la différence de ce qui s'était passé pour moi dans la caverne d'Hotevilla, où j'avais pénétré la carapace de terre qui abritait les prodiges de mon frère et ses compagnons, les prouesses accomplies ici, aux yeux de tous, séparaient définitivement les membres de la société du Serpent du reste des hommes. Ce jour-là, ce n'était plus la terre protectrice qui enveloppait le mystère, mais le ciel immense, sévère et brûlant qui sanctionnait la tentative des hommes pour survivre dans le désert. Tout le monde espérait que cette danse, ce rite sauvage issu des temps anciens, allait pouvoir infléchir le peuple lointain des Nuages. Mon frère était en train de devenir un membre important de notre société, et de s'éloigner inexorablement de moi.

Je m'en apercevais soudain : celui qui jusqu'à présent, malgré notre différence d'âge et de caractère, malgré ses continuelles absences, avait veillé d'un œil discret sur le cours de ma vie, appartenait désormais à un autre monde. J'étais heureuse d'avoir assisté clandestinement aux prémices de sa vocation, d'avoir volé quelques fragments de sa personnalité paradoxale éclose au fond de la caverne, mais je savais qu'à présent il existait entre nous une distance que je ne pourrais plus jamais combler. Après la mort de mon père, un deuxième gouffre s'ouvrait sous mes pieds.

En même temps que mon visage se couvrait de larmes, la pluie s'est mise à tomber. Les membres de la société du Serpent étaient parvenus à charmer le peuple des Nuages, et tous les spectateurs de la danse se recueillaient dans un silence religieux. Les danseurs ont quitté la plazza, ma mère et Patangwupööqa m'ont fait signe de les rejoindre. Nous avons quitté Walpi sans revoir Mànkwatsi, qui avait encore à faire avec les prêtres et la famille de son nouveau parrain.

* 10 *

Mon frère s'appelait désormais Mahukisi, comme la cigale mythologique autrefois cachée dans l'abri aux serpents. Ce nom lui venait certainement de ses séjours dans les cavernes, mais il n'était pas permis de parler de ces choses-là, sous peine de briser le tabou de l'initiation. Mahukisi passait maintenant le plus clair de son temps à Walpi, avec les membres de la société du Serpent. Ses bêtes avaient été confiées au mari de l'une de nos sœurs et il ne revenait plus chez nous qu'à l'occasion des cérémonies.

Un jour, sans que personne ne s'y attende, il est arrivé accompagné d'une petite amie, avec qui il parlait déjà de se marier. Notre vieille Itangu l'a félicité pour ce beau projet, tout en lui suggérant de prendre son temps. Quelques lunes plus tard, il est revenu sans elle : il avait changé d'avis. À sa visite suivante, il était accompagné d'une autre fiancée, mais en discutant avec elle, ma mère s'est aperçue qu'elle était du clan du Blaireau, lié à celui du Papillon – il ne pouvait être question d'union entre eux. Ils sont repartis à Walpi bons camarades. Mahukisi en a encore amené deux comme ça, puis une cinquième, qui a semblé être la bonne. Après quelques visites, les jeunes amoureux ont fait un long séjour chez nous afin de préparer la cérémonie du mariage.

La première chose à faire était de confectionner les vêtements de noces. Cela a pris un temps considérable, car mon frère était un exécrable tisseur. À l'âge où les garçons apprennent en regardant faire les aînés dans la kiva, lui avait fui le confinement et la compagnie de notre père. Mes oncles devaient désormais lui réapprendre jusqu'aux gestes de base. Souvent, mon frère manquait de patience et quittait la kiva en colère. Le soir, à l'heure où il allait prendre le frais avec sa fiancée, les hommes rassemblés chez nous se lamentaient : cardage, filage, tissage, Mahukisi n'était bon à rien ! L'un de nos oncles, qui s'occupait particulièrement de lui, critiquait sa maladresse, sa paresse et son caractère de punaise. Les autres se taisaient, songeant qu'ils auraient sans doute pu s'occuper mieux de lui quand il était plus jeune... L'ombre de mon père, excellent artisan mais caractère farouche, pesait sur ces discussions sans jamais qu'il y soit fait allusion.

Le seul à ne pas partager ce désarroi et cette gêne était le père de ma mère. Il avait souvent travaillé avec mon père à des pièces de famille et savait qu'il lui était difficile de transmettre quoi que ce soit par la parole. Il savait également qu'à l'époque mon père et mon frère se méfiaient l'un de l'autre, et que seul le temps leur aurait peut-être permis de mieux se comprendre, se connaître et se respecter. Ce temps avait manqué, personne n'en était responsable aujourd'hui. Un soir que les autres hommes du clan avaient largement exprimé leur sentiment d'impatience et de frustration à l'égard de mon frère, le père de ma mère a simplement encouragé chacun à reprendre le travail chaque jour comme s'il s'agissait du premier. Soit Mahukisi devenait en quelques semaines un artisan participant honorablement à la confection des vêtements de ses noces, soit le clan du Papillon pourvoyait à cette tâche à sa place. Dans les deux cas, il s'agissait de mettre tout son cœur à constituer le trousseau qui protégerait les époux dans ce monde-ci et dans le suivant, au jour de leur mort.

Du côté des femmes, les choses se passaient mieux. Ma mère et ses sœurs prenaient grand soin de la future mariée. D'emblée, elles l'avaient trouvée jolie et n'avaient cessé de le répéter durant les quatre jours où, en silence, elle avait moulu du maïs pour notre famille. Au terme de cette période rituelle, elle s'était en plus montrée chaleureuse et pleine d'entrain ! Les femmes du Papillon n'avaient pas de mots assez flatteurs pour elle. Ça m'énervait. Cette fille avait à peine quelques années de plus que moi, et un monde nous séparait. Elle était à l'aise avec chacun, savait ce qu'elle voulait et souriait toute la journée à l'idée de se marier bientôt. Comme si sa vie allait commencer ce jour-là ! Je trouvais stupides ses questions sur l'envie que je pourrais avoir, moi aussi, de me marier un jour. L'idée d'attendre quelqu'un pour être heureuse me paraissait vraiment tordue et je me demandais à quel point cette fille n'était pas un peu innocente…

Un soir que, d'un ton léger, elle racontait combien elle avait été jalouse des précédentes petites amies de Mahukisi, je lui ai demandé si elle était bien sûre qu'il n'en aurait pas autant après. Entendant cela, ma mère m'a dispensée les jours suivants de tous les rituels concernant le mariage. « Tu n'as pas le cœur assez pur, et ta jalousie ne te portera pas chance», avait-elle dit. Je m'en moquais, et à partir de ce moment-là, j'ai passé plus de temps enfermée dans ma pièce à chats qu'avec les futurs époux. Une des sœurs de ma mère me traitait de sorcière à travers la porte, la fiancée de mon frère venait régulièrement me parler avec douceur, comprenant bien qu'après tout, elle était en train de me l'enlever. Je n'avais que faire des paroles de l'une comme de l'autre, et refusais de sortir de là. Les femmes s'inquiétaient – pour la cérémonie, pour moi – mais mon frère, lui, s'amusait de tout cela. Il disait à ma mère de ne pas s'en faire et que, tel un cloporte, je finirais bien par rouler hors de ma cachette.

Et de fait, j'ai fini par sortir, le jour de la traditionnelle bataille de boue qui oppose toujours deux familles sur le point de marier leurs enfants. Cet après-midi-là, je m'en suis donné à cœur joie, accusant vigoureusement la famille adverse de me voler mon frère. Au bout de quelques heures, tout le monde était couvert de terre, échevelé, essoufflé, sali, mais heureux, défoulé, purgé de toute mauvaise pensée. La belle-famille est repartie en emportant la future mariée et en nous laissant de nombreux cadeaux. Quelques jours plus tard, ils sont revenus, ainsi que des dizaines d'autres invités, et nous avons célébré l'union des époux, désormais liés l'un à l'autre, mais également à toute la communauté, pour la perpétuation de notre peuple.

Au moment de repartir avec sa femme et sa belle-famille, mon frère est venu me dire au revoir. Me serrant contre lui, il m'a soufflé à l'oreille: «Que tu le veuilles ou non, toi aussi, petit scarabée, tu te marieras un jour… et tes enfants seront alors les miens. En attendant, prends soin de toi.

— Tu parles comme une punaise», ai-je répondu. Puis je l'ai serré aussi fort que je pouvais.

* 11 *

Après le départ de mon frère, ma mère a proposé sa chambre à Patangwupööqa, pour qu'il y stocke ses dernières marchandises. « Chère épouse, a-t-il répondu, rien de ce que je possède n'a la beauté ni la sagesse des félins de Tayatitaawa. Je pense que ta fille fera de cette pièce un bien meilleur usage que moi.

— Très bien, a dit ma mère en me regardant. Il faut seulement me jurer qu'aucune griffe n'atteindra jamais nos réserves de nourriture. »

Patangwupööqa et elle, aussi délicats et généreux l'un que l'autre, me laissaient ainsi occuper tout l'espace dont j'avais besoin pour combler le vide laissé par Mahukisi. Comme je n'y arrivais pas toujours, même avec mes chats, j'invitais désormais le plus d'enfants possible à la maison. Taalawsohu bien entendu, mais également d'autres filles d'Oraibi, dont la plupart avaient plusieurs petits frères et sœurs. Ma situation leur semblait extravagante : seule enfant du clan du Papillon, je possédais plusieurs pièces dans ma propre maison. Aucune des jeunes filles du village ne jouissait d'un tel luxe, et chacune se demandait confusément si c'était une chance ou non, d'être ainsi la benjamine de sa famille. Mais les jours de grand vent, où le sable empêchait quiconque de s'aventurer sur la mesa, elles étaient sûres que oui, c'en était une, et ma mère nous retrouvait parfois entassés à dix, douze ou quatorze enfants dans les deux réduits accolés sous le toit de notre maison. Mes amies venaient se réfugier là avec leurs petits frères et sœurs, et nous nous tenions chaud sous la réserve de maïs. Ma mère s'asseyait alors près de sa pierre, allumait le feu dessous et, avec de la farine bleue, presque grise, confectionnait de grandes feuilles de piki, que nous mangions ensuite goulûment, trempées dans de l'eau salée. Si l'un des hommes de notre clan passait chez nous ces jours-là, il levait les bras au ciel en se plaignant de travailler toute l'année pour nourrir des enfants qui ne lui appartenaient pas. Ma mère s'en fichait. Elle et Patangwupööqa distribuaient volontiers ce qu'ils possédaient – maïs, fruits et viande séchée. Ensemble, ils ne voulaient pas d'enfants, mais acceptaient avec cœur tous ceux que j'amenais, satisfaits de voir que je partageais les bienfaits dont j'étais comblée.

Une fois seulement, ma mère a dû mettre le holà à mes élans de générosité. Talasi, ma belle chatte dorée, avait encore eu six petits. Comme aux premières semaines de leur vie ils avaient fait la joie de nos rassemblements, j'avais cru bon, dès leur sevrage, de les distribuer aux plus jeunes enfants du village, en leur faisant promettre d'en prendre soin. Le soir même, quatre mères venaient chez nous, avec les chatons dans des sacs. Aucune ne voulait de ces animaux chez elle. Quand elles ont été parties avec leur courroux, ma mère m'a fait remarquer avec sévérité: « Une fois de plus, tes chats nuisent à la réputation de notre clan, Tayatitaawa. Si tu ne fais rien, tu finiras par être rejetée du groupe pour tes goûts et tes pratiques excentriques. »

Cette fois, j'entendais ce qu'elle disait. Je n'en étais plus à croire que le pipi de chat pouvait symboliser la pluie salvatrice dont notre peuple avait besoin et, en discutant posément avec Patangwupööqa, j'ai même compris que les chatons arrivant en trop grand nombre pouvaient menacer l'harmonie et la paix de notre village. Il fallait donc renvoyer ces petites créatures d'où elles venaient. Puisque c'est moi qui les avais accueillies dans notre monde, il m'appartenait de les reconduire dans celui du dessous, d'où elles n'auraient jamais dû émerger. Ma mère et Patangwupööqa me laissaient libre d'adopter la solution qui me paraîtrait la plus juste.

Instinctivement, il me semblait que la mort était une affaire d'hommes. Je ne devais donc pas impliquer le clan maternel dans cette histoire. Ni plus que Patangwupööqa, qui restait étranger à mon sang. Auprès de qui pouvais-je donc solliciter de l'aide? À l'époque du premier chaton mort, c'est mon père qui m'avait instruite sur la façon de le rendre à la Terre-Mère. Aujourd'hui, il n'était plus là, mais les chats étaient nés dans la pièce qu'il occupait autrefois. Il était donc normal qu'ils retournent à la terre par le chemin tracé par lui. Le mieux était de faire appel au clan de l'Ours.

Le père de Taalawsohu, ami du mien, aurait sans doute pu m'aider, mais comme il était aussi chef du village, je ne voulais pas avoir l'air de régler une affaire m'opposant à d'autres familles. J'œuvrais pour ma seule conscience et l'équilibre de la vie sur notre mesa. J'ai donc pris le sac qui contenait les chatons et me suis mise en route vers Walpi, à la rencontre de la branche du clan de l'Ours dont mon père était issu.

En arrivant au village, je n'ai pas cherché la maison où vivait mon frère. Je voulais rencontrer la mère de mon père. Je n'avais pas vu cette femme depuis mon initiation et je n'étais jamais venue chez elle. Quelqu'un m'a indiqué où elle habitait, je me suis présentée à sa porte. Comme son visage restait impassible devant le mien, je me suis annoncée :

« Bonjour grand-mère, c'est Tayatitaawa.

— Je te vois, ma fille. Pas la peine de crier. »

Je n'avais pas crié, mais il est vrai que ma voix avait résonné d'une étrange façon dans la petite maison – comme si elle venait y déranger un ordre et un silence immuables.

« Je viens d'Oraibi à pied pour rencontrer l'un de mes pères du clan de l'Ours.

— Oui, je me doute bien que tu n'es pas venue pour moi ; autrement, tu m'aurais fait l'honneur d'une visite lorsque ta mère et toi êtes venues pour assister à la danse du Serpent. Mais ça n'a pas d'importance. De toute façon, je ne peux pas grand-chose pour toi. Je n'ai à Walpi aucun frère, aucun fils, personne à qui t'adresser.

— Mais il y a bien des membres du clan de l'Ours ?

— Plus aucun homme du clan de l'Ours gris, en tout cas. Si vraiment tu veux rencontrer des gens du clan de l'Ours, va voir ma sœur de l'Ours noir. Après tout, pour ce qu'on se connaît toi et moi, une grand-mère de clan fera aussi bien l'affaire. Elle habite à l'autre bout du village. Il y a une mule attachée au mur de sa maison. »

La mère de mon père était dure et froide comme un bloc de pierre en hiver. Son regard vif me rappelait un peu mon père, mais ainsi tassée dans sa petite maison, elle me faisait surtout penser à une vieille araignée. Il se dégageait d'elle une telle force d'éternité que j'étais presque soulagée qu'elle ne m'ait pas fait pénétrer dans son antre : j'aurais craint d'y rester emberlificotée.

De l'autre côté de Walpi, j'ai trouvé la maison à la mule. J'ai frappé à la porte et une voix rauque m'a dit d'entrer. La pièce était grande, mais il y faisait assez sombre. Près d'une petite fenêtre, une silhouette était en train de malaxer quelque chose, le buste penché sur une planche couverte de terre. Quand elle a levé son visage vers moi, les cheveux mal ramassés sous un bandeau taché d'argile, j'ai vu qu'il s'agissait d'une femme au nez infiniment long et droit.

« Je suis Tayatitaawa, la fille de Sunalahonaw.

— Je sais qui tu es, m'a-t-elle répondu. J'ai fait le voyage à Oraibi pour ta naissance. C'est la dernière fois que j'ai vu ton père, d'ailleurs… Il avait tellement peur d'avoir fait une boiteuse ! C'est moi qui ai proposé de t'appeler Tiihukuku'a, pour consoler tes parents. »

Et passant sa tête au-dessus de la planche couverte de terre, elle a regardé mes jambes. « Je vois que ça va mieux, de ce côté-là… Qu'est-ce qui t'amène chez nous ? »

Il ne m'était pas facile de répondre à cette question, car d'un coup je me demandais ce que je faisais chez cette étrangère coiffée comme un homme. Son nez, ses grands yeux noirs posés sur moi m'intimidaient. Heureusement, au bout d'un moment, elle a cessé de me regarder pour replonger ses mains dans la terre. « Je suis là pour confier quelque chose à quelqu'un… à l'un de mes pères, en fait.

— Un secret ? a-t-elle demandé.

— Hmmm… non, plutôt ceci. »

Et j'ai tendu mon sac vers elle. « Qu'y a-t-il là-dedans ? » Je suis venue lui ouvrir sous le nez. « Des chatons ? » J'ai fait oui avec la tête. Elle a posé sa main pleine de terre sur son genou et m'a regardée du coin de l'œil : « C'est saugrenu, comme requête. » Puis se penchant à nouveau sur sa table, elle m'a dit : « Attends ici, si tu veux. Un de mes fils doit venir aujourd'hui, tu pourras toujours voir avec lui. »

Je me suis assise près de la porte pour attendre, et je l'ai regardée travailler. Elle ne s'y prenait pas comme les autres femmes pour faire de la poterie. Plutôt que des petites boules, elle formait un long boudin qu'elle manipulait longtemps entre ses mains, avant de le sectionner en d'innombrables petites têtes arrachées au cou primordial. Et l'argile dont elle se servait était sombre, je n'en avais jamais vu de pareille. « Vous avez de la terre noire par ici ? me suis-je hasardé à demander.

— Non, c'est de l'argile blanche à laquelle je mélange de la teinture d'*aasa*. Autrefois, j'allais moi-même la cueillir, mais maintenant j'envoie mon fils, c'est mieux. Tu travailles la terre, toi aussi ?

— Euh… non, nous faisons des paniers chez nous.

— Et alors ? Parce que tu es de la Troisième Mesa, tu ne toucheras jamais la terre, c'est ça ? J'ai bien tressé des fibres de yucca, moi… »

Et tournant le regard vers un coin de la pièce, elle a désigné des vanneries aux formes étranges, pleines de poussière. Après ça, nous n'avons plus rien dit. Dehors, le soleil déclinait, je regardais les mouches qui voletaient autour de la mule. Posés à mes pieds, les chats s'étaient endormis dans leur sac. Ils émettaient un léger ronflement auquel je ne prêtais pas grande attention, absorbée que j'étais par la lumière de fin d'après-midi.

Enfin, nous avons entendu des pas dans la ruelle et un homme est entré. Il a déposé des feuilles de tabac en vrac sur la table, ainsi qu'un petit sac. La sœur de clan de ma grand-mère l'a ouvert, il était rempli d'aasa, dont elle vérifiait la qualité. Elle avait l'air satisfaite. Puis, tout en empochant les feuilles de tabac, elle a dit : « Mon fils, il y a quelqu'un pour toi. » L'homme s'est alors retourné comme une bête farouche.

— C'est la fille de Sunalahonaw, notre frère d'Oraibi mort il y a quelques années. Elle a un service à te demander. »

Alors, comme je l'avais fait pour sa mère, j'ai ouvert mon sac devant lui, et j'ai dit : « Il faut que quelqu'un tue mes chats. » L'homme m'a regardée d'un air un peu ahuri, avant de demander : « Et tu as fait tout ce chemin pour ça ?

— Ils sont à moi et je dois absolument les renvoyer dans le monde d'en dessous. J'ai pensé que seul un membre du clan de l'Ours, dont je suis fille, pouvait m'aider.

— Je vois. Et tu repars ce soir, je suppose ?

— C'est ça, ai-je répondu sans réfléchir.

— Viens avec moi. »

Nous sommes sortis de la maison de sa mère et avons immédiatement quitté le village. Nous ne sommes repassés ni devant chez ma grand-mère ni par la route principale. Le chemin que nous suivions descendait directement à l'est, au cœur de la falaise. Il était si encaissé qu'il me semblait par moments que les parois allaient se refermer l'une contre l'autre et nous emprisonner. Arrivés au bas de la mesa, nous avons brièvement marché en direction du nord, avant d'atteindre un nouveau sillon rocheux, qui nous a menés jusqu'à l'entrée d'une grotte. Là, l'homme massif que je suivais depuis Walpi a regardé autour de lui, puis s'est mis à soulever des pierres. Il déployait une telle force que j'ai d'abord cru qu'il cherchait un endroit où fracasser les chatons. C'est seulement quand j'ai vu l'eau suinter que j'ai compris : une source à fleur de terre était cachée là, qu'il était en train de faire apparaître. Il a déplacé encore plusieurs pierres humides et une petite mare s'est formée.

Après avoir passé quelques minutes à la contempler en silence, il m'a regardée avec insistance. Voyant que je ne réagissais pas, il a attrapé mon sac sans l'ouvrir et l'a maintenu un long moment au fond de l'eau – j'étais terrifiée. Il marmonnait une prière entre ses dents tandis que les chats s'agitaient, cherchant l'air dont on était en train de les priver. Une fois la prière finie, l'homme a ressorti le sac, désormais inerte, et me l'a tendu. Je ne comprenais pas ce que je devais faire. « Il faut rendre toute l'eau possible à la terre », a-t-il dit. J'avais le choix entre essorer les chats ou bien les enfouir au fond du trou sans les sortir de leur sac, avant que les pierres soient redéposées une par une. Je ne tenais pas particulièrement à mon sac. J'ai donc confié les quatre petits corps enveloppés de leur linceul de toile au mystère de la source souterraine. Quand il a eu fini de reboucher le trou, mon père de l'Ours noir s'est relevé sans faire aucun commentaire sur ce que nous venions d'accomplir, a essuyé ses genoux et ses avant-bras, puis a tourné le dos à la grotte pour nous conduire à nouveau dans le sillon rocheux. Lorsque nous avons débouché dans la plaine, le jour commençait à décliner. Il m'a remise sur la route d'Oraibi, sans prononcer aucune bénédiction pour le long chemin que j'avais à faire. Il a juste dit : « La prochaine fois, tu demanderas à ton mari. »

* 12 *

Cette phrase m'a hantée tout le chemin du retour. La lune était voilée par les nuages et je devais parfois marcher à tâtons, m'égarant sans cesse dans les buissons. Je butais contre les pierres, me prenais aux branches et aux épines, ruminant cette parole stupide : la prochaine fois – *bing* – demande à ton mari, la prochaine fois – *aïe !* – demande à ton mari, la proch… – *ouille ! kwita ! merde !* Que voulait dire cet imbécile ? Heureusement, vers le milieu de la nuit, le ciel s'est dégagé et ma pensée, en même temps que la marche, est devenue plus fluide. L'explication n'était sans doute pas bien compliquée : pour cet homme, qui ne m'avait jamais vue, qui me découvrait à cet instant de ma vie, j'étais forcément une jeune ou une future épouse. J'en avais l'âge – et peut-être le regard, l'inquiétude, la gravité… que sais-je encore ?

À présent qu'une portion de lune couvrait le plateau d'une lumière bleue, nette et glacée, j'avais enfin de moi-même une image précise, empreinte de lucidité. Sous mes blouses trop larges, mon corps était formé comme celui d'une femme, et je le savais. Avec les années, ce qui était autrefois de l'indifférence quant aux vêtements que je portais était devenu de la pudeur. Et au village, je ne cultivais plus la même singularité. Je m'étais rapprochée des filles qui avaient la charge de leurs cadets et, comme elles, je prenais soin des plus jeunes. Que cela me plaise ou non, j'étais sortie du monde de l'enfance pour me tenir au seuil de la vie de femme.

Pourtant, la route à suivre ne me paraissait pas bien claire. Je supportais mal les blagues faites à tout propos sur mes supposés désirs : non je ne rêvais pas de m'échapper la nuit pour rejoindre tel jeune homme, non je ne lançais pas de regards par en dessous à tel autre. Ce genre d'insinuations me mettaient mal à l'aise, et même mon amie Taalawsohu, qui n'était pas particulièrement délurée, me traitait de mijaurée. Qu'y pouvais-je, si je ne ressentais pas cette soif qui donnait la fièvre à tout le monde autour de moi ? Je voyais bien qu'il était sans cesse question de ce lien entre hommes et femmes, entre personnes qui se cherchent, s'attirent et fusionnent jusqu'à donner la vie. Mais c'était plus fort que moi : j'y voyais quelque chose d'obscène. Par exemple, les clowns qui, lors de certaines danses, moquaient les femmes sans mari, censées attirer à elles les jeunes garçons tout excités, ne me faisaient pas rire. Durant les quelques années qui avaient précédé l'arrivée de Patangwupööqa, la mort de mon père n'avait pas transformé ma mère en rocher à antilopes et je trouvais très désagréables les cabrioles censées se produire à l'arrière-train des veuves.

Me voyant insensible aux facéties des clowns, la plupart des jeunes gens croyaient que je n'en saisissais pas le sens et me prenaient pour une demeurée. Je m'en moquais. À la différence de beaucoup d'entre eux, depuis l'histoire de Moenkopi et de mon amie violentée, je savais la menace qui pesait sur les jeunes filles.

Taalawsohu, d'autres filles et moi-même devions parfois courir pour échapper aux assauts de certains garçons. Derrière l'excitation et les rires, je percevais la peur. J'ignorais à quel point mes camarades la partageaient vraiment, mais cette peur, en tout cas, m'empêchait de jouer la comédie de la séduction. Et tant pis si le clan du Papillon manquait cruellement d'enfants, je ne me sentais ni la force ni l'envie de porter sa renaissance.

Cette nuit-là, fatiguée de ma longue journée, j'ai fini par m'allonger sans réfléchir au bord du chemin, contre un rocher glacé. Mes paupières s'étaient à peine refermées sur la lune aiguisée que je me suis retrouvée au milieu d'une plaine baignée de lumière violette. À cause du froid sans doute, je ne pouvais bouger ni les membres ni la tête. Et j'avais beau regarder en l'air, il n'y avait plus ni ciel ni horizon. La lune avait fait place à un halo sombre qui, petit à petit, consumait toute clarté alentour. Bientôt, le halo s'est transformé en masse de nuages noirs qui se sont mis à tourbillonner. Toute la lumière avait été absorbée et j'étais moi-même en train de disparaître.

Quand je me suis réveillée face contre terre, le soleil illuminait déjà la Troisième Mesa. C'est même lui qui m'avait tirée du sommeil en me chauffant le dos et la nuque. L'horizon et le ciel étaient revenus, je me suis levée et me suis remise en route vers Oraibi.

* 13 *

Ce jour-là, quand je suis arrivée chez nous vers midi, le clan du Papillon était sens dessus dessous. Au matin, Itangu n'avait pas pu se lever. Ma mère et ses sœurs voulaient quérir l'homme-médecine, mais notre vieille mère, couchée sur sa couverture, refusait avec obstination. Sous le prétexte de lui raconter mon bref séjour à Walpi, les femmes m'ont envoyée à son chevet pour tâcher, une fois de plus, de lui faire entendre raison.

Quand je suis entrée, Itangu était allongée, les yeux clos. Sans faire de bruit, je me suis avancée. À peine étais-je assise près d'elle qu'elle a tourné sa tête vers moi : « Eh bien, tu ne salues pas ton ancêtre ? » Elle souriait. Elle était pâle, mais ses yeux brillaient d'un feu insondable et profond. Son regard n'avait rien à voir avec celui vif et noir de ma grand-mère paternelle, mais il brûlait du même mystère ardent. C'était la première fois que le regard des vieilles femmes me frappait tant. Derrière les paupières distendues, leurs pupilles concentraient une lumière qui n'existait nulle part ailleurs. Une lumière pâle, froide et chaude en même temps, qui me rappelait l'aube violette que j'avais vue en rêve.

Itangu m'a demandé comment s'était passée ma visite à Walpi. Je lui ai conté mon entrevue avec ma grand-mère du clan de l'Ours gris, ainsi que ma rencontre avec celle de l'Ours noir, combien j'avais aimé voir cette femme travailler sa terre teinte à l'aasa, et comment, ensuite, son fils m'avait emmenée au bas de la mesa pour tuer mes chats. Itangu a froncé les sourcils : « Et cet homme, sans te connaître ni savoir d'où tu venais, a accepté de faire ça pour toi ?

— Sa mère lui avait dit qui j'étais. Nos familles ne se fréquentent pas, mais je suis une fille du clan de l'Ours.

— Une fille du clan de l'Ours gris, oui, mais pas de l'Ours noir... »

Je ne comprenais pas ce qui heurtait Itangu. Le regard tourné vers le plafond et le front creusé de rides profondes, elle a murmuré : « Tu es liée à cet homme désormais.

— Est-ce grave ?

— Grave, certainement pas ; mais seul l'avenir dira si c'est une bonne chose ou non... »

Je voyais maintenant à ses traits tirés que cette discussion l'avait fatiguée. Avant de partir, je devais la convaincre de laisser quérir l'homme-médecine, mais elle savait ce que j'allais dire et, d'un regard, a suspendu mes paroles. Ses bras tremblaient, elle était en train de mobiliser ses dernières forces. Une bosse s'est formée sous sa couverture au niveau du ventre, puis ses mains noueuses se sont trouvées libérées. Elle les a placées le plus haut possible au-dessus de sa tête et est restée un long moment comme ça, les bras en l'air. Elle me regardait d'un air rieur : « Tu as vu comme mes ailes frémissent ? » Puis lentement, elle a replié les coudes et posé ses bras affaiblis le long de sa poitrine. Les mains à nouveau croisées sur le ventre, elle a fermé les yeux en disant : « Le papillon est fragile, il ne faut pas tenter de le retenir quand il a envie de s'envoler... » J'ai remonté la couverture sur elle, je l'ai embrassée et je suis sortie de la maison du Papillon.

Itangu est morte la nuit suivante. Quelques jours plus tard, sa sœur a suivi ses traces vers le monde d'en dessous et leur frère s'est retrouvé seul dans la maison du Papillon. À la douleur d'avoir déjà perdu deux êtres chers, notre clan était confronté à l'angoisse de la survivance. Une fois notre vieil oncle disparu, qui serait en mesure de nous consoler, de nous aider à combattre le déclin, la maladie et la mort ? Personne, au sein de notre minuscule branche du Papillon, n'avait été désigné pour succéder à Itangu, et personne ne se sentait la force de prendre sa place. La plupart d'entre nous l'avions toujours connue en mère universelle, sage et posée, désintéressée et patiente, protectrice et intimidante. Aucune femme ne se voyait remplir ce rôle et toutes se demandaient de quoi serait fait l'avenir du Papillon.

Jusqu'à ce qu'un matin notre vieil oncle et les trois sœurs les plus âgées de ma mère arrivent chez nous, accompagnés de la plus vieille femme du clan du Blaireau. Le clan du Papillon étant fils de ce dernier, cette femme avait toute légitimité pour intervenir dans la conduite de notre communauté, et c'était sous son conseil avisé que les quatre anciens venaient demander à ma mère de prendre la tête de notre clan.

Cette sollicitation inattendue a d'abord laissé ma mère sans voix. D'autres femmes, au sein du clan, étaient de plus proches descendantes d'Itangu et auraient pu être désignées à sa place. Cependant, demander pourquoi ils l'avaient choisie, elle, aurait été inutile, voire offensant pour nos anciens. Ma mère a donc remercié notre oncle et ses sœurs pour la confiance qui lui était accordée, et a simplement demandé un peu de temps pour mûrir cette décision importante. Avant de partir, les anciens ont précisé qu'aussi longtemps qu'ils vivraient, elle pourrait partager cette charge avec eux et leur demander conseil chaque fois que cela serait nécessaire. Jeune et respectée, elle avait tout le temps de devenir l'Itangu, la mère sage et avisée dont notre clan avait besoin.

Quand nous nous sommes retrouvés seuls, ma mère s'est assise, abasourdie par la nouvelle. Patangwupööqa est venu poser ses mains sur ses épaules – manifestement fier de sa femme. Moi-même, je mesurais l'honneur qui était fait à notre foyer, mais une foule de questions moins nobles assaillaient mon esprit : allions-nous devoir quitter notre maison pour celle d'Itangu ? Ou bien la nôtre allait-elle devenir, plus encore qu'avant, le théâtre d'un incessant défilé ? Notre clan avait beau être peu nombreux, la nouvelle charge de ma mère allait certainement aggraver son magnétisme naturel. Non seulement les membres du Papillon mais également tous ceux qui en réclamaient la sagesse allaient venir frapper à notre porte. Qu'adviendrait-il alors de notre tranquillité ? Je savais que ces questionnements n'étaient pas dignes de la situation, mais ils allaient encore plus loin : qu'adviendrait-il encore au jour où ma mère serait vieille ? Me demanderait-on d'assumer à mon tour la charge du clan ? En quelques instants, j'avais l'impression que toutes nos libertés s'envolaient et, en fait de Papillon renaissant, je ne voyais guère qu'un pauvre insecte accablé par le poids du devoir, proche de l'asphyxie.

Ma mère, elle, envisageait les écueils de cette proposition d'un œil tout différent. Son mariage avec Patangwupööqa avait déjà apporté des richesses à notre maison, il était probable qu'une nouvelle position au sein de notre clan attire sur nous jalousies et médisances. Il allait falloir être irréprochables et plus humbles que jamais pour nous montrer dignes des faveurs dont nous étions comblés.

Le soir même s'est tenue chez nous une réunion au cours de laquelle ma mère a posé toutes les questions qui lui venaient à l'esprit à propos de la tâche qui serait bientôt la sienne. Les quatre anciens ont rappelé que, pour un clan fragile comme le nôtre, l'urgence était de ne pas péricliter. Il fallait que nos familles puissent vivre dans une certaine prospérité. Pour cela, il fallait veiller à ce que chacun se conduise en bon Hopi, selon des principes de vie mesurés, afin d'éviter maladies et mauvaises récoltes. Bien guidé, le clan du Papillon pouvait se maintenir, voire se renforcer ; laissé en friche et en errance, il courait le risque de disparaître.

Avec une pointe de provocation, ma mère a demandé : « Et pourquoi devrions-nous nécessairement survivre ? Nous sommes peu nombreux, nous sommes les derniers. Ne pourrions-nous pas simplement envisager, au fil des générations, de nous fondre dans le clan du Blaireau auquel nous sommes si fortement lié ?

— Il ne nous est pas permis de décider de ces choses-là, a répondu la vieille mère du Blaireau. Le pouvoir du Papillon est complémentaire de tous les autres, notre peuple ne peut pas s'en passer. Songe à nos totems, nos *wu'ya*, chère Hookonatalasho'i. Si le clan du Blaireau connaît les plantes et sait en user, le clan du Papillon, grâce à son wu'ya, est le mieux placé pour en assurer la sauvegarde et la reproduction. Le papillon est capable de parcourir de grandes distances pour féconder les graines et harmoniser la répartition des espèces. Il représente à lui seul le principe de la vie disséminée, et un principe n'a pas besoin d'être répété à l'infini. Il lui suffit d'être présent quelque part dans l'Univers pour être actif. Voilà pourquoi l'esprit du Papillon ne doit pas seulement être sauvegardé dans les chants d'été célébrant la floraison, le mûrissement des fruits et des récoltes, mais également dans son essence même, incarnée par la vitalité d'un clan. »

Ma mère a remercié la vieille mère du Blaireau pour ses explications, et a accepté officiellement la charge qui lui était proposée. « Les choses sont certainement beaucoup plus simples que ce que tu imagines, Hookonatalasho'i, a conclu notre vieil oncle. Tu as le cœur pur, tu n'as qu'à agir selon ce qu'il te dictera, et toutes choses iront ensuite naturellement. »

* 14 *

Au début, je n'ai pas fait attention à eux. Les gens venaient raconter à ma mère ce qu'autrefois ils rapportaient à Itangu : de vieilles querelles autour de tiges de haricots, des chicanes à propos de la distribution des récoltes, des chamailleries entre femmes du Papillon… Rien de très intéressant. Jusqu'à ce qu'un frère de clan vienne chez nous accuser sa propre sœur d'être une Deux-Cœurs.

Après une visite que lui et sa femme avaient faite à sa famille d'Oraibi alors qu'ils vivaient sur la Deuxième Mesa, leur enfant était tombé malade. En y repensant par la suite, il avait trouvé sa sœur étrange ce jour-là, froide et fuyante. Depuis, l'enfant était mort, le couple s'était séparé et notre frère était revenu vivre à Oraibi, chez sa mère. Il était éperdu de douleur. La vie de son enfant pouvait aussi bien avoir été volée par quelqu'un du clan de sa femme, mais lui était convaincu que c'était sa sœur la coupable.

Cette histoire était terrifiante, mais il fallait reconnaître et soigner la douleur de ce jeune frère. Ma mère lui a conseillé de changer de maison s'il craignait aussi pour sa vie et lui a promis de garder un œil sur sa sœur. S'il pensait que l'esprit de son enfant était encore là, il devait également lui faire des offrandes à l'est du village.

Cette affaire me bouleversait. « Tu as peur ? » m'a demandé ma mère. Je n'en savais rien. « C'est normal d'être inquiet quand on entend parler de mort et de sorcellerie. Mais l'inquiétude ne doit pas devenir superstition. Entendre une chose mauvaise ne veut pas dire qu'elle s'est produite ou qu'elle se reproduira. Redouter la méchanceté est légitime, mais refuser d'écouter les peurs de ses frères est une faute. » Puis après un silence, elle a ajouté : « Quand un enfant meurt, on ne peut jamais savoir avec certitude si quelqu'un lui a volé son énergie ou bien s'il manquait simplement de souffle pour la vie... »

Son regard était soudain voilé de gravité et de tristesse. Un fantôme semblait s'être levé entre nous. « Tous mes frères et sœurs sont morts en bas âge, a continué ma mère, les yeux fixés au bas d'un mur. Plusieurs avant ma naissance, et encore deux quand j'étais une jeune enfant. » C'était la première fois que ma mère me parlaient de ses frères et sœurs. « Tous sont morts de façon brutale, sans signe apparent de maladie. Et comme cela survenait toujours en l'absence de ton grand-père, une femme du village a commencé à raconter partout que ta grand-mère était une Deux-Cœurs qui volait la vie de ses propres enfants. Je suis née, j'ai survécu, et notre famille a commencé à se consoler. Ma mère est retombée enceinte, d'un petit garçon, puis c'est à nouveau une petite fille qui est arrivée. Malheureusement, comme les aînés, cette dernière enfant est morte après quelques semaines de vie seulement. La rumeur a recommencé à circuler, et ma mère ne l'a pas supporté : elle est allée se jeter du haut de la mesa. » Je n'avais jamais entendu parler de ces morts tragiques. Je savais seulement que ma mère avait perdu la sienne quand elle était petite. « Quelques mois plus tard, mon jeune frère est mort aussi, de la même façon que les autres, laissant sans fondement l'accusation de sorcellerie qui avait plané sur notre mère les dernières années de sa jeune vie. » Ma mère me regardait à nouveau. « Quand j'ai été plus grande, ton grand-père m'a raconté que durant tout le temps où les soupçons avaient pesé sur elle, ta grand-mère n'avait été entourée que de silence. Personne au sein du Papillon ne lui a apporté le soutien dont elle avait besoin pour survivre à la disparition de ses enfants. Ils avaient eu peur de la rumeur. »

Ma mère s'est arrêtée. Je comprenais que pour elle, la plus grande menace n'était pas l'inconnu ou l'obscur, mais les craintes irraisonnées qu'ils suscitent. Je comprenais qu'au moment où mon frère et moi avions penché du côté de l'esprit des animaux, elle avait redouté non pas tant que nous basculions dans un monde maléfique, mais plutôt que certains s'emparent de ce prétexte pour nous juger ou nous bannir. Je comprenais encore d'où lui venait cette réserve constante, cette façon de ne jamais commenter en public la conduite ou la vie des autres – et qui avait fini par lui attirer le respect de tous dans notre clan. Et je comprenais enfin pourquoi, par deux fois, elle avait trouvé son bonheur auprès d'hommes étrangers au village, incarnant une certaine indépendance d'esprit et de calme raison. Patangwupööqa aussi bien que mon père avaient cette distance propre aux hommes qui ont voyagé, vu d'autres choses, d'autres peuples, d'autres façons de faire, ne jugeant les choses et les gens que par eux-mêmes, et pour eux-mêmes.

Malheureusement pour moi, je n'avais pas encore cette distance et ce calme. Les gens ont continué de venir chez nous pour se plaindre les uns des autres. Face à ce déferlement de peurs, de jalousies, de maladies et de secrets dévoilés sous notre toit, mon cœur s'emballait et mon esprit se brouillait. Aussi, prenant exemple sur mon père, j'ai brutalement décidé de me taire. Me taire pour ne pas faire offense à ma mère qui écoutait complaisamment tout cela. Me taire pour ne pas aller contre la parole des autres, qui semblait les libérer d'un certain nombre de menaces et de dangers. Me taire, enfin et surtout, pour m'extraire de ce monde de malheurs qui ne m'intéressait pas.

Croyant que j'étais encore sous le choc de ce qu'elle m'avait appris sur ma grand-mère, ma mère a prévenu tout le monde que j'étais entrée dans un silence méditatif dont il ne fallait pas me divertir. Nos sœurs, nos frères, nos voisins ont si bien respecté la consigne qu'en quelques jours à peine plus personne au village ne m'adressait la parole. Je ne savais pas à quel point on prenait mon attitude au sérieux, il m'arrivait de surprendre une pointe d'ironie dans le regard de certains, mais je m'en fichais. C'était bien leur droit de se moquer de moi, et c'était bien le mien que de m'en tenir à ce qui me semblait juste pour moi-même. Chaque jour, j'allais cultiver notre jardin en contrebas, chaque jour j'allais chercher de l'eau à la source, chaque jour je faisais à manger pour ma mère et Patangwupööqa. Même les visiteurs à qui je ne parlais pas avaient leur part, et je me couchais le soir aussi remplie que si j'avais moi-même reçu les bienfaits dispensés tout au long de la journée. Au bout de quelque temps, je n'avais plus une once de peur ni de colère en moi, j'avais retrouvé la paix. Une paix intense, profonde, qui me laissait le loisir de vagabonder au fil de mes pensées et de mes souvenirs.

Et c'est ainsi qu'un matin où j'avais l'esprit particulièrement clair et serein, une source que m'avait jadis montrée mon père m'est revenue en mémoire. Elle était assez éloignée du village et je ne savais pas si j'en retrouverais facilement le chemin. Toute la journée, le besoin et la curiosité d'essayer m'ont taraudée. C'était en pleine sécheresse et, pour échapper à la chaleur accablante de ces journées sans air, je suis partie très tôt le lendemain. Avant le lever du jour, j'étais au bas de notre mesa. J'ai encore marché deux bonnes heures vers l'ouest, puis j'ai reconnu l'endroit grâce à un arbre qui poussait près d'un rocher en forme en nez. L'arbre m'a semblé plus petit qu'autrefois – c'est sans doute moi qui avais grandi. Ne décelant aucune trace d'humidité alentour, j'ai d'abord cru que la source était tarie. Je me suis assise un instant pour profiter du paysage avant de prendre le chemin du retour.

Le ciel était de ce bleu profond et uniforme qui fait croire à une immense voûte de turquoise polie. Sous cette voûte, pas le moindre souffle d'air, seulement le soleil qui déploie lentement sa course et noie d'une intense clarté tout l'horizon visible. L'air était si pur ce matin-là que les monts San Francisco paraissaient à portée de main. Rien ne bougeait à la ronde, le ciel était vide, la terre semblait dépourvue de créatures vivantes. Le paysage était figé dans l'attente d'une journée extrêmement chaude. Le seul mouvement perceptible était celui du sol, illusoire, qui dansait à hauteur de buisson.

Dans cette paix immense, j'ai fini par entendre un très léger bruissement. C'était comme le frottement d'une peau contre les pierres ou le souffle léger d'un animal enfoui dans la poussière. J'ai cherché des yeux ce qui pouvait produire ce son ténu, mais je n'ai rien vu : ni ombre mouvante, ni trou au sol, ni rien du tout. Alors je me suis mise à quatre pattes et j'ai tendu l'oreille dans toutes les directions. Le bruit était continu, subtil et d'intensité variable. Comme une effervescence fuyante. Un moment, j'ai eu peur que ce soit un serpent malin, s'approchant en douceur pour me punir d'avoir dérangé sa retraite. Puis ma main a fini par faire rouler une pierre dont le dessous était humide ; la source était là, simple tache sombre sous les cailloux. Elle se perdait un peu plus haut dans le sable et c'est cela qui produisait le léger bruit d'effervescence. J'ai remonté son cours à l'oreille, retournant une à une les pierres humides, jusqu'à tomber sur l'endroit où, effectivement, elle coulait en un filet visible.

Il n'y avait pas là de quoi remplir mon pot, mais j'étais heureuse d'avoir retrouvé cette source. Ma main posée sur elle comme sur un tapis de fraîcheur, je suis restée à contempler la terre, le sable et les rochers qui s'étendaient à mes pieds, ainsi que le petit arbre trapu, maintenant à une cinquantaine de mètres en contrebas. Ma mémoire ne m'avait pas trompée, la source était bien à l'ouest du village, à proximité de la roche en forme de nez.

J'étais en train de chercher à me souvenir du jour où mon père me l'avait montrée, lorsque j'ai senti quelque chose rouler sur ma peau. Craignant une bête rampante, je me suis retournée vivement.

Un jeune homme se tenait là, juste à l'endroit où la source sortait de terre. Il avait deux lapins morts accrochés à sa ceinture et un arc dans le dos ; il souriait.

Je connaissais ce garçon, c'était le frère d'une fille que je fréquentais à Oraibi. Ils étaient du clan de la Lance et habitaient à l'est du village. Nous nous étions déjà parlé quelques fois, mais nous ne nous connaissions pas plus que cela. Ne sachant pas quoi dire, je lui ai demandé ce qu'il faisait derrière mon dos. Il a ri et m'a répondu : « Et toi, que fais-tu sur mon chemin ? Je ne rencontre jamais personne ici…

— Je cherchais la source que mon père m'avait montrée autrefois et sur laquelle tes gros pieds sont posés. »

Le garçon a ri de nouveau, puis il est venu s'asseoir près de moi.

En temps normal, cela m'aurait rendue nerveuse, mais j'étais tellement sereine avant son arrivée que cette paix ne m'a pas quittée. Nous avons regardé le paysage quelques instants, puis je lui ai demandé si selon lui beaucoup de gens connaissaient l'arbre en contrebas et la roche en forme de nez. « Certainement autant de gens que ceux qui connaissent la source… » Je ne crois pas qu'il se moquait de moi en disant cela. Nous sommes restés encore un moment assis l'un à côté de l'autre en silence, puis il a voulu reprendre sa chasse. Avant de partir, il m'a demandé si je voulais qu'on creuse la terre afin de remplir mon pot. J'ai dit que ce n'était pas la peine. Il m'a également proposé un de ses lapins, mais j'ai encore refusé, gentiment. Il a continué sa route vers l'ouest, et je suis remontée au village.

En arrivant devant chez moi, je me suis aperçue que j'avais oublié de passer à l'autre source, près du village, pour y prendre de l'eau. Il faisait déjà très chaud, je me sentais soudain trop lasse pour y retourner. Je suis rentrée chez nous pour me hisser dans mon réduit.

Quand je me suis réveillée, le soleil était déjà bas, un rai de lumière orangée pénétrait de la fenêtre jusqu'à notre foyer. J'ai voulu me lever pour préparer le repas, mais une vive douleur dans le dos m'en a empêchée. J'ai essayé encore, la même douleur est revenue. J'étais clouée sur le ventre – impossible de bouger.

Je suis restée là jusqu'au soir, sans oser appeler ni crier. Simplement, de temps en temps, je faisais d'infimes mouvements en secret de mon dos afin de ramper vers l'échelle. Cela m'arrachait chaque fois un petit gémissement, mais rien de plus. À la nuit tombée, j'ai entendu Patangwupööqa rentrer à la maison. Ma mère devait être restée chez l'une de ses sœurs et il n'y avait rien à manger. Je l'entendais fouiller dans les pots, déplacer la vaisselle. Cette fois, j'ai voulu me redresser et descendre l'échelle pour le rejoindre, mais la douleur a été plus forte et, sans pouvoir me retenir, j'ai basculé dans le vide. Je suis tombée en poussant un cri qui s'est arrêté net quand j'ai touché le sol : la chute et la douleur m'avaient soufflé l'air des poumons.

Affolé, Patangwupööqa m'a traînée jusqu'à leurs couvertures, avant de partir chercher ma mère en courant. Ils sont revenus en hâte, accompagnés d'une sœur de ma mère. Toute la nuit, elles m'ont veillée, soignée. J'avais un côté du visage enflé et une contusion à l'épaule. Heureusement, la chute ne m'avait pas plus blessée que cela. Mais allongée sur le dos, je ne pouvais toujours pas relever le buste ni bouger les jambes sans que cela ne m'arrache des cris de douleur. Maintenant que ma mère était là, je pleurais. Je pleurais doucement, de douleur et de dépit.

Le lendemain, nous avons fait chercher la vieille mère du clan du Blaireau, qui était également femme-médecine. Elle a d'abord voulu savoir comment ce mal était apparu. Avais-je fait un faux mouvement, porté un fardeau trop lourd ? J'avais honte d'avouer que justement, la veille, je n'avais remonté qu'une jarre vide. « Une jarre vide ? » a-t-elle demandé. J'ai alors dû raconter la marche au petit matin, cette matinée de silence à l'ouest d'Oraibi, la recherche de la source et la rencontre avec le jeune homme de la Lance. Il avait voulu remplir mon pot, mais j'avais refusé, ne voulant pas le retarder. J'étais revenue au village avant qu'il ne fasse trop chaud, mais j'avais oublié de prendre de l'eau à la source habituelle. Trop lasse, soudain, pour y retourner immédiatement, je m'étais allongée pour ce que je pensais être un court repos, et quand je m'étais réveillée plusieurs heures après, la douleur était là.

La vieille mère du Blaireau a eu l'air sceptique : « Dans ton état, je ne peux pas te toucher et de toute façon cela ne servirait à rien. Ta douleur ressemble à celle d'une femme que j'ai connue et qui avait un os de lapin fiché dans le haut des fesses. Je vais te donner plusieurs plantes qui sont des poisons pour les lapins, mais de bons purgatifs pour nous. » Elle a laissé à ma mère quelques bouquets d'herbes mêlées et lui a expliqué comment elle devait me les administrer. Il y en avait pour une dizaine de jours. Si d'ici là ce n'était pas passé, eh bien il faudrait la rappeler, mais il était probable qu'elle ne pourrait pas faire grand-chose de plus pour moi.

Quand la vieille mère du Blaireau est partie, ma mère a souri en posant ses mains sur mes jambes : « Tu as entendu ? Dans dix jours, ce sera fini... » Ma mère ne me touchait pas souvent ; si elle le faisait, c'est qu'elle était inquiète. Comme moi, elle avait entendu que la femme-médecine ne pourrait pas faire grand-chose de plus si ses remèdes ne marchaient pas. Je devinais ce qui la tourmentait : elle craignait que la douleur ait un lien avec mes jambes tordues à la naissance. En m'immobilisant plusieurs mois, on avait alors réussi à me les remettre droites, mais ce faisant, n'avait-on pas tordu autre chose dans mon corps ?

J'avais envie de la rassurer, de lui dire que ce n'était pas sa faute, et cherchant une autre explication au mal qui me prenait, j'avançais mon mutisme de ces derniers temps. Il n'était pas le fruit d'une profonde méditation, mais plutôt d'une lâcheté : je ne voulais plus rien avoir à faire avec les histoires qui étaient racontées sous notre toit. Ma mère a encore souri, ayant compris cela depuis bien longtemps. « Alors peut-être est-ce le garçon près de la source ? me suis-je demandé à haute voix. Il avait deux lapins à sa ceinture. En s'asseyant près de moi, il a très bien pu me lancer un petit os sans faire exprès. »

En entendant cela, la sœur de ma mère, toujours présente à nos côtés, a pris un air bouleversé. Attrapant vivement son bras, elle l'a entraînée vers le fond de la pièce. Après quelques secondes seulement, ma mère l'a interrompue en criant : « Ah non, arrête avec ça ! Tayatitaawa souffre, c'est entendu, mais ce n'est pas nécessairement parce qu'un Deux-Cœurs est en train de prendre sa vie ! » Puis revenant vers moi, elle m'a demandé de lui décrire précisément l'allure du chasseur. Comment était-il habillé ? S'agissait-il de quelqu'un du village ? « Il portait une chemise de toile usée et un pantalon clair qui tenait avec une ceinture rouge, ai-je répondu. Son arc était suspendu dans son dos et les flèches étaient accrochées toutes ensemble par une petite tresse de coton. Je suis sûre qu'il s'agissait de l'un des frères du clan de la Lance. »

Pour couper court aux spéculations de sa sœur, ma mère s'est rendue le jour même à la maison de la Lance. Les garçons avaient bien ramené quelques lapins la veille, mais leur mère ne savait pas exactement lequel avait pu aller du côté de la roche en forme de nez. En tout cas, il était bien évident qu'ils étaient allés à la chasse et qu'ils ne cherchaient pas à s'en cacher. « Crois-tu vraiment qu'un Deux-Cœurs aurait agi ainsi au grand jour, au hasard d'une chasse ? » a demandé ma mère à sa sœur en rentrant. L'autre ne savait pas quoi répondre. Un Deux-Cœurs ne porte pas ses crimes sur la figure et peut très bien dissimuler ses méfaits à sa propre famille. Mais enfin elle comprenait que ma mère n'avait pas envie d'entendre parler de sorcellerie et, de ce jour, elle nous a laissées en paix avec ces histoires.

La nuit suivante, j'ai fait un rêve étrange. J'étais de nouveau assise près de la source, tout était semblable à ce que j'y avais vu l'avant-veille, l'arbre, la roche en forme de nez, le paysage au loin.

Sauf qu'au lieu du jeune homme, c'était un ours qui me rendait visite. Et il m'apportait non pas des lapins morts, mais deux aigles vivants qui, immédiatement, venaient se poser sur mes épaules. Avant même que l'ours m'ait rejointe, ils m'enserraient le dos et me soulevaient dans les airs, pour un vol que je ne pensais pas mériter. J'avais peur que les aigles s'en aperçoivent et me lâchent en pleine ascension. Au lieu de cela, nous montions toujours plus haut, la terre s'éloignait et j'entendais l'air siffler dans leurs plumes. On passait au-dessus de leur nid, où un oisillon piaillait tandis qu'un autre n'arrivait pas à sortir de sa coquille, avant que, finalement, ils me déposent dans mon nid à moi, mon réduit, où je gisais ensuite le corps endolori. Je me suis alors réveillée, pleine de l'illusion que mon mal venait des marques de leurs serres dans ma chair.

Plus tard dans la journée, j'ai raconté à ma mère ce rêve encore vif. Lui décrivant les paysages que j'avais vus en vol, j'avais le souffle court et les mots me manquaient pour expliciter mes sensations. Ma mère m'a patiemment écoutée jusqu'à la fin, puis elle m'a dit : « Tayatitaawa, ce que tu me rapportes là est intéressant, mais cesse de raconter tes rêves comme si tu les vivais. Ils sont un privilège, un message envoyé par les esprits, il est temps que tu apprennes à les recevoir avec calme et sagesse. Réfléchis au lien qui pourrait exister entre le chasseur aux lapins et l'ours aux aigles, et cherche la signification de ce vol. Il y en a probablement une, tu es la seule à pouvoir la trouver. »

Les jours suivants, j'ai scrupuleusement avalé tous les remèdes de notre mère du Blaireau, en tâchant de comprendre mon rêve. Aucune explication ne m'apparaissait clairement, mais les plantes semblaient me faire du bien. Au quatrième jour, je pouvais poser le pied par terre sans hurler de douleur, et au dixième j'étais de nouveau mobile. Une aiguille persistait en travers de mon bassin, mais je pouvais reprendre mon activité et ma place au sein du clan.

* 15 *

MA RENCONTRE AVEC LE JEUNE HOMME DU CLAN DE la Lance m'avait plus ou moins guérie de mes préventions maladives contre les garçons et Taalawsohu en avait profité pour opérer un rapprochement avec tous les frères de la Lance. Nous fréquentions déjà leur sœur, il n'avait pas été difficile de nous joindre à eux lorsque, après dîner, ils allaient tous ensemble profiter de la brise du soir à la sortie du village.

La douleur qui m'avait terrassée pendant dix jours rendait mes souvenirs un peu flous, et je n'étais pas sûre de savoir lequel des quatre frères s'était trouvé avec moi à la source. Comme aucun n'y faisait allusion et que je n'osais rien demander, je passais mes soirées à scruter chacun de leurs profils dans l'espoir de le reconnaître. L'aîné avait le nez effilé et des pommettes hautes qui contrastaient avec sa large mâchoire. Les deux suivants avaient un front plat très semblable, sur un nez court et un large sourire aussi. Le dernier avait la bouche plus étroite et le haut de la tête bombé. J'observais chaque soir la lumière cuivrée du soleil se refléter sur son front. Malgré ce scrupuleux examen, je n'arrivais pas à déterminer lequel devait m'être le plus familier. Tous les quatre étaient d'une égale gaieté, d'une égale douceur, et je me sentais en confiance avec chacun d'entre eux. Taalawsohu et moi passions avec eux des soirées joyeuses qui se prolongeaient parfois tard dans la nuit. Ils nous ramenaient alors devant chez nous, où nous nous donnions rendez-vous pour le lendemain.

L'automne est passé ainsi tout en douceur, puis l'hiver est revenu – et avec lui, brusquement, en même temps que les premières gelées, mes douleurs dans le dos. Je n'avais rien fait de spécial, mais c'était comme si l'aiguille que je sentais encore par moments en travers de mon bassin s'était mise à vibrer, à tourner, à me fourrager les vertèbres. De nouveau clouée à ma couverture, je ne pouvais plus rejoindre mes amis le soir. Les plantes de notre mère du Blaireau ont mis plus de temps à me soulager, je suis restée chez moi une lune entière.

Lorsque je suis ressortie un soir pour la première fois, à tout petits pas, le soleil était déjà couché et mes amis dispersés. Dans le noir, j'ai cru voir Taalawsohu s'éloigner avec l'un des frères de la Lance. Je ne les voyais pas distinctement mais les deux silhouettes me paraissaient proches l'une de l'autre. Je me suis immédiatement sentie trahie. C'était idiot, bien sûr, mais j'étais persuadée que ce frère-là était nécessairement le mien, celui que je cherchais depuis le début. J'ai voulu courir vers eux pour m'en assurer, mais la douleur, plus vive que jamais, m'a figée sur place. Cela, sans doute, a fini d'altérer mon jugement, j'ai commencé à l'instant même, pour la première fois de ma vie, à crever de jalousie. Je suis rentrée chez moi centimètre par centimètre, comme un vieux chien mauvais et meurtri.

Le lendemain, je me suis réveillée aussi triste qu'endolorie, incapable de faire quoi que ce soit. Mon corps me faisait souffrir et mon esprit ne me laissait pas plus en paix, rejouant inlassablement ce que j'avais cru voir la veille. Au bout d'une semaine, les plantes de notre mère du Blaireau ne faisaient plus aucun effet, je n'avais plus le goût à rien et mon état empirait. Voyant que quelque chose s'était ajouté à l'entrave physique, ma mère a voulu savoir. Quand je lui ai raconté l'histoire des frères de la Lance, elle a semblé comprendre. « Eh bien ma fille, m'a-t-elle dit d'un air navré, tu découvres l'amour en même temps que la jalousie ! Si le premier est une bénédiction, la seconde est un poison puissant qui peut ronger les gens de l'intérieur, aggraver les maux déjà présents, diviser le cœur en deux, faire des nœuds dans les intestins, empêcher la pluie de tomber, et parfois tout cela en même temps. Espérons que tu te sortes de là avant que ces malédictions ne nous tombent dessus. » Elle n'avait pas l'air de plaisanter et, faisant peser cette responsabilité sur moi, elle m'a laissé avec ma douleur et ma tristesse.

Taalawsohu venait me voir souvent, mais évidemment je ne demandais jamais de nouvelles des frères de la Lance. Elle n'en parlait pas non plus, sans doute pour éviter de me faire de la peine. L'hiver avançait et mon état ne s'arrangeait pas. Il s'est même aggravé durant Soyal, faisant craindre à ma mère qu'à force de ne pas bouger, je meure de froid dans notre propre maison. Plus facile d'accès que mon réduit sous le toit, la pièce à chats me servait de chambre. Pourtant, la nuit, leur chaleur et leurs ronronnements ne suffisaient pas à me procurer le repos. Je dormais mal et faisais des rêves blancs qui me laissaient sans joie au matin.

Jusqu'au jour où, peu avant Powamuy, j'ai entrevu la piste d'une possible guérison. Dans un long rêve plein de couleurs, les aigles étaient revenus me chercher. Ils étaient arrivés par l'est, me tirant de mon sommeil sans vie par leurs cris stridents. J'entendais leurs ailes frôler les murs de notre maison, mais ma voix endormie ne trouvait pas le chemin de ma gorge pour leur répondre. Ils semblaient me chercher en haut de la maison alors que je me trouvais en bas. Après avoir tourné des dizaines de fois autour du toit, ils ont fini par comprendre et faire appel au serpent. Le serpent habitant loin d'ici, il fallait l'attendre. Les aigles continuaient de tournoyer autour de la maison, provoquant en moi un frisson revigorant.

Quand le serpent est enfin arrivé, il est entré par la porte et a rampé directement jusqu'à la pièce à chats. Là, il s'est glissé sous ma couverture et m'a enserrée la taille, avant de nous faire passer tous les deux par la petite fenêtre. Ses anneaux me soutenaient les os du dos, c'était la première fois depuis longtemps que je sortais de la maison sans souffrir atrocement. Dehors, les aigles nous attendaient. L'un d'eux est venu tout de suite me couvrir de son aile pour ne pas que je prenne froid, tandis que l'autre attrapait le serpent par la tête. Le premier l'a ensuite saisi par la queue, et nous nous sommes élevés tous les quatre dans les airs, au milieu de la nuit.

Contrairement à la première fois, au premier vol, je me sentais en confiance. J'étais aussi confortablement installée au cœur du serpent que je l'aurais été dans une couverture et profitais ainsi du paysage sans appréhension. La lune brillait d'un éclat si fort qu'on y voyait quasiment comme en plein jour, sauf qu'au lieu d'être ocre, les mesas étaient bleues. C'était magnifique. Le bruit des ailes au-dessus de ma tête me donnait une indication du vent et des directions que nous prenions. Après avoir volé légèrement vers le nord, voilà que nous nous dirigions franchement vers l'est. Plus nous nous éloignions d'Oraibi, moins les reliefs m'étaient familiers. Les canyons devenaient plus profonds et les mesas, de plus en plus nombreuses, avaient fini par se transformer en vraie chaîne montagneuse. Finalement, nous sommes arrivés près d'une haute montagne enneigée, autour de laquelle les aigles se sont mis à tourner. Ils glatissaient à m'en crever les tympans. Quelques mètres au-dessous de nous, la neige bleu pâle scintillait sous la lune.

Je me demandais ce que nous faisions là quand une courbe sombre a commencé à se dessiner au-dessous de nous. D'abord fine comme un premier quartier de lune, elle s'est épaissie avec lenteur, comme un soleil noir émergeant de la neige. Les aigles se sont alors approchés de la montagne et j'ai pu voir qu'il s'agissait d'un ours sortant de sa grotte. Le même que celui qui avait amené les aigles dans mon rêve précédent, me semblait-il, mais ici bien plus gros, bien plus grand, d'une taille carrément monstrueuse. Les aigles ont continué de tourner dans le ciel tandis que l'ours finissait de se déployer. Une fois debout, il occupait presque tout le flanc de la montagne et je me demandais comment il avait pu tenir à l'intérieur. Levant lentement la tête vers nous, il a fait signe aux aigles, qui sont alors venus se poser sur la cime. En touchant le sol, le serpent a relâché son étreinte pour me libérer de son emprise, avant de disparaître instantanément dans la neige. Les aigles sont restés à mes côtés et l'ours a demandé : « Pourquoi m'a-t-on réveillé ? » L'un des deux rapaces a répondu : « Nous t'amenons ta fille, l'Ours. Elle souffre depuis avant le début de l'hiver. »

Je voulais protester, dire que ce n'était pas vrai, que je me portais parfaitement bien, mais le serpent m'avait serrée si fort pendant le vol que j'avais la cage thoracique encore toute comprimée. Je suis donc restée la bouche ouverte devant l'ours, sans qu'aucun son ne sorte. « Hmmm, je vois, a-t-il dit. Laissez-la ici, je vais m'en occuper. » L'un des aigles a passé une dernière fois son aile sur moi pour me rendre mes sensations et tous deux se sont envolés. À présent, j'avais mal, j'avais froid et me trouvais à nouveau incapable de bouger. En poussant un long grognement, l'ours m'a hissée sur son dos avec sa patte. J'espérais me pelotonner dans sa fourrure pour me réchauffer, mais au moment où je m'y agrippais, l'ours s'est replié d'un coup, disparaissant de la surface de la neige. Au lieu de la chaleur attendue, j'ai eu seulement l'impression d'une chute soudaine et sans fin – c'est ainsi que je me suis réveillée de ce rêve étrange.

* 16 *

QUAND J'AI OUVERT LES YEUX, MA MÈRE ET MON frère étaient assis près de moi dans la pièce à chats et parlaient à voix basse. Ma mère avait fait venir Mahukisi pour avoir son avis et se demandait ce qu'il fallait faire pour que je ne m'affaiblisse pas trop avant le retour du printemps. En voyant mon frère, le sens de mon rêve m'est apparu instantanément, et j'ai interrompu brusquement leur conciliabule : le serpent, c'était lui, et les deux aigles représentaient nos parrains. Il fallait que mon frère joue leurs rôles à tous trois et m'extraie de notre maison pour m'emmener à Walpi, auprès du clan de l'Ours, qui pourrait peut-être quelque chose pour moi.

J'avais dit cela avec aplomb, malgré les brumes du sommeil. Mahukisi a pris un air songeur. Il y avait en effet à Walpi un homme qui soignait les os, dont il lui semblait bien qu'il était lié au clan de l'Ours. Mais selon lui, il s'agissait d'un personnage assez sauvage. Fallait-il vraiment aller jusque-là pour trouver un remède ? Ma mère, elle, était convaincue que l'on devait se conformer à mon rêve. Elle a insisté auprès de Mahukisi pour qu'il m'emmène et mon frère a consenti : « Après tout, si c'est ce que vous voulez... » Ma mère m'a habillée chaudement pendant que Patangwupööqa préparait le chariot. Quand tout a été prêt, Mahukisi m'a installée à l'arrière, et nous sommes partis tous les deux. Il faisait très froid ce jour-là. Le gel donnait aux pierres cette teinte blanchâtre qui annonce une neige prochaine et le ciel baignait le village d'une lumière pâle. Il régnait un tel calme qu'on aurait pu se croire à la période fatidique de Soyal.

Malgré la morsure du froid, j'étais heureuse de sortir enfin de notre maison. Bien enveloppée dans les couvertures chaudes de ma mère, les yeux balayant avec avidité l'horizon net et glacé, je demandais des nouvelles à mon frère. Comment se passait la vie sur la Première Mesa ? Il se disait en pleine forme et paraissait de bonne humeur. Il parlait beaucoup de son parrain et de ses amis de la société du Serpent, de la fraternité qu'il avait trouvée là-bas. « Et la famille de ta femme ? » ai-je demandé. Il m'a répondu en riant que la cohabitation n'était pas la partie la plus facile de son existence ! Il s'entendait plutôt bien avec les frères, mais sa belle-mère était une casse-pieds redoutable. Sa femme était la première à s'en plaindre, mais il n'était pas question de faire jeu égal sous leur toit. Si bien que pour avoir la paix, il devait user quotidiennement de son vieil art de l'esquive – ce dont je n'étais pas sûre qu'il se trouvât vraiment gêné.

Pour finir, je l'ai interrogé sur la famille de notre père. Avait-il des contacts avec notre grand-mère ou bien quelqu'un d'autre du clan de l'Ours gris là-bas ? « J'aperçois notre grand-mère de temps à autre, mais elle garde ses distances, et je ne lui cours pas après non plus… La sœur de notre père, en revanche, est bien plus amusante.

Tu auras sans doute l'occasion d'aller chez elle, ma femme et elle s'entendent très bien.

— Et c'est tout ? Il n'y a pas d'autres tantes, d'autres pères avec qui nous serions liés ? Même de l'Ours noir ?

— Il y a en effet d'autres membres du clan de l'Ours à Walpi, mais je ne sais pas... les deux branches du clan ne semblent pas très proches. L'homme que nous allons voir, par exemple, est du clan de l'Ours noir, mais je ne l'ai jamais vu parler à notre grand-mère ou à notre tante. Je n'ai aucune idée de la façon dont ils peuvent être liés les uns aux autres... Si ça t'intéresse, tu n'auras qu'à leur demander. »

Et mon frère m'a reparlé de la société du Serpent, qui semblait lui importer bien plus que la famille de notre père. Ça ne m'étonnait pas tellement, vu l'ignorance dans laquelle nous avions toujours été tenus à leur propos. Repensant à ma précédente visite à Walpi, j'essayais de remettre de l'ordre dans ce que j'y avais appris. Ma grand-mère avait une sœur de clan à qui elle m'avait adressée, qui elle-même avait un fils. Il était possible qu'il y ait à Walpi d'autres sœurs, ayant d'autres fils... et tout ce monde-là serait du clan de l'Ours. Mais moi, fille de l'Ours gris, qu'étais-je exactement pour eux ? Un enfant éloigné, certainement...

Enfin, nous sommes arrivés au village. Mon frère m'a amenée chez sa femme, qui m'a reçue avec joie. Elle semblait tenir pour rien la façon dont je m'étais comportée durant leur mariage, ma mauvaise humeur, ma distance avec elle, ma jalousie... et avait l'air sincèrement heureuse de me revoir. Leur maison n'était pas grande, elle ne comportait que deux petites pièces, mais on s'y sentait à l'aise. La femme de mon frère a tout de suite installé pour moi une belle et grosse couverture près du foyer pour que je sois bien au chaud, reléguant celle de mon frère dans l'autre pièce. « Voilà, nous dormirons toutes les deux près du feu, pendant que tu endurciras ta peau de serpent à côté ! » lui a-t-elle lancé, l'œil vif et plein de gaieté.

L'ambiance a pourtant changé lorsque sa mère est venue nous rejoindre pour dîner. Avant même d'être assise, cette femme m'avait fait remarquer que la couverture sur laquelle j'étais installée venait de sa propre maison – sous-entendant certainement que mon frère n'avait pas apporté ni confectionné grand-chose depuis qu'il habitait chez elles. Pendant le repas, elle a encore lancé plusieurs phrases assassines, auxquelles Mahukisi restait insensible. Mangeant de bon appétit, il souriait d'un air détaché, n'écoutant probablement que d'une oreille les propos de sa belle-mère.

À court de venin contre son gendre, elle a fini par me demander des nouvelles de ma mère. Entendant qu'elles étaient bonnes, que ma mère se portait à merveille, elle a eu l'air satisfaite. Avant d'ajouter : « Remarque qu'avec le mariage qu'elle a fait, ce serait dommage de se faire du souci… » J'ai alors réalisé qu'elle connaissait forcément Patangwupööqa et sa fortune relative. À partir de là, je suis restée la plus évasive possible, et elle a tordu le nez à chacune de mes réponses imprécises. Mon frère, intéressé par le tour qu'avait pris la conversation, semblait beaucoup s'amuser.

Après le repas, tout miel, il lui a proposé de la raccompagner pour lui éviter de mauvaises rencontres. Sans voir la malice qu'il y mettait, elle a accepté avec un air de reine termite, me saluant à peine avant de le suivre dans la nuit. À leur départ, la femme de mon frère s'est presque excusée de la conduite de sa mère puis, d'un air soulagé, elle a annoncé que nous avions désormais la soirée pour nous. Mahukisi n'avait fait que saisir ce prétexte pour sortir, il ne rentrerait pas de sitôt. Nous nous sommes installées près du foyer, pour bavarder sérieusement. En un rien de temps, une complicité est née entre nous, que je n'aurais jamais soupçonnée. La femme de mon frère était douce, enjouée, bien éloignée de l'image idiote que je m'en étais faite lors de sa venue à Oraibi. Elle me paraissait désormais accessible et bienveillante, sans une once de condescendance à mon égard. Nous parlions comme deux sœurs, qu'aucune défiance ou aucun préjugé ne sépare.

Si bien que lorsqu'elle m'a demandé ce qui m'avait mise dans cet état de quasi-paralysie, je lui ai naturellement confié toute l'histoire. La première rencontre avec le garçon de la Lance, le rapprochement avec tous les frères et l'accès de jalousie, pour la première fois de ma vie. « Ah, parce que lors de notre mariage, ce n'était pas déjà de la jalousie ? a-t-elle plaisanté. Juste ton caractère épouvantable ? » Elle dédramatisait beaucoup mes sentiments. Selon elle, ils n'avaient rien de honteux et elle ne voyait pas en quoi ils auraient pu provoquer cette terrible douleur. Ni l'amour ni la jalousie ne causent de telles souffrances…

En tout cas, elle était sûre que l'homme du clan de l'Ours allait pouvoir me soigner. L'un de ses frères était déjà allé le voir pour une cheville grosse comme un melon et en quelques heures la cheville avait dégonflée. Le lendemain, son frère pouvait marcher. Il saurait certainement quoi faire pour me remettre d'aplomb.

Après ça, il ne me resterait plus qu'à faire attention car, selon elle, l'amour faisait faire de drôles de choses. C'était son tour, à présent, de faire des confidences. Aussi sûr qu'elle avait ardemment désiré se marier avec mon frère, elle se rendait compte désormais que la vie d'épouse n'était pas un chemin semé de fleurs de courge. Mahukisi était un garçon sympathique, gai et plein de bonne volonté, mais il n'était pas un mari rassurant. Sa mère le lui faisait remarquer chaque jour et, par moments, cela pesait sur l'avenir. Pourtant, au quotidien, elle ne manquait de rien et il lui importait peu que mon frère ne soit pas toujours à la maison. Elle-même avait encore besoin de son indépendance et de la liberté dont jouissent ordinairement les jeunes filles. « Non, la seule chose que je redoute vraiment, ce serait d'avoir un enfant trop tôt. Pas par crainte ou par paresse, mais la vie n'est plus pareille après, tu comprends ? » Et elle me parlait de ses sœurs déjà mères, toujours soucieuses. « Crois-moi, ne te marie pas trop vite… Surtout si c'est avec toute une fratrie ! » Elle riait maintenant aux éclats. C'était la première fois que j'arrivais à rire moi aussi de cette histoire. Après avoir encore beaucoup parlé et beaucoup ri, nous nous sommes endormies l'une contre l'autre. J'ai entendu mon frère rentrer tard dans la nuit et se coucher dans la petite pièce à côté, après être venu vérifier que nous étions bien là toutes les deux, près du foyer encore chaud.

* 17 *

« ENCORE TOI ? » A DEMANDÉ L'HOMME DU CLAN DE l'Ours noir en me découvrant dans l'encadrement de sa porte. Mon frère était derrière moi, il m'aidait à monter les quelques marches qui menaient à la maison de l'homme-médecine. C'était une vieille cabane d'adobe à l'écart du village, près d'un chemin qui descend à pic vers la plaine désertique – le même que nous avions emprunté, l'homme-médecine et moi, lorsque nous nous étions éloignés de Walpi pour noyer mes chats. Je n'avais pas envie d'expliquer à mon frère dans quelles circonstances j'avais déjà rencontré ce père de l'Ours noir, alors je lui ai dit qu'il pouvait me laisser, et j'ai gravi seule les dernières marches.

À l'intérieur, les murs étaient couverts de petits fagots d'herbes en train de sécher, tandis que d'autres se consumaient dans le foyer. Un épais nuage flottait dans la pièce, imprégnant tout d'une odeur forte et âcre. Sans se lever du tabouret sur lequel il était installé, l'homme-médecine me regardait avec une légère, très légère curiosité. Le bas du dos endolori, je passais d'une jambe sur l'autre, sans savoir quoi dire ni quoi faire. Finalement, il s'est levé, s'est approché, a tourné plusieurs fois autour de moi, avant de lâcher : « Et ça fait longtemps que tu es comme ça ? »

Il y avait quelque chose d'étrange dans son regard. Une lueur, presque un éclat de gourmandise. Il regardait mes jambes comme une plante rare, des racines malades mais précieuses. « Plusieurs mois, mais certains jours, malgré la douleur, je marche presque normalement », ai-je répondu avec vivacité, voulant montrer que j'avais du courage. À cette réponse, l'expression de son visage a changé. « À ton âge, tu devrais courir comme un lapin ! » Sa voix caverneuse avait résonné comme un coup de tonnerre. Mais je ne me laissais pas impressionner : « Eh bien, justement, notre mère du Blaireau pense que j'ai peut-être un os de lapin coincé dans les vertèbres. » J'étais fière d'apporter un avis éclairé sur l'état dans lequel je me trouvais. Il a alors posé une main sur ma hanche et a dit, d'un ton agacé : « La femme du Blaireau raconte n'importe quoi... » Puis il est retourné s'asseoir sur son tabouret et a marmonné quelque chose que je n'ai pas compris. « Pardon ? ai-je demandé.

— Avance ! » a-t-il répété.

Je le voulais bien, mais après cette longue station debout, les articulations de mes hanches étaient comme grippées. J'ai fini par pouvoir décoller un pied et racler le sol de l'autre, mais au prix d'une douleur terrible. Chaque pas m'arrachait des grimaces et des gémissements. J'ai fini par atteindre un petit banc de cèdre, sur lequel il m'a fait signe de m'asseoir. Très lentement, j'ai posé une fesse puis l'autre, jusqu'à trouver une position où, une jambe rentrée et la colonne tordue, il m'était tolérable de tenir.

Je suis restée un long moment ainsi, assise en face de lui. Il ne faisait rien, ne prononçait aucune parole. Le menton posé sur la paume de ses mains ouvertes et les doigts repliés sous la racine du nez, il avait plongé ses yeux dans les miens, mais ne semblait pas me voir. Ce face-à-face m'a paru durer une éternité. Au bout d'un moment, j'ai entendu qu'il récitait quelque chose dans le creux de ses mains, mais il ne m'était pas possible de comprendre quoi. Ordinairement, les hommes et les femmes-médecine, après vous avoir examiné, nommaient le mal dont ils vous pensaient atteint. Puis ils promenaient leurs mains sur vous, extrayaient le petit bout de quelque chose qui selon eux était à l'origine de la douleur ou bien proposaient des remèdes à boire, des cataplasmes. Lui, non. Il ne disait rien, ne faisait rien. Il marmonnait des choses pour lui-même, et c'était tout.

Pendant ce temps, je m'ennuyais à mourir. J'avais envie de bouger, de lui montrer que je pouvais le faire, quitte à avoir mal. J'avais envie de parler, de chanter, de crier, simplement pour faire vibrer l'air qui nous séparait et qui était en train de se figer dans une insoutenable éternité. N'en pouvant plus de ses yeux noirs et de son silence, je regardais ailleurs. Non seulement l'air, mais tout ce qui se trouvait dans cette pièce semblait en voie de pétrification. Plus les heures passaient, plus je sombrais dans un abîme d'inertie et de terreur. À mesure que la lumière déclinait, l'espace se rétrécissait, et j'étouffais, j'étouffais…

Et puis soudain, une grande bouffée d'air frais m'a réveillée. L'homme-médecine était debout devant la porte et je voyais derrière lui la plaine baignée de lumière. Les rayons du soleil avaient cette pâleur qui caractérise le passage de l'aube au plein jour. Nous avions passé la nuit là. La caresse de l'air sur mon visage et le cri des corbeaux étaient la preuve que j'avais survécu à l'ennui des yeux noirs. Mon père de l'Ours noir est venu vers moi et m'a tendu sa main épaisse. Je l'ai saisie et, à ma grande surprise, me suis levée d'un coup, sans douleur. En retournant vers le fond de la pièce, il a dit : « Grâce à mes prières, tu as parlé pendant ton sommeil… » J'avais donc dormi ? « Te souviens-tu de ce dont tu as rêvé ? » Je ne me souvenais de rien, sauf peut-être d'une impression de confinement et d'une sensation d'oppression – mais sans pouvoir y associer aucune image. « Tu as parlé d'un homme qui, toutes les nuits, marche à l'ouest au fond d'un canyon. » Cela ne me disait rien du tout. « Reste à Walpi encore quelques jours, et si tu as mal, reviens me voir. J'essaierai de savoir qui est cet homme. »

* 18 *

En sortant de chez l'homme de l'Ours noir, je suis retournée chez mon frère et sa femme. Lui était sorti, mais elle était là, tout heureuse de me voir trotter. « Viens, m'a-t-elle dit. J'allais justement chez ta tante, elle sera certainement contente de te voir. » Cette tante était celle dont mon frère m'avait parlé. Il s'agissait de la sœur de notre père, mais à part une même petite silhouette de muscles ronds, elle ne lui ressemblait guère. Elle nous a ouvert sa porte en riant. « Ton frère m'avait annoncé que tu étais là pour quelques jours. J'avais bien hâte de revoir la seule enfant qui m'ait jamais pissé dessus ! » Je savais qu'elle faisait allusion au jour de ma présentation au soleil et au nom qu'elle-même m'avait donné. « L'homme de l'Ours noir a-t-il déjà soigné ma nièce ? » Remuant les hanches et esquissant quelques pas de côté, je montrais que oui. « C'est bien », a-t-elle dit.

Je n'avais vu cette femme que quelques fois dans ma vie, mais elle m'accueillait avec chaleur. Plus loquace que ma grand-mère, elle nous a expliqué, à la femme de mon frère et à moi, qui était l'homme-médecine par rapport à nous : « Lui appartient à la branche de l'Ours noir et nous à celle de l'Ours gris. Autrefois, il y a très longtemps, nos deux familles formaient un seul et même clan et se partageaient harmonieusement les charges traditionnelles de l'Ours. Mais à un moment donné, je ne saurais dire quand, les choses se sont déséquilibrées – peut-être par manque de filles de notre côté. L'Ours noir a pris le dessus et, les mariages entre enfants du même clan étant impossibles, nos deux familles se sont progressivement éloignées l'une de l'autre. Déjà lorsque ma mère était jeune, il n'existait pratiquement plus de liens entre l'Ours gris et l'Ours noir, détenteur exclusif des charges et des pouvoirs. Maintenant que ton père est mort, que mon autre frère et notre sœur, beaucoup plus jeunes, ont définitivement quitté le village, il ne reste plus à Walpi que ta grand-mère et moi, qui n'ai pas d'enfant. Tu vois un peu l'état de notre clan...

— Et ce n'est pas Mahukisi qui va ranimer la flamme familiale... a soupiré la femme de mon frère, que toute cette histoire rendait un peu triste.

— De toute façon, Tayatitaawa et son frère sont du clan du Papillon, a plaidé ma tante.

— Nous pourrions quand même rendre visite à ta vieille mère, non ? Elle est si seule...

— Hmm, je ne suis pas sûre que ce soit une bonne idée. Ma mère est d'un naturel maussade, je ne crois pas qu'elle apprécierait de nous voir débarquer comme ça, sans prévenir. Tayatitaawa ira plus tard si elle en a envie, mais pour le moment, fêtons nos retrouvailles ! »

J'aurais aimé, moi aussi, aller voir ma grand-mère cet après-midi-là en compagnie de ma tante et de la femme de mon frère.

Elle se serait peut-être montrée moins sombre et moins intimidante qu'à ma première visite. Mais si ma tante pensait que ce n'était pas opportun, il fallait respecter son avis.

Pour faire honneur à ma présence, elle s'était mise à confectionner de belles galettes de maïs bleu. Elle avait un rire franc, clair, qui contrastait avec ce que je connaissais de l'univers de mon père. J'avais du mal à croire qu'ils aient pu être frère et sœur. « Tante, toi qui l'as connu à cette époque-là, comment était mon père avant son grand voyage ?

— Ah ! s'est-elle exclamée d'une voix mélancolique, les mains pleines de farine. Ton père était un gentil garçon. Enfant, il était même assez drôle. Et puis, je ne sais pas, en grandissant, il est devenu grave, soucieux...

— Sais-tu pourquoi ?

— Non, je sais seulement qu'il aimait de plus en plus être seul. Parfois, il partait loin, très longtemps, sans qu'on sache vraiment où. Ça inquiétait beaucoup notre père, mais notre mère laissait faire, comme si elle comprenait pourquoi il avait tant besoin de s'éloigner. Quand il est parti pour de bon sans prévenir personne, notre père en a été profondément meurtri et il est mort sans le revoir. Ton père est revenu bien des années après. Notre mère était remariée, elle avait eu deux autres enfants et ton père avait déjà rencontré ta mère. Il l'a épousée, et nous ne l'avons quasiment plus jamais vu. Après toutes ces années, je serais tentée de dire que je ne l'ai pas vraiment connu... »

J'aurais aimé que mon frère entende ce témoignage, car malgré leurs différences, il me semblait que cela le rapprochait considérablement de notre père. Surtout, j'aurais aimé partager avec lui cet embryon d'explication à propos de son caractère farouche. Pourquoi ne savions-nous rien de la jeunesse de notre père, de la place qu'il occupait dans sa famille ? Des raisons de son départ hors de nos terres ? La dernière remarque de ma tante disait assez bien la distance qu'elle avait prise avec toutes ces questions, mais moi, elles commençaient tout juste à me travailler.

Tant et si bien que le soir venu, malgré l'excellente journée que j'avais passée en compagnie de ma tante et de la femme de mon frère – nous avions ensuite parlé de mille choses gaies – j'ai eu du mal à trouver le sommeil. Je tournais, je virais sur la couverture, tâchant de me représenter mon père jeune, dans ce village de Walpi que je découvrais à peine. J'avais suivi mon frère dans ses cavernes, j'essayais à présent de suivre mon père en imagination. Où partait-il quand il quittait le plateau ? Quel horizon lui avait-il fait penser un jour qu'il serait mieux ailleurs qu'ici ? Et chaque soir, cela recommençait. Tout le bon temps que je prenais la journée avec la femme de mon frère dans les ruelles ou aux alentours du village se transformait la nuit en traque assidue, obsessionnelle.

Jusqu'à ce qu'un matin, je sois à nouveau terrassée par des douleurs épouvantables. Comme si une aiguille partait de mon crâne et me transperçait le corps jusqu'au genou, cherchant à faire ployer tous les os sur son passage. Pour la première fois, le simple fait de respirer me causait des souffrances intolérables. Vers midi, mon frère, lassé de m'entendre gémir, m'a portée jusque chez l'homme de l'Ours noir. Peu surpris de me voir réapparaître, celui-ci lui a fait signe de me déposer sur une couverture et de partir.

Il ne s'est pourtant pas occupé de moi avant un long moment. Il faisait chez lui toutes sortes de choses, tandis que je me mouvais avec la souplesse d'une vieille peau desséchée au bas de son mur. En fin d'après-midi seulement, alors que j'avais cessé de lutter contre le mal pour m'abandonner à une immobilité stupide, il est venu s'asseoir près de moi. Il a approché le petit banc de cèdre et m'a demandé de me hisser dessus. Bravement, j'ai obéi, même si cela contrariait chacun de mes muscles tétanisés. Il a repris son attitude de la première fois, le menton posé dans les mains, ses yeux noirs fixés sur moi. Cette fois, j'entendais le murmure qui s'échappait de ses doigts. Les tensions de mon corps se dissipaient à mesure que s'installait mon ennui et mon esprit se relâchait. Je sentais que l'état dans lequel j'étais en train de sombrer était plus proche d'une torpeur hallucinatoire que d'un véritable sommeil, mais encore une fois, ma conscience s'est perdue avant que je puisse savoir où elle allait se promener. Ce n'est qu'à mon réveil que j'ai pu en apprendre davantage sur cet étrange voyage.

L'homme de l'Ours noir avait les yeux gonflés de fatigue : « Tu as encore parlé cette nuit. Toujours cette silhouette marchant à l'ouest… Qui est-ce ? » N'ayant aucun souvenir ni aucune image en tête, il m'était difficile de répondre quoi que ce soit. Tout ce que je savais, c'est qu'à l'issue de cette nuit passée sur le petit banc de cèdre, je pouvais à nouveau me lever et marcher librement. En allant à la fenêtre respirer l'air du matin, je lui ai demandé comment il faisait pour me soulager si vite, si radicalement, quand les plantes de la femme du Blaireau mettaient plusieurs jours.

« Je ne cherche pas à te soulager, a-t-il répondu. Je ne te soigne de rien du tout, je me contente de t'observer. Et la seule chose dont je puis être certain, c'est que tu as un problème de volonté vertébrale.

— Un problème de quoi ?

— Un problème de volonté vertébrale. Je t'assois devant moi, je t'oblige à rester immobile, je t'empêche de dormir… et le lendemain, tu te lèves sans douleur. C'est caractéristique des problèmes de volonté vertébrale. »

Je ne voulais pas croire à son explication, et je protestais. Il me semblait plutôt qu'en m'écrasant mentalement et physiquement avec son regard et ses prières, il écrasait en même temps le grand mal en moi. Une sorte d'ensevelissement profond que lui seul était capable d'opérer.

« Tu me prêtes beaucoup de pouvoir sans rien savoir… C'est seulement toi que j'épuise durant ces nuits sans sommeil. Je t'épuise, donc ta volonté vertébrale s'épuise et finit par se relâcher. Quelques jours, quelques semaines passent, et puis elle reprend de la vigueur, et te coince à nouveau. À vrai dire, je ne suis pas sûr d'y pouvoir grand-chose à long terme…

— Mais c'est absurde ! me suis-je écriée. Je ne *veux* pas avoir mal.

— Ah, ce que tu es pénible ! Je ne te parle pas de volonté propre, mais de volonté *vertébrale*. De ton axe. Celui sur lequel repose toute forme de vie, toute forme de souffle. Cet axe qui nous est si profondément constitutif que nous n'y avons pas accès. Du moins pas directement, pas individuellement.

— Mais toi, tu y as accès, puisque tu l'épuises ! Et tu vois même ce qu'il s'y passe, puisque tu me parles d'un homme, d'un rêve dont je ne me souviens pas !

— Tu es têtue, hein… C'est la part cosmique de ton être qui est en cause. Ta volonté vertébrale est quelque chose de sacré, qui n'appartient qu'à toi. Personne ne peut se rendre jusque-là, et moi pas plus que quelqu'un d'autre. Il n'y a que les esprits qui aient ce pouvoir et je n'en suis pas un. Je veux bien te voir encore une fois, quand la douleur reviendra, mais attends-toi à ce que je ne puisse rien pour toi, jamais. Maintenant, rentre chez toi, tu me fatigues. »

Alors que j'étais sortie de ma première visite aussi libre d'esprit que de corps, j'étais cette fois, malgré le soulagement, pleine de colère et de frustration. Je ne comprenais pas l'attitude de cet homme : tout en étant le seul capable de me soulager, il niait tout pouvoir de le faire, me laissant seule face à la menace de mon mal. Il savait le lever, mais il ne m'en protégeait pas. Quel genre d'homme-médecine était-il ? Quelle sorte de père, tout simplement, pour ne pas mieux prendre soin d'une fille de son clan ?

À la suite de cette nuit-là, j'ai passé à Walpi une semaine délicieuse en apparence, naviguant entre le foyer de mon frère et celui de notre tante, mais ces questions m'occupaient constamment l'esprit. J'attendais de voir si la prophétie de mon père de l'Ours noir allait se réaliser ou non, à quel moment ma volonté vertébrale allait encore se tordre et me plier en cent brisures de femme. Cette attente était insoutenable et de même qu'à Oraibi j'avais passé de longues semaines enfermée dans la douleur, je vivais toutes ces journées sous sa menace.

Quand elle est finalement réapparue, j'ai ressenti une sorte de soulagement paradoxal. Non pas de nature physique bien sûr, mais un soulagement mental, pervers, induit par les prédictions de mon père de l'Ours noir. J'avais le droit d'aller le voir une dernière fois, je verrais bien s'il n'était vraiment pour rien dans la détente qu'il me procurait. Car cette fois, je ne sais pas comment la décrire, la douleur était plus sèche, comme libérée de l'angoisse que cause un mal inconnu. J'étais curieuse de voir ce qu'il en ferait.

Quand je suis arrivée chez lui, la porte était ouverte mais il n'y avait personne. Je suis entrée pour l'attendre. Il régnait à l'intérieur une forte odeur de fumée froide et tout était poisseux à force de baigner dans un épais brouillard. Pour une fois que l'atmosphère était claire, je pouvais voir partout suspendus de petits fagots d'herbes séchées, ficelés avec des cordelettes de différentes couleurs. Il y avait aussi des pipes dans tous les coins, certaines très ouvragées et parfaitement propres, d'autres encore pleines de tabac à moitié fumé. Mon père de l'Ours noir devait être parti depuis la veille au moins, car les cendres du foyer étaient froides. Je me suis assise à l'endroit habituel et j'ai attendu. Il n'est pas rentré le soir même ni plus que le lendemain. Il est réapparu le troisième jour, très tôt le matin. Je n'avais pas bougé de chez lui.

« La douleur est revenue ! » ai-je clamé avant même qu'il puisse me distinguer dans l'ombre de la pièce. Il n'avait pas l'air surpris de me trouver là, mais d'un ton las, déjà penché sur le foyer, il a répondu : « Ça ne fait pas de toi une personne pouvant tout se permettre : sors de chez moi, et demande depuis la porte s'il t'est permis d'entrer. » Ce que j'ai fait en claudiquant. « Eh, père de l'Ours noir ! ai-je crié depuis les marches. Y a-t-il ici un homme voulant venir en aide à son enfant de l'Ours gris ?

— Non, pas de père pouvant venir en aide à un quelconque enfant… mais un fils devant des choses à sa mère, a-t-il répondu, déjà sur le seuil et tenant deux petits sacs à la main. Je dois lui apporter ça. Viens avec moi si tu veux. »

Toujours boitant, je l'ai suivi comme j'ai pu à travers le village. Il ne marchait pas moins vite parce que je l'accompagnais, et il me fallait cavaler avec mon aiguille en travers du bassin. Chaque fois que nous croisions quelqu'un, je me trouvais l'air stupide. Nous sommes enfin arrivés chez ma grand-mère de l'Ours noir, la sœur de clan chez qui m'avait envoyée ma grand-mère lors de ma première visite. Toujours près de sa fenêtre, elle travaillait encore de la terre noire. Son fils a déposé devant elle les deux petits sacs, l'un contenant du tabac, l'autre de l'aasa, qui lui servirait à teindre l'argile. En me découvrant derrière lui, elle a dit : « Tiens, l'enfant jolie aux pieds de travers ! » Ce que son fils a cru bon de corriger : « Non, c'est un problème de volonté vertébrale… » Et il a continué : « Un mal contre lequel on ne peut pas grand-chose, mais elle voudrait quand même que je l'aide. Dans l'hypothèse peu probable où j'y parviendrais, cela ferait d'elle une fille à part entière de l'Ours noir. » En me souriant, la vieille femme a répondu : « Eh bien, en voilà une bonne nouvelle, elle est tellement belle ! » Puis, se ravisant, elle a ajouté : « Il faudrait seulement s'assurer auprès de ma sœur de l'Ours gris qu'elle est prête à nous céder sa fille. » Son fils n'avait pas l'air de comprendre. « De vieilles histoires… Pour des raisons obscures, ma sœur de l'Ours gris et moi ne saurions partager les mêmes enfants. Va la trouver, et demande-lui si elle est d'accord. »

Et c'est ainsi qu'après une demi-lune passée à Walpi, je me suis finalement rendue chez ma grand-mère en compagnie de mon père de l'Ours noir. En nous voyant arriver, elle a immédiatement compris ce que nous étions venus lui demander. Sans me regarder, elle lui a dit : « Prends-la, si c'est ce qu'elle réclame – mais qu'elle ne vienne pas ensuite pleurer que nous l'avons abandonnée. »

J'aurais voulu demander ce que cela signifiait, pourquoi je ne pouvais pas être fille de l'Ours noir en même temps que fille de l'Ours gris. Le clan paternel est censé être celui à qui on peut toujours demander protection, pourquoi dans mon cas cela aurait-il dû m'exclure de ma propre famille ? Mais ma grand-mère avait déjà refermé sa porte et mon père de l'Ours noir tourné les talons.

« Désormais, m'a-t-il dit sur le chemin du retour, tu ne peux plus aller ni chez ta tante ni chez ton frère. Quand tu ne seras pas chez moi, tu resteras chez ma mère. » Nous sommes passés chez la femme de mon frère et j'ai pris les quelques affaires que j'y avais, pour les amener chez ma grand-mère de l'Ours noir. C'était tout petit chez elle. On a dû pousser des poteries pour étaler une couverture quelque part. « Ici tu seras bien, m'a-t-elle dit. Le four extérieur est de l'autre côté de ce mur, tu auras bien chaud. » Mon père de l'Ours noir n'a pas voulu que je reparte avec lui ce jour-là. Il avait des choses à faire de son côté et voulait que je me repose quelques jours avant notre dernière tentative.

* 19 *

Un quart de lune s'est écoulé avant que mon père de l'Ours noir ne revienne me chercher. En arrivant chez lui, j'ai tout de suite remarqué qu'il régnait un ordre inhabituel : les pipes étaient toutes vidées, nettoyées et alignées près de la fenêtre, il n'y avait plus de fagots éventrés près du foyer, ni de tas d'herbes séchées en vrac au pied du mur. Partout le sol avait été balayé, et même la forte odeur de fumée qui d'ordinaire me prenait à la gorge s'était estompée. Mon père de l'Ours lui-même avait un visage reposé. Ça ne lui donnait pas l'air affable pour autant, mais je n'avais pas l'impression, cette fois, de le déranger au milieu de son fourbi.

Avant de me faire asseoir sur le petit banc de cèdre, il m'a expliqué ce que nous allions faire. Personne ne pouvait agir sur ma volonté vertébrale, ni voir à ma place ce qu'il se passait entre les deux pôles de mon axe intime, mais ensemble nous pouvions tenter d'explorer ce paysage intérieur pour tâcher de comprendre ce qui s'y jouait. Pour cela, il fallait agir en dehors des périodes où la volonté vertébrale est la plus tendue. C'est pourquoi il m'avait recommandé quelques jours de repos. De son côté, il avait longtemps purifié sa maison et son propre corps, afin d'être le meilleur interprète possible du langage qu'il allait essayer de me faire parler. Comme les autres fois, il allait se contenter de prier et d'observer l'effet de ses prières sur moi. De mon côté, j'allais devoir faire attention à ne pas me laisser gagner par la torpeur ou le sommeil, car il ne pourrait comprendre ce que je vois seulement si j'en laissais paraître quelque chose, par la parole ou par le corps. Nous allions ainsi tenter d'instaurer une sorte de dialogue.

Assis l'un en face de l'autre, nous avons commencé. Lui à marmonner ses prières, moi à être attentive, consciente de la sorte transe dans laquelle elles me plongeaient. Au fur et à mesure que j'avançais dans cette plongée intérieure, les paroles qu'il prononçait devenaient plus distinctes. Je ne comprenais pas ce qu'elles voulaient dire, mais toutes les syllabes m'étaient désormais perceptibles. Bientôt, leurs vibrations ont fait apparaître le vaste paysage intérieur dont m'avait parlé mon père de l'Ours noir. Ce paysage n'était pas très différent de nos mesas, si ce n'est qu'il était encore plus désertique, éclairé par une lumière plus blanche. Il m'a semblé naviguer longtemps sur cet immense plateau résonnant de la seule voix de mon père de l'Ours noir, sans rencontrer rien ni personne. Jusqu'à ce qu'une silhouette d'homme apparaisse à l'ouest. À sa vue, je me suis raidie, et mon père de l'Ours noir a dû comprendre ce qu'il se passait. Il a interrompu son incompréhensible mélopée pour m'enjoindre d'entrer en contact avec lui. « Appelle cet homme. S'il s'agit d'un esprit, tu dois en avoir le cœur net. Appelle, appelle-le à toi ! » Sa voix résonnait dans tout l'espace. J'essayais de faire ce qu'il disait, mais aucun son ne sortait de ma bouche. « Appelle cet homme ! répétait mon père de l'Ours noir plus fermement. Invite-le au milieu de ton paysage, fais-le venir à toi ! » J'essayais encore d'appeler, d'articuler des mots, mais aucun ne voulait sortir. Finalement, c'est un filet de notes qui a filtré de ma gorge. Un chant, une sorte de plainte, mais très fine, tout en légèreté. Et j'ai eu l'impression miraculeuse que cela marchait. Sans que je puisse dire comment, par quel effet, l'homme marchant toujours à l'ouest semblait maintenant plus proche. Encore une fois, mon père de l'Ours a compris ce qu'il se passait. « Que vois-tu ? s'est-il écrié depuis le ciel de mon paysage intérieur. À quoi ressemble-t-il ? » Bizarrement, j'étais incapable de le dire. Je savais qu'il était là, pas trop loin de moi, mais je ne pouvais pas le voir, je ne pouvais pas poser mes yeux sur lui. Comme s'il se dérobait chaque fois que je tournais la tête. Pourtant, je le sentais là, tout près. « Où est-il ? répétait mon père de l'Ours noir. Décris-le-moi ! Si tu ne peux pas le voir, c'est qu'il n'existe pas. Cherche-le ! » Mon corps se tendait. À nouveau, même debout dans mon paysage intérieur, je recommençais à sentir l'aiguille en travers de mon bassin et de mon dos.

C'est alors que j'ai pu faire cette expérience étrange, qui consistait à jouer avec la douleur. Je remarquais en effet qu'à chaque fois que je chantais pour attirer à moi l'homme marchant toujours à l'ouest, elle s'estompait, s'adoucissait, parfois jusqu'à disparaître. Il me semblait même sentir en moi le chemin qu'elle empruntait pour voyager, circuler, se dissoudre… En revanche, dès que j'essayais de poser mes yeux sur l'homme, elle revenait brutalement, aussi vive qu'une brûlure. Comme s'il y avait un point d'équilibre à ne pas dépasser, au risque d'une véritable combustion intérieure.

Après avoir longtemps joué de la sorte, sous les prières renouvelées de mon père de l'Ours noir, j'ai eu envie d'affronter la brûlure ultime. J'ai d'abord laissé s'éloigner autant qu'il le souhaitait l'homme marchant toujours à l'ouest, puis quand il a été assez loin pour n'être plus qu'un point à peine visible, j'ai fixé mes yeux sur lui et j'ai commencé à chanter. Il a alors commencé à revenir vers moi. Sans prêter attention à la douleur qui suivait le même chemin, j'ai maintenu mon regard et ma voix. Étonnamment, à un moment donné, la douleur s'est figée en un point précis et à un niveau égal, comme tenue en respect. Sans doute parce que l'homme lui-même, dont je distinguais maintenant la silhouette exacte, venait de se poster dos au soleil, à bonne distance de moi, sans plus bouger. Mon chant l'attirait toujours, je le voyais aux balancements de son corps, mais il semblait attendre que mon regard s'habitue à l'étrange clarté qui filtrait de cet horizon-là. Quand mes yeux se sont enfin accoutumés, j'ai vu la silhouette reprendre son chemin vers moi, à contre-jour de cette lumière basse et blanche. La douleur, elle, restait à un niveau constant. C'était la première fois que je pouvais regarder l'homme avec attention. Par un effet de contraste ou de distance, sa tête me paraissait anormalement grosse par rapport au reste du corps. Et plus il approchait, plus je lui trouvais une drôle d'allure. Enveloppé d'un halo rougeâtre, comme si la lumière se décomposait à son contact, il était auréolé d'innombrables petites vagues d'air frémissant.

Les quelques instants qui ont suivi, tandis qu'il continuait d'avancer vers moi, je n'ai pas saisi la nature de ce que j'étais en train de percevoir. Quand j'ai enfin compris, l'appel qui auparavant était resté dans ma gorge a fini par sortir – en un long miaulement de douleur. L'être qui marchait toujours à l'ouest de mon paysage intérieur était un homme calciné. Il était grand, oui, il avait une grosse tête et de longs bras, des pieds immenses et décharnés, presque plus de peau ni de cheveux. Couvert d'un simple linge passé autour de ses hanches et relevé sur l'une de ses épaules, il n'était que lambeaux de chair brûlée. De sa main droite pendait une torche éteinte, inquiétante. Son visage n'exprimait ni menace ni méchanceté, mais il était l'horreur vivante. Quand mon miaulement de douleur s'est tari, mes poumons se sont remplis d'une épouvantable odeur de brûlé et ma gorge s'est définitivement fermée. Je suffoquais. Mon père de l'Ours noir, cette fois, ne comprenait pas ce qu'il se passait et criait : « Que vois-tu ? Que se passe-t-il ? Parle ! » Sa voix trahissait l'affolement. Je ne pouvais rien répondre, seulement secouer la tête et fermer les yeux.

Est-ce que pendant ce temps où je n'avais plus voulu voir l'homme calciné, mon père de l'Ours noir avait pu, lui, l'entrevoir ? Je ne le sais pas, mais toujours est-il que lorsque j'ai fini par les rouvrir, sa voix m'encourageait à rester consciente. « Ne détourne pas le regard, me disait-il d'un ton ferme. Tiens bon, et dis-moi si cet homme porte un masque. » C'était difficile à dire, j'ai fait non avec la tête. « Porte-t-il des marques sur le visage ou sur le corps ? » Je continuais de secouer la tête. « Comment sont ses yeux, son nez, sa bouche ? » Je ne pouvais pas les décrire. « Est-il trop affreux pour que tu puisses en dire quoi que ce soit ? » Cette fois, j'ai opiné du chef, et j'ai refermé les yeux. Un bref instant, j'ai cru voir sous mes paupières l'image de mon père de l'Ours noir un tison à la main, en train de se l'appliquer sur le bras. L'odeur de chair brûlée m'a reprise à la gorge et j'ai rouvert les yeux dans mon paysage intérieur. La voix de mon père de l'Ours noir disait ceci : « Ne bouge pas, nous allons interroger cet homme. C'est pratiquement impossible qu'il s'agisse de celui auquel je pense, mais nous devons en avoir le cœur net. Tu vas répéter après moi... » Et sa voix a commencé à égrener des mots que je ne comprenais pas. Plutôt que de répéter ces paroles dénuées de sens, je les ai simplement laissées émaner de moi, comme plus tôt le chant pour appeler l'homme calciné. Ainsi les découvrais-je à mesure qu'elles sortaient de ma bouche. Cela me mettait dans une situation très étrange, à la fois d'écoute et de parole. L'homme calciné me regardait fixement, toujours de ce visage horrible et sans expression, figé sur un corps de charbon. Il était difficile de deviner ce que ma présence lui inspirait.

Puis à mesure que je prononçais les mots de mon père de l'Ours noir, je l'ai vu s'adoucir et prendre l'attitude de quelqu'un qui écoute. Cette langue venue du fond des âges semblait lui parler très clairement. Peu à peu, mes paroles se transformaient en un chant qui me rappelait ceux de nos cérémonies. Face à moi, très doucement, l'homme calciné penchait son visage vers la terre, comme pour m'épargner la vue de son effroyable figure, et se rapprochait pour mieux entendre. L'odeur de ses chairs noircies était abominable, mais je commençais à m'y faire. Maintenant qu'il était tout près de moi, je m'apercevais que je lui arrivais à peine au niveau du torse.

Quand le chant s'est tari à mes lèvres, mon père de l'Ours noir s'est adressé à moi en ces termes : « Lève les yeux sur lui une dernière fois. » À l'idée de voir de si près sa face hideuse, je tremblais. Mon père de l'Ours noir a répété son injonction : « Lève les yeux une dernière fois, et dis-moi si ce visage que tu vois n'est pas un masque. » Puis juste à ce moment-là, j'ai senti la grande aiguille me traverser le dos. La douleur m'a brusquement relevé le buste, et j'ai fait face à l'homme calciné.

Ce que j'ai vu alors m'a fait une impression étrange. Ce visage-là me rappelait quelque chose. Malgré les trous à la place des yeux et de la bouche, malgré les lambeaux de peau et les couches et les couches de sang séché autour, l'ensemble provoquait chez moi un indescriptible sentiment de familiarité. Bien sûr, c'était le visage d'un mort, mais de quel mort ? Il ne ressemblait à personne que j'avais connu.

« Alors, comment est-il ? demandait la voix de mon père de l'Ours noir. Ses yeux sont-ils profonds ? A-t-il une bosse sur le front ? » J'étais bombardée de questions, mais il m'était impossible d'y répondre, tant la contemplation de ce visage me plongeait dans des abîmes d'émotions contradictoires. Familiarité, horreur, menace, consolation... je ne savais pas définir ce qu'il m'inspirait. Quelque chose en moi s'y accrochait, s'y suspendait. Je n'entendais plus qu'à peine la voix de mon père de l'Ours noir et les questions qu'elle me posait me paraissaient de plus en plus confuses et dérisoires. Leur vibration se fondait dans les centaines de petites vagues d'air qui frémissaient autour de l'homme calciné. J'étais moi-même gagnée par l'onde de chaleur et me sentais finalement comme les pierres près du foyer, chaudes et inertes. J'ai dû essayer de dire cela – « Je me sens comme les pierres près du foyer, chaude et inerte » – à mon père de l'Ours noir pour qu'il cesse de me harceler, mais ce n'est évidemment pas sorti de ma tête ni de ma gorge. Le visage tendu vers la figure calcinée de l'homme marchant toujours à l'ouest, je n'étais capable d'aucune parole, d'aucun geste, d'aucune pensée – j'étais pétrifiée du dedans comme du dehors.

Quand je suis revenue à moi, j'étais renversée au sol et mon père de l'Ours noir, penché au-dessus de moi, était en train de me gifler. Il s'est reculé d'un pas quand j'ai ouvert les yeux. Suant et haletant, il portait au front, sous ses cheveux noirs, une pâleur et un regard que je ne lui connaissais pas. J'aurais voulu lui parler, lui demander ce qu'il s'était passé, mais je n'en avais pas la force. Retourné près du foyer, il enveloppait maintenant sa main dans un linge humide. Un tison fumait encore près de son banc, au sol, et j'avais toujours dans le nez l'odeur de chair brûlée dont je ne savais plus si c'était celle de l'homme calciné marchant toujours à l'ouest ou bien la sienne. Quand mon père de l'Ours noir est venu remettre le tison dans le foyer et que celui-ci s'est à nouveau enflammé, j'ai pu voir à quel point son visage était livide et sa main brûlée. Il faisait nuit, dehors. Après quelques instants, je me suis endormie.

Lorsque j'ai rouvert les yeux quelques heures plus tard, le jour était levé et mon père de l'Ours noir n'était plus là. Il avait dû jeter une couverture sur moi avant de partir et prévenir sa mère que j'avais besoin de soins, car peu après mon réveil, je l'ai vue apparaître à la porte, avec des galettes de maïs et du café chaud. Ma grand-mère de l'Ours noir a ainsi veillé sur moi pendant quelques jours, sans poser de questions, puis son fils est réapparu. Il n'avait plus cette pâleur au front, mais il avait toujours le visage creusé, les yeux loin enfoncés dans les orbites et la main bandée. « Comment te sens-tu ? » m'a-t-il demandé en arrivant. En retour, c'est sa mère qui l'a interrogé : « Et toi, mon fils, comment te sens-tu ? Sais-tu bien ce que tu fais de cette jeune personne et de toi-même ? » Il semblait avoir marché au soleil pendant plusieurs jours, son cou desséché n'était que craquelures et crevasses.

« Je devais quérir des herbes loin d'ici, a-t-il répondu à sa mère. Maintenant, tu peux nous laisser. » Ma grand-mère de l'Ours noir est sortie et il s'est assis sur son banc, près du foyer. « Comment te sens-tu ? m'a-t-il de nouveau demandé.

— Faible… mais apaisée, également. »

À ce dernier mot, mon père de l'Ours noir s'est retourné comme une bête sauvage et m'a regardée avec méfiance. « Apaisée, dis-tu ? » Il s'attendait sans doute à ce que je sois traumatisée par ma rencontre avec l'homme calciné. Il a ensuite sorti des herbes de plusieurs poches et les a triées en silence, avant de lever ses yeux battus sur moi : « Tu as pourtant la mort en toi. »

J'aurais voulu protester, clamer que l'homme de mon paysage

intérieur ne me voulait pas de mal, mais mon père de l'Ours noir ne m'en a pas laissé le temps. « Tu n'as pas été capable de me le décrire, cet homme qui marche toujours à l'ouest, mais je l'ai reconnu dans ton incapacité même à en dire quoi que ce soit. Il est grand et, malgré ce que tu crois, il porte un masque. Ce que tu as pris pour des chairs calcinées ne sont que les couches de sang séché qui lui servent à se protéger de la chaleur. Et sais-tu pourquoi il a besoin de se protéger de la chaleur ? Parce que ordinairement il vit dans le feu de la Maison des morts. Des trous à la place des yeux et de la bouche, une bosse sur le front, une torche à la main… c'est Màasaw, le dieu des enfers, que tu portes en toi. »

Cette révélation ne me causait pas la frayeur à laquelle s'attendait sans doute mon père de l'Ours noir. Je comprenais à présent d'où venait l'impression de familiarité que m'inspirait l'homme calciné. Quand j'étais petite, mon père avait raconté tant de fois l'histoire de Màasaw qu'il était devenu un personnage de mon enfance. Aussi bienveillant et terrifiant que mon père lui-même. « Màasaw ne me veut pas de mal, ai-je dit pour rassurer mon père de l'Ours noir.

— Màasaw ne veut de mal à personne, a-t-il répondu, mais il est le maître de la mort, c'est comme ça. C'est un dieu, un esprit que nous n'invoquons pas, parce qu'il n'a rien à faire du côté des vivants. Mais chez toi, il est présent, il est lourd, et il te déséquilibre à un tel point qu'il est impossible que tu résolves ça toute seule. J'ai accepté de t'aider et je le regrette, tant il est difficile de se battre contre Màasaw, mais nous allons essayer de le convaincre de retourner chez lui. Le problème est que je dois bientôt participer aux cérémonies de Niman. Le village aussi a besoin de moi. Aussi allons-nous essayer de te libérer maintenant – le plus rapidement possible. Assieds-toi sur cette couverture. J'ai ramené de quoi confectionner des pahos. »

Il a posé devant moi, en plus des herbes qu'il avait triées, de petites branches de genévrier, des brindilles, de la ficelle et quelques plumes d'aigle. Il m'a montré comment faire et nous avons assemblé plusieurs de ces bâtons de prière destinés à Màasaw. Ensuite, il les a disposés tout autour de moi, traçant ainsi un cercle assez large. Nous avons repris nos places habituelles l'un en face de l'autre, mais cette fois, au lieu de se mettre tout de suite à réciter des prières anciennes, mon père de l'Ours noir a préparé plusieurs pipes. Piochant des feuilles de tabac séché dans un sac, il les frottait ensuite entre ses mains. À la fine poudre obtenue, il mélangeait quelques-unes des herbes qu'il était allé quérir loin d'ici. Quand les pipes ont été prêtes, il s'est levé pour les disposer aux quatre points cardinaux du cercle et les a saupoudrées de farine de maïs. Enfin, avec la même farine, il a tracé quatre lignes jusqu'à moi, avant de revenir s'asseoir sur son banc, à l'extérieur du cercle dont j'étais maintenant le centre.

Nous sommes restés un long moment comme ça, moi reliée aux quatre pipes, et lui en profonde méditation, récitant à nouveau de vieilles prières. Je commençais à plonger dans ma torpeur habituelle, quand il m'a demandé de me lever et de m'allonger à plat ventre au milieu du cercle. Une fois que j'ai été installée, il a jeté une couverture sur moi en précisant que je ne devais pas bouger de là – quoi qu'il se passe, quoi que j'entende, quoi que je ressente. Il a ensuite entonné les couplets d'un chant ancien, auxquels se mêlait fortement son souffle : il était en train de fumer la première pipe.

Quand ce premier chant a été fini, il s'est mis à danser au bord de la couverture. Les bras étendus au sol, je sentais sur mes mains la pression de ses pieds. Puis il est retourné s'asseoir à l'extérieur du cercle, pour psalmodier un second chant, fumer une autre pipe et revenir se placer à mes pieds. Comme sur mes bras auparavant, il a alors dansé. Mais plus haut, plus longtemps. Tant que la plante de ses pieds ne faisait que rouler sur les muscles de mes jambes, ça allait, mais quand il s'est mis à sauter, j'ai senti mes os craquer. Pourtant, obéissant à ses consignes, je n'ai rien dit, je n'ai pas bougé, je n'ai pas crié. Il s'est arrêté quelques instants, le souffle court, avant de sortir du cercle, d'allumer la troisième pipe et d'entonner un troisième chant. Après quoi, toujours chantant, mais d'une voix saccadée, il m'a rouée de coups sur le flanc gauche. Je suffoquais, j'avais envie de hurler, mais je n'ai pas ouvert la bouche, je suis restée là sans bouger. À nouveau, ça s'est arrêté, et à nouveau ça a recommencé : le quatrième chant, accompagné de la quatrième pipe, a été celui de la grande bastonnade. Mon père de l'Ours noir me frappait maintenant le dos avec je ne sais quoi de dur. J'étais meurtrie, choquée.

Quand ç'a été fini, mon père de l'Ours s'est tu, puis il s'est approché doucement de moi, et a relevé la couverture. La pièce était complètement enfumée et lui-même avait les yeux extrêmement rougis. En miettes, disloquée, incapable de faire le moindre mouvement, je gisais là, inerte. Il m'a relevée au prix de grands efforts et m'a rassise sur le petit banc de cèdre. « Tes pahos sont prêts, tu vas maintenant les porter à Màasaw, a-t-il dit. Dès que tu le verras dans ton paysage intérieur, tu lui donneras ces bâtons de prière en signe de respect. Surtout, tu ne lui demanderas pas de partir. Il comprendra tout seul ce que tu attends de lui : soit il quittera ton paysage, soit il te chassera ailleurs, loin de lui, sur une autre terre intérieure. Je te le répète : surtout, ne lui demande rien, car il pourrait alors te garder ou t'emmener avec lui. » Ayant dit cela, mon père de l'Ours noir, les yeux rougis, battus, et sa main brûlée posée devant les lèvres, a commencé à réciter les paroles à torpeur.

* 20 *

CETTE FOIS, MÀASAW NE MARCHAIT PAS À L'OUEST. Il m'attendait au milieu de la plaine désertique, sous un soleil très bas. Progressant vers lui, je ne le regardais qu'à la dérobée, pour ne pas me retrouver figée, pétrifiée comme la dernière fois. Arrivée à sa hauteur, j'ai voulu déposer les pahos à ses pieds, mais il s'est tourné vers le soleil en me faisant signe de le suivre. Ce ne devait pas être le bon endroit pour faire mon offrande. Nous avons donc marché un long moment vers l'ouest, jusqu'au point où le soleil touche l'horizon. Pendant tout le chemin, j'ai entendu la voix de mon père de l'Ours noir qui disait : « Appelle-le. Dis-lui que tu as quelque chose pour lui, dépose tes pahos et reviens sur tes pas. Ne le suis pas si loin. » Mais je n'avais aucune envie d'interrompre cette marche. Le soleil vers lequel nous nous dirigions chauffait ma terre d'une chaleur douce et après les coups que je venais de recevoir, cela m'était un grand réconfort. En outre, la silhouette du grand Màasaw ne me faisait plus peur, ni plus que la perspective de revoir son visage. J'étais curieuse de savoir où il m'emmenait. Plus le soleil s'enfonçait derrière l'horizon, moins la voix de mon père de l'Ours noir était audible. « Appelle-le, manifeste-toi, disait-elle comme de très loin. Dépose les pahos et sauve-toi ! Sauve-toi ! » Quand elle s'est enfin éteinte complètement, j'ai ressenti une sorte de soulagement et de paix intérieure.

Le soleil était maintenant passé de l'autre côté et il faisait complètement noir. Nous n'avancions plus, Màasaw et moi, qu'à la lueur qui émanait de son visage et j'avais dû me rapprocher de lui pour voir où je posais les pieds. Désormais quasiment à sa hauteur, je devinais sa bouche et ses yeux, qui étaient comme trois braises puissantes éclairant notre chemin. L'odeur du sang calciné qui le recouvrait était toujours aussi épouvantable, mais, à ses côtés, c'était bien plus supportable que dans son sillage.

Finalement, nous sommes arrivés en vue d'un feu qui brûlait près d'un amoncellement de gros cailloux. Personne alentour pour l'entretenir, mais de belles flammes vigoureuses dévoraient d'énormes morceaux de bois et de charbon. Màasaw m'a fait signe de m'asseoir tandis qu'il disparaissait derrière le tas de pierres. J'ai attendu là un petit moment. À part le sifflement des braises, la nuit était calme, il ne faisait pas froid. Quand Màasaw est reparu, je ne l'ai d'abord pas reconnu. Il avait toujours cette grande silhouette aux longs bras, mais il n'avait plus sa grosse tête déformée. Il n'avait plus non plus autour des hanches et du torse ce long tissu blanc abîmé. Il était presque nu, comme les hommes autrefois, et portait sur le visage deux grands traits noirs. Posant son énorme masque bosselé près du feu, il est venu s'asseoir près de moi. L'affreuse odeur avait disparu et de longs cheveux noirs encadraient son visage. Dégagé des braises et des grands trous noirs, son regard avait quelque chose d'apaisé et d'apaisant. Il a parlé le premier.

« Ainsi, tu acceptes enfin de me rencontrer ? Il y a longtemps que je t'attends, tu sais...

— C'est mon père de l'Ours noir qui m'envoie te porter...

— Ton père de l'Ours noir ? Ah oui, celui qui te colle des dérouillées... Tu aurais pu venir avant.

— Est-ce vrai que tu es le Gardien des morts ?

— Oui, mais je suis surtout celui à qui appartient toute terre. Et celle-ci également. »

De son long bras, il désignait distraitement mon paysage intérieur.

« Je suis rarement sur les terres intimes des hommes. Mais le plus étonnant, c'est que chez toi, je marche toujours à l'ouest, du côté des vivants. C'est inhabituel, pour un Gardien des morts. Qu'attends-tu de moi, exactement ?

— Je ne sais pas.

— De tout endroit, je connais le passage vers la Maison des morts. As-tu quelque chose à y faire ?

— Je ne sais pas... je ne sais pas... je ne veux pas mourir, je crois.

— Vivre, mourir... qu'est-ce que cela veut vraiment dire ? Sais-tu qu'en bas, nous faisons tout à l'envers ? Viens voir. Peut-être comprendras-tu de quoi je parle. »

Màasaw s'est levé, a remis son masque et son linceul, puis a repris sa marche vers l'ouest. À ce moment-là, il m'a semblé entendre la voix de mon père de l'Ours noir une dernière fois : « Donne-lui tes pahos et sauve-toi ! » Le ton était celui de quelqu'un qui hurle, mais l'intensité était si faible... J'étais déjà dans les pas de Màasaw.

Nous avons marché longtemps. Depuis le feu que nous avions quitté jusqu'à certaines mesas que je pouvais reconnaître comme miennes, je n'étais pas dépaysée. Ce décor était bien le mien, celui dans lequel j'avais toujours évolué. Et puis soudain, un trou béant s'est ouvert. Sous nos pieds courait un canyon que rien n'avait annoncé. Je n'en avais jamais vu de si large et de si profond. Màasaw ne s'est pas arrêté au bord, il s'est tout de suite engagé sur un chemin tortueux qui s'enfonçait rapidement.

Il faisait chaud, dans ce canyon. Plus nous descendions, plus la température était élevée, l'atmosphère sèche et suffocante. Assez vite, nous avons rencontré des gens étranges. Des hommes et des femmes qui, les pieds dans le sens de la pente, la remontaient pourtant, sous l'effet d'une force incompréhensible. Le regard résigné, ils s'appliquaient à regagner chaque pas perdu, déterminés à atteindre le fond, mais certains reculaient ou faisaient du sur-place. Les autres avançaient infiniment lentement. Je voulais demander à Màasaw ce qui arrivait à ces gens. La plupart n'avaient presque rien à boire et s'évertuaient à extraire quelques gouttes d'eau de leur gourde vide. Leur progression empêchée était un supplice à regarder. Mais Màasaw avançait vite, lui, et nous avons rapidement dépassé ces pauvres âmes, qui elles-mêmes ne semblaient pas nous voir.

Plus bas, la température a continué de monter. Désormais, il n'y avait plus un arbre, plus un buisson. Le chemin n'était fait que de cailloux qui roulaient sous nos pieds. À grandes enjambées,

Màasaw creusait de petites marches dans cet éboulis continuel, que j'empruntais scrupuleusement pour ne pas dévaler la pente. Nous descendions tant qu'il me semblait que nous étions désormais plus bas que terre. Finalement, le relief s'est aplani et nous nous sommes retrouvés dans un pli du canyon que le soleil n'atteignait pas. Malgré tout, il régnait là une douce lumière, et la température était infiniment plus agréable.

Au détour du chemin, qui était désormais un large sentier, nous avons commencé à voir circuler des gens. Contrairement à ceux rencontrés plus haut, leurs visages n'affichaient aucune fatigue, aucune souffrance. Ils avaient l'air heureux. Je tentais d'en saluer quelques-uns, mais ils ne semblaient pas davantage me voir que les précédents. Et, à mieux y regarder, leur attitude n'était pas moins étrange. Certains marchaient à reculons, la plupart portaient leurs vêtements à l'envers. J'en ai même surpris quelques-uns en train de grimper des échelles de coton !

Nous avons continué notre route au fond du canyon où, malgré l'absence totale de ciel, il faisait clair comme en plein jour. Mis à part les bizarreries des habitants, la vie semblait s'y dérouler à peu près comme chez nous. Les gens étaient répartis en plusieurs villages, travaillaient la terre, faisaient pousser des fruits et des légumes… même si on ne voyait jamais personne en manger. Le maïs restait sur pied, les fruits pourrissaient dans les arbres. Maintenant qu'il marchait à une allure normale, Màasaw m'expliquait qu'ici, il suffisait de passer à côté des champs et des arbres pour être rassasiés. De même, il suffisait de passer à côté d'une source et d'en entendre le flot pour ne plus avoir soif. « C'est très pratique », pensais-je en ne croyant qu'à moitié ce que j'étais en train de voir.

Nous avons encore marché longtemps, découvert toutes sortes de villages et de gens, jusqu'à atteindre un endroit où les maisons étaient isolées les unes des autres. De forme hexagonale, elles ressemblaient à de gros cactus poussant sur les berges de la rivière qui coulait là, entre les affleurements rocheux. Ici, le fond du canyon se resserrait légèrement pour se découper en plusieurs galeries partant sur une rive ou l'autre du cours d'eau. Màasaw a pris la plus étroite, à notre gauche, qui s'est un moment transformée en défilé, ondulant plusieurs fois entre les hautes parois, avant de s'élargir pour déboucher sur une sorte de prairie. L'herbe était sèche, mais quelques moutons paissaient là, tranquilles.

Je commençais à être fatiguée de cette longue marche. Màasaw était désormais loin devant et je n'avais pas le courage de lui courir après. J'ignore comment j'en suis arrivée à faire ce genre de supposition sans connaître l'endroit, mais il m'a semblé que la galerie dans laquelle il s'engageait maintenant au-delà de la prairie rejoindrait forcément la rivière quelque part et que je pourrais facilement le rattraper par là en retournant sur mes pas. J'avais le temps de souffler avant de rebrousser chemin, je me suis donc assise au pied d'un arbre.

Je ne l'avais pas vue en arrivant dans la prairie, mais une immense tour de grès rouge se tenait là. Elle faisait peut-être deux cents mètres de haut, flanquée d'une plus petite, plus massive mais tout aussi nettement découpée. Des chevaux étaient attachés juste en dessous, eux aussi paisibles et broutant. Un peu reposée et supposant que j'avais encore du temps, j'ai fait quelques pas dans leur direction. L'un d'eux portait sur le dos une selle superbement ouvragée. J'étais en train de l'admirer quand des voix sont parvenues à mes oreilles. Comme je ne voyais personne nulle part, j'ai tourné au pied de la grande tour. En levant le nez, j'ai fini par apercevoir quatre silhouettes sur la paroi. Je n'avais jamais vu d'hommes ainsi perchés dans les airs. Ils avaient les quatre membres collés à la pierre et évoluaient souplement, en se donnant des conseils : « Là, descends ton pied. À gauche, tu peux poser ta main et tendre ta jambe droite. » Je suis restée un long moment à les regarder, tandis qu'ils descendaient vers moi.

Quand ils n'ont plus été qu'à quelques mètres au-dessus de ma tête, j'ai pu constater qu'il s'agissait en fait d'un homme, d'un adolescent et de deux enfants. L'homme avait dans le dos un sac rempli de sel et les trois autres seulement de petites poches accrochées à leur ceinture. Bientôt, ils ont rejoint le sol et le plus âgé a félicité les trois autres. Ils se sont tournés vers moi pour rejoindre leurs chevaux, et c'est alors que j'ai découvert leurs visages. Quatre visages qui se ressemblaient. C'était saisissant. J'ai d'abord cru que j'avais la berlue, mais les variations de l'un à l'autre prouvaient simplement qu'ils étaient de la même famille. Non, l'impression de malaise venait d'ailleurs...

Je me suis approchée pour en avoir le cœur net. Pas plus que les autres individus de ce monde ceux-là ne semblaient me voir. L'homme s'est emparé du cheval à la selle ouvragée et les trois jeunes sont montés sur les autres. Maintenant que je leur faisais parfaitement face, le doute n'était plus possible et l'homme m'est apparu pour ce qu'il était : mon père. Et les trois autres, avec des visages semblables au mien, ses enfants. Ce constat m'a donné le vertige et j'ai senti le sol se dérober sous moi. Reconnaître mon père m'avait d'abord procuré une grande joie, mais cette joie s'était trouvée immédiatement engloutie par un épouvantable sentiment de vide. Il était là, mais il ne me voyait pas. Il avait l'âge de sa mort, mais vivait dans un paysage qui ne m'appartenait pas, avec des enfants qui n'étaient pas moi. Comme un fantôme, je l'ai suivi à pied, tandis qu'il faisait marcher son cheval au pas. Il parlait à ses trois fils : « Bien, mes garçons, bien… Viendra bientôt un temps où vous devrez venir ici sans moi. Ce sera le temps d'avant, le temps où vous étiez déjà grands. » Cela ne voulait rien dire. Les chevaux ont commencé à trotter, se dépassant à tour de rôle, la voix de mon père est devenue saccadée : « Il en… un autre où… de votre mère… haricot-fille. » J'ai couru pour me maintenir à leur hauteur, rejoignant une monture après l'autre, mais sitôt que je le rattrapais, mon père repartait, attentif à ses trois garçons et non à moi, qu'il ne voyait, n'entendait pas. Finalement, ils ont augmenté l'allure, toutes leurs paroles se sont perdues et je n'ai pu que les regarder s'éloigner le long de la rivière. Quand ils ont disparu dans le canyon, je me suis aperçue que j'étais arrivée au point où je pensais que Màasaw m'attendrait. Il était là.

« As-tu vu ce que tu voulais voir ? » m'a-t-il demandé. Je n'avais rien voulu, et pourtant j'avais vu. « Après avoir quitté votre monde, ton père a mis quelques années pour arriver jusqu'à la Maison des morts. Maintenant, il vit ici depuis longtemps. Il a épousé une femme navajo, avec qui il a eu trois enfants. Aujourd'hui, ils sont allés creuser un sillon de sel pour l'année. C'est la première fois qu'il emmenait ses deux plus jeunes fils. Même au pays des morts, cette ascension est difficile, et il ne sait pas combien de fois il pourra la refaire. Car depuis quelque temps, il ressent par moments une vive douleur dans la poitrine. Cette pointe le ralentit dans tout ce qu'il fait, il craint désormais pour sa vie.

— C'était la même chose quand il était avec nous! me suis-je exclamé. Il fume trop, l'homme-médecine l'avait bien dit...

— Sauf qu'ici, personne ne fume, et ton père pas plus que les autres. »

J'ai baissé les yeux sur mes mains. Je ne savais pas quoi dire, quoi penser, quoi ressentir. J'aurais voulu suivre mon père, parler à ses fils. Ce n'était pas possible. Désignant au loin la plus haute des deux tours de grès rouge, Màasaw a dit: « Là-haut habite Grand-Mère Araignée. Je crois qu'il est temps pour toi de la rencontrer. » Nous nous sommes tranquillement rendus au pied de la tour. Là, il m'a prise par la main et nous sommes montés tout droit le long de la paroi, comme des oiseaux grimpeurs. Je n'aurais jamais cru être capable de faire quelque chose comme ça.

Quand nous y sommes arrivés, j'ai pu me rendre compte que le sommet était en fait un disque de pierre blanche, comme une sorte de lune couchée. J'aurais pu jurer qu'il n'y avait là personne, mais Màasaw a dit: « Grand-Mère Araignée, me voici avec Tayatitaawa. »

C'est alors qu'une petite araignée recroquevillée est sortie de sous un caillou, a couru de côté pour venir jusqu'à nous et, d'une voix très faible, a répondu : « Ah, très bien ! Je vous attendais. » Puis s'adressant à moi directement, elle a ajouté : « Tourne-toi et jette un œil dans le vide. » Le temps que je fasse ce qu'elle avait dit, elle s'était transformée en vieille femme.

« Alors comme ça, tu voyages dans la Maison des morts ? » Je ne savais pas trop quoi répondre : étais-je vraiment venue ici de mon plein gré ? Et qu'étais-je censée y faire ? Comme s'il avait entendu mes interrogations, Màasaw a dit : « En passant d'un monde à l'autre, tu ne fais rien d'autre que ce qu'ont fait tes ancêtres au moment de l'Émergence, puis des migrations. Tu es jeune, tu n'es sans doute qu'au début de ton voyage et nous sommes là pour te guider, si tu le souhaites. » Mon seul souhait pour le moment aurait été de revoir mon père et de lui parler. Toujours comme s'il m'avait entendue, Màasaw a précisé : « Si tu décides de rester ici, tu ne devras chercher personne. Celui qui a été ton père ou n'importe qui de ta famille dans l'autre monde ne te sera plus rien dans celui-ci. De même que tu passes toi-même des frontières, il faut accepter le voyage des âmes et des esprits. »

Malgré ce qu'était en train de dire Màasaw, une part de moi vagabondait encore au bas de la tour, à la poursuite de mon père. Après tout, la situation ne me paraissait pas très différente de ce qu'elle était lorsque j'étais petite fille : mon père vivait sa vie propre et je devais lui cavaler après dans l'espoir d'attirer son attention. Peu importe qu'il soit désormais le père d'autres enfants, en insistant un peu, il finirait sans doute par se souvenir de moi et me reconnaître.

Devinant ce qui était en train de se jouer dans ma tête, Màasaw, en bon Gardien des morts, a continué sans s'impatienter : « Tu dois bien comprendre une chose : rien de ce qui a existé dans le monde des vivants ne saurait se reproduire au pays des morts. Ce que ton père était pour toi peut survivre quelque part sur ton territoire intérieur, mais nulle part ailleurs. En courant après la vie d'avant, la seule chose que tu pourras faire sera de ralentir sa route ici, où il a désormais une famille. »

Petit à petit, la parole de Màasaw faisait son chemin en moi. Il y a longtemps, Honahöhöqya m'avait déjà expliqué qu'il ne fallait pas pleurer les morts. Du coup, je n'avais presque jamais pleuré mon père, mais je n'avais jamais rien défait non plus du lien qui m'unissait à lui. Dans mon esprit, son passage dans le monde des morts n'impliquait pas que je libère jusqu'à son souvenir, ni que je mette fin au dialogue silencieux que nous avions noué lors des longues promenades où je lui courais après. Il me semblait toujours aujourd'hui que, quand je marchais, c'était dans son sillage, quasiment dans l'appel d'air ouvert par sa disparition. Je m'apercevais même qu'il y avait là quelque chose de substantiel, comme un souffle invisible mais puissant.

Maintenant que j'avais vu mon père dans sa vie actuelle, avec d'autres enfants, cette perception allait peut-être changer. D'abord il était à cheval, et je ne pouvais plus le suivre. Ensuite, je devais bien admettre que s'il attendait quelqu'un, ce n'était plus moi. Cela me faisait drôle, mais d'autres enfants dépendaient de lui. Enfin, bien que Màasaw ait eu la délicatesse de ne pas me le dire, j'ai compris ce qu'était cette pointe dans sa poitrine qui l'empêchait de vivre normalement : c'était tout simplement le souffle que je lui prenais, le souffle sien dont j'avais, sans lc savoir, toujours besoin.

J'ai demandé à Màasaw si je pouvais lui poser une question.

« Je t'écoute.

— Est-il possible qu'un souffle passe entre le monde des vivants et des morts sans qu'on le sache ?

— Tout est possible. Je suis le Gardien des deux mondes, et donc de leur frontière, mais je ne puis être partout. De plus, ton paysage intérieur a la singularité de communiquer avec les deux. Il est fort possible qu'un souffle passe par là depuis longtemps sans que je m'en sois aperçu...

— Est-il possible que ce souffle soit celui qui aujourd'hui fait défaut à mon père ?

— Tout est possible...

— Il est donc également possible que ce souffle déséquilibre ma volonté vertébrale ?

— Ça, je ne peux pas le dire, car je ne suis que le Gardien des morts. Je ne sais résoudre les problèmes que par le passage d'un monde à l'autre. En ce qui te concerne, je dirais que tu as encore des choses à faire du côté des vivants. Je ne crois pas que ton chemin de vie se situe déjà chez nous. Il y a là-haut des gens qui pourront t'aider dans ta quête d'équilibre, et d'autres qui ont encore besoin de toi.

— C'est aussi ce que je crois, ai-je répondu à Màasaw. Je voudrais donc rentrer chez moi.

— Bien, bien ! s'est écriée Grand-Mère Araignée. Aucune raison de rester accrochés à ce rocher, alors. Regarde encore une fois en bas, et viens te placer près de Màasaw. »

Quand j'ai eu fait ce qu'elle avait dit, elle s'était de nouveau métamorphosée. Revenue à sa forme initiale, elle tenait désormais au creux de la main de Màasaw, qui me l'a délicatement posée derrière l'oreille en disant : « Nos chemins se séparent ici, Tayatitaawa, en haut de cette tour. Je te confie à Grand-Mère Araignée, qui mieux que moi saura te reconduire vers le monde des vivants. Je te souhaite de trouver là-haut la réponse à tes questions. »

À ce moment, je me suis souvenue que j'avais quatre pahos pour lui et je les lui ai tendus prestement. Il les a saisis avec reconnaissance, en disant : « Je me demandais quand tu me les donnerais enfin… L'homme de l'Ours noir s'y connaît, ils sont exactement comme je les aime. Mais par Taiowa, je t'en prie : dis-lui que ce n'est pas la peine de les enfumer ainsi ! Je vis à longueur d'année dans la puanteur des chairs brûlées, si je pouvais parfois profiter de pahos sentant l'air frais de là-haut… » Màasaw souriait. La première frayeur qu'il m'avait causée n'était plus qu'un lointain souvenir. Durant un instant, j'ai eu envie de me jeter dans ses bras, mais il m'a arrêtée d'un regard : « On n'embrasse pas la mort, Tayatitaawa… Va-t'en maintenant, on se retrouvera bien un jour. »

Conseillée par Grand-Mère Araignée, j'ai redescendu la tour à la manière des gens d'ici, c'est-à-dire collée à la paroi. Sur la pierre, mes membres ne pesaient d'aucun poids, il suffisait de ne pas manquer sa prise. Plus que de la force, cela nécessitait de l'adresse, et Grand-Mère Araignée me guidait. Arrivée aux deux tiers, j'ai reconnu l'itinéraire emprunté par mon père et je suis parvenue à rejoindre le sol toute seule.

« À présent, tu vas reprendre le chemin au fond du canyon, exactement à l'inverse de ce que tu as fait avec Màasaw. » Les gens saluaient Grand-Mère Araignée à notre passage comme si elle avait eu forme humaine, mais ils ne semblaient toujours pas me voir. Leur perception et la mienne ne devaient pas être de même nature et c'est sans doute ce qui me distinguait des morts. Après une longue traversée, nous avons fini par atteindre le point où le canyon remontait vers mon paysage intérieur. Nous avons à nouveau croisé ces hommes et ces femmes qui descendaient dans la chaleur étouffante. Grand-Mère Araignée m'a alors expliqué pourquoi certains progressaient plus rapidement que d'autres. Tous étaient morts, mais tous n'avaient pas eu le même chemin de vie. Ceux qui peinaient le plus étaient ceux qui s'étaient le plus écarté des valeurs du peuple hopi. Quand nous sommes arrivées à la hauteur de la vieille femme assoiffée, n'avançant que d'un pas par jour avec une gourde vide, Grand-Mère Araignée me l'a désignée comme une Deux-Cœurs. Chaque vie prise à quelqu'un d'autre de son vivant pour prolonger la sienne lui coûtait plusieurs décennies de marche assoiffée pour rejoindre la Maison des morts. Il n'était d'ailleurs pas dit qu'elle l'atteigne un jour, avant la prochaine Émergence. Quant aux Deux-Cœurs qui parvenaient à la Maison des morts après plusieurs siècles de cette pénible marche, ils n'y trouvaient pas plus de repos. Ils erraient sans consistance et sans satisfaction d'aucune sorte, incapables de tisser aucuns liens avec les gens ni les choses.

Enfin, nous sommes arrivées au dernier chemin qui menait à la sortie du canyon. Ce minuscule sillon dans la pierre, qui n'était valable que pour moi, était invisible depuis le sentier principal et sans Grand-Mère Araignée, il m'aurait été impossible de le retrouver. Nous l'avons monté tranquillement. Quand nous avons atteint le seuil de mon plateau, Grand-Mère Araignée a déclaré : « Te voici revenue à la porte de ton paysage intérieur. Dans quelques minutes, tu vas me déposer au sol et je te laisserai aller ton chemin. Tu reviendras dans ta conscience, tu retrouveras tes esprits, et peut-être même que tu te souviendras de ce voyage vers la Maison des morts. Mais avant cela, je voudrais te raconter une histoire.

« Tu sais sans doute qu'il y a fort longtemps, je vivais avec mes deux neveux jumeaux. Quand Taiowa nous a envoyés ici, le monde n'était encore qu'une masse sombre et liquide. J'habitais alors une toute petite maison, dans laquelle mes deux garçons s'ennuyaient. Un jour, malgré l'obscurité permanente, j'ai été obligée de les laisser sortir pour qu'ils se dégourdissent les jambes. Trop heureux de pouvoir courir, ils se sont enfoncés dans la nuit. Les premiers temps, je les ai écoutés jouer, crier, puis petit à petit, ils se sont éloignés et je ne les ai plus entendus. Inquiète, je suis sortie à mon tour et dans l'aube violette qui commençait à se lever à cette époque-là, j'ai vu ceci : ils avaient tant couru, tant joué, qu'ils avaient transformé le paysage ! Là où auparavant tout était liquide et plat, il y avait désormais des plaines, des collines, des montagnes. Je les ai appelés, appelés, et ils ont fini par venir. Ils étaient très fiers d'eux et m'ont expliqué que le premier, Pokanhoya, était partout passé avec son bâton pour solidifier le monde et lui donner une forme réjouissante, tandis que le deuxième, Palongohoya, l'avait empli de bruit et de vibrations pour le rendre plus vivant. J'étais fière de mes garçons.

« Beaucoup plus tard, ton peuple est arrivé, et mes neveux, devenus grands, se sont éloignés pour lui laisser la place. C'est ainsi que depuis, chacun à un pôle, ils maintiennent l'ordre et la solidité du monde. Voilà l'histoire que j'avais à te conter. Maintenant, dépose-moi au sol et retourne dans le monde qui est le tien. »

J'ai remercié Grand-Mère Araignée du soin qu'elle avait pris de moi et j'ai gravi les derniers mètres qui menaient à mon paysage intérieur. Il y régnait toujours ce soleil étrange, puissant et doux à la fois. Il était désormais accompagné d'une brise légère qui, après cette longue marche dans la Maison des morts, me revigorait les os, les muscles et les nerfs. Pour revenir à la conscience, je suis repassée près du feu auquel m'avait menée Màasaw. Il n'en restait à présent que quelques braises prêtes à s'éteindre. À partir de là, je ne savais plus trop où aller, quand la voix de mon père de l'Ours noir m'est à nouveau parvenue. Il était en train de prier dans cette langue ancienne qu'à présent je comprenais. Il demandait à Màasaw de m'épargner, de ne pas me toucher, de prendre sur lui mon mal mais pas ma vie. Cette langue était très belle. Mon père de l'Ours noir ne la parlait pas parfaitement, il écorchait ces mots perdus depuis longtemps dans le monde des vivants, mais le ton était là, la vibration puissante. Je l'entendais très distinctement, cela m'aidait à m'orienter. Puis quand je suis arrivée à peu près au milieu de mon paysage intérieur, sa voix s'est tue. À sa place s'est élevé un souffle, un souffle terrible, assourdissant. C'était la brise de tout à l'heure qui s'était transformée en vent violent et instable. Chaque bourrasque disait la même chose : « *Mashuruuti ! mashuruuti ! mashuruuti !* » – sur tous les tons, dans toutes les directions. Chaque fois que je voulais échapper à l'une d'entre elles, je m'égarais et la suivante me rattrapait. La dernière a fini par me soulever dans les airs comme un fétu, emportant avec moi une volée de buissons d'amarante et de genévrier, qui me griffaient les bras, les jambes, le visage...

* 21 *

La première chose que j'ai vue en ouvrant les yeux a été le visage de mon père de l'Ours noir penché sur le mien. Il régnait dans la pièce une nuit épaisse et il n'était éclairé que par la faible lueur du foyer. De sa bouche sortait un chant monotone résonnant gravement dans la nuit. À côté de lui, légèrement en retrait, se tenait un autre homme, à la face large et à la peau noircie. Il psalmodiait lui aussi. Bien moins fortes que dans mon paysage intérieur, mais reconnaissables tout à fait, leurs voix se mêlaient dans mes oreilles. L'homme au visage noirci s'exprimait comme le vent. Les syllabes chuintaient en sortant de sa bouche et il répétait encore le même mot: «*Mashuruuti, mashuruuti…*» Cela ne sonnait plus comme une bourrasque menaçante, mais plutôt comme un souffle léger, bienfaisant. À demi-voix, mon père de l'Ours noir récitait inlassablement la même prière ancienne. De nouveau, le sens de la plupart des mots m'échappait, même s'il me semblait que cela disait merci à Màasaw.

Quand leur prière s'est achevée, l'homme au visage noirci s'est approché pour passer tout autour de moi une coupelle dans laquelle brûlaient des brindilles et de la sève de genévrier. La fumée qui s'en dégageait était âcre, mais elle sentait bon. Pendant ce temps, mon père de l'Ours noir a rassemblé quelques feuilles de tabac, cinq rouleaux de piki et un peu de farine de maïs, qu'il a ensuite enveloppés dans un tissu. Quand tout le genévrier a été consumé, il a donné le paquet à l'homme, qui est sorti sans un mot.

À peine nous sommes-nous retrouvés seuls que mon père de l'Ours noir s'est précipité sur moi pour me saisir les bras. Il les a serrés, serrés très fort, en me scrutant à la lumière du foyer comme si j'étais une bête étrange. Il me faisait mal. Au moment où j'allais me mettre à crier pour qu'il me lâche, il s'est finalement reculé dans l'ombre pour me raconter ce qui s'était passé. Sa voix tremblait légèrement.

Mon sommeil avait duré plusieurs jours. Au départ, il pensait simplement me mener jusqu'à Màasaw pour que je lui donne les pahos et me rappeler très vite ensuite. Mais arrivée auprès du Gardien des morts, je n'avais pas entendu ses avertissements et je m'étais évanouie, paralysée, probablement aux prises avec les forces létales de Màasaw. Durant quatre jours et quatre nuits, il avait tenté de me ramener seul, à force de chants et de prières. Rien n'y faisait, je restais les yeux clos et mon corps ne réagissait à aucune stimulation. Je commençais même à présenter des signes de maladie. La peau de mon cou se crevassait et des plaies se dessinaient autour de ma bouche.

C'est alors qu'il avait décidé de faire appel à un homme du clan du Feu pour me tirer de là. Tous les deux avaient encore passé quatre jours et quatre nuits à mon chevet, promettant des offrandes à Màasaw si je revenais à moi – c'était celles-ci que l'homme du clan du Feu venait de partir porter au sanctuaire avant le lever du soleil. Désormais, il restait encore à soigner les plaies laissées par le feu du Gardien des morts, qui ne sont pas les plus faciles à faire disparaître.

Pendant qu'il me racontait tout cela, mon père de l'Ours noir avait préparé un baume dans un petit bol en terre. Quand il s'est approché de moi pour me l'appliquer, j'ai vu à la lumière du feu mourant que des larmes avaient roulé de ses yeux gonflés. « J'ai su que tu allais revenir seulement au moment où ta main a lâché les pahos. Pourquoi n'as-tu pas donné ces offrandes à Màasaw plus tôt ? » Le ton de sa voix oscillait encore entre l'émotion et la colère. Je ne pouvais pas répondre. Me soutenant par les épaules, il me frictionnait le cou et me demandait d'avaler ma salive pour ne pas que je m'étouffe. Cela ne m'était pas possible. C'était comme si ma langue se perdait dans une gorge sans muscle. Je me sentais sans force jusqu'à l'intérieur de mes chairs. Voyant que je n'arrivais pas à faire ce qu'il me disait, il m'a redéposée sur la couverture et m'a donné à boire. Mes lèvres desséchées laissaient échapper toute l'eau. Son regard était maintenant celui de la pitié. « On va soigner tout ça », a-t-il dit, juste avant qu'on entende frapper à la porte. C'était l'homme du clan du Feu, qui revenait avec les premières lueurs de l'aube.

Ils ont encore prié une fois ensemble, puis l'homme du Feu a confié un paho spécial à mon père de l'Ours noir en disant : « Tu te souviendras comment soigner les plaies ? Dépose aussi ce paho près d'elle, et d'ici quelques jours, elle devrait se sentir mieux. »

Mon père de l'Ours noir a acquiescé puis l'a reconduit à la porte. Ils ont encore échangé quelques paroles, puis l'homme du clan du Feu est parti. Il faisait maintenant presque jour. Le paho qui devait me rendre la santé était fait principalement d'aiguilles de pin et de plumes toutes douces provenant du duvet de jeunes geais. J'ai tendu la main pour le toucher, mais je me suis alors aperçue que j'avais également là des plaies qui m'empêchaient de faire ce que je voulais. J'étais épuisée, je me suis rendormie.

Lorsque j'ai rouvert les yeux, il faisait presque nuit. Mon père de l'Ours noir avait rallumé le feu dans le foyer et se tenait à nouveau au-dessus de moi. Il était en train de mâcher du piki, qu'il déposait ensuite sur mes lèvres. Quand j'ai réussi à en avaler une bouchée, il m'a donné à boire, puis s'est mis à cracher une salive épaisse sur mon cou, sur mes mains, sur mes lèvres, qu'il étalait ensuite de ses larges paumes, de ses doigts épais. Malgré la brûlure des plaies, j'avais constamment froid, le passage de ses mains me réchauffait.

Il s'est passé ainsi plusieurs jours, durant lesquels j'étais prise sans cesse par le sommeil. Mon père de l'Ours noir me veillait chaque nuit et continuait de soigner mes plaies. Quand j'ai finalement pu me lever, j'ai demandé si je pouvais aller faire un tour. Mon père de l'Ours a répondu : « Fais ce que tu as envie de faire, du moment que tu reviens ce soir. Les brûlures occasionnées par un séjour chez Màasaw doivent être soignées la nuit, sans faute. » Aussi ai-je encore passé une demi-lune chez lui : la journée, je rendais visite à mon frère, sa femme ou ma grand-mère de l'Ours noir, tandis que lui vaquait à ses occupations. Il quittait parfois le village de très bonne heure, pour aller chercher les herbes dont il avait besoin pour lui-même ou pour les prochaines cérémonies. Mais la nuit, systématiquement, près du foyer rallumé avec quelques branches de cèdre et de genévrier, nous nous retrouvions et mon père de l'Ours noir me soignait avec sa salive, ses mains et du piki.

Un soir cependant, il n'est pas rentré de sa virée hors du village, ni plus que le suivant. C'est au troisième jour seulement qu'il est revenu, rapportant une terre spéciale. « J'ai quelque chose pour toi », a-t-il annoncé en me montrant une argile bleue recueillie à deux jours de marche de Walpi. Avec cette terre et quelques herbes récoltées en chemin, mon père de l'Ours noir a confectionné un puissant cataplasme, censé apaiser le feu jusqu'au fond des entrailles. À la nuit tombée, il l'a appliqué sur mes plaies, maintenant presque cicatrisées, mais également sur le bas de mon dos et sur mon ventre, en disant : « Si le feu de Màasaw était aussi responsable de ces douleurs dans le bassin, ceci peut les éteindre à tout jamais. » Puis il m'a laissée près du foyer, sans couverture.

Le temps que le cataplasme agisse, je me suis une fois de plus assoupie. Dans ce demi-sommeil, je me sentais la proie d'une vague à la fois douce et puissante, qui s'emparait de moi, me portait, me roulait, me caressait, me bringuebalait. J'étais comme prise dans un flot sans rien pouvoir y faire, mais cela ne m'inquiétait pas. Toute ma volonté abdiquait et j'étais proche de tomber dans un vrai sommeil, quand j'ai à nouveau senti sur moi les mains de mon père de l'Ours noir. Il était en train d'enlever énergiquement le cataplasme, dont les aspérités me griffaient la peau au passage. Il a ensuite posé un linge mouillé sur mon ventre et sur mes hanches pour enlever les dernières traces de terre, mais quand il l'a retiré, le sang des petites éraflures formait d'innombrables fleurs sur tout le bas de mon corps. « Je ne pensais pas qu'on pouvait avoir la peau si fine », a-t-il dit d'un air ennuyé. Puis il m'a enveloppée dans ma chemise en espérant que le lendemain, il n'y paraîtrait plus. Il lui fallait encore m'appliquer sur la bouche, le cou et les mains son mélange habituel de salive et de piki, presque aussi bleu que le cataplasme, et il m'a enfin laissée dormir.

Au matin, avec une bassine d'eau tiède, il m'a consciencieusement lavée : les traces de sang sur mon ventre et le bas de mon dos, le piki séché sur mes lèvres, mes épaules et mes mains. Alors que les autres jours, il avait examiné attentivement chaque plaie pour voir comment elle se refermait, cette fois-là il n'a pas regardé de trop près. À la place, il a simplement dit : « Il vaudrait mieux que tu rentres chez toi, maintenant. »

Je savais que ce moment viendrait et je m'y étais préparée – sans joie. Les mains de mon père de l'Ours noir étaient devenues quelque chose qui m'apaisait, me rassurait, que j'aimais avoir sur moi. Il allait désormais falloir s'en passer.

Pour faire mes adieux à Walpi, je suis d'abord retournée chez sa mère, ma grand-mère de l'Ours noir. Parce que son fils m'avait soignée, nous étions désormais bien plus liées qu'à mon arrivée. Une dernière fois, je lui ai demandé ce qui, entre elle et ma grand-mère de l'Ours gris, n'allait pas, mais elle n'a rien voulu dire. « À présent que tu es fille de notre clan, je peux simplement t'autoriser, t'encourager à aller la trouver. C'est à elle de t'expliquer ce qu'elle seule sait. »

J'ai donc commencé à faire le tour de ma famille de l'Ours gris. Depuis le temps que je logeais chez l'Ours noir, ma tante m'avait un peu oubliée. Sa vie de femme seule dans un clan isolé exigeait qu'elle assume un grand nombre de charges quotidiennes et c'est à une personne un peu fatiguée que j'ai dit au revoir ce jour-là. Chez mon frère, tout allait plutôt bien, même si derrière son masque de gaieté, je devinais un peu de tristesse dans le regard de sa femme. Était-ce mon départ ou le cours de la vie ? Mon frère, lui, se tenait prêt à me ramener à Oraibi, nous pouvions partir quand je le voulais. Je lui ai demandé s'il souhaitait venir avec moi chez la mère de notre père, mais il avait quelque chose de plus important à faire avant de quitter Walpi. Aussi me suis-je rendue seule chez ma grand-mère de l'Ours gris.

Après avoir appelé et passé ma tête à la porte, je l'ai trouvée assise à sa table les mains croisées, dans une attitude figée. La première chose qu'elle m'a dite, sans même me saluer, a été : « T'a-t-il bien soignée, au moins ? » Je marchais sans boiter, les brûlures n'étaient plus visibles, il lui suffisait de me regarder pour savoir. « Ils ne sont pas de l'Ours noir pour rien... Ces gens-là ont du pouvoir », a-t-elle murmuré sur un ton dont je ne saurais dire s'il était amer ou non.

« Grand-mère... » ai-je commencé. Il m'était difficile de parler. « Grand-mère... pourquoi ne te sens-tu pas des leurs ? » Elle est restée un long moment silencieuse, le regard fixé sur sa table. Puis elle a fini par parler : « Parce que je n'en suis pas, ma fille… Je ne suis pas de l'Ours noir, je ne suis pas de l'Ours gris, je ne suis de nulle part. Ma mère n'était pas d'ici et c'est seulement parce qu'un membre du clan de l'Ours gris, aujourd'hui éteint, m'a recueillie qu'on m'a dite de l'Ours gris. Aujourd'hui, plus personne ne s'en souvient, mais je me demande si ton père n'est pas parti si jeune du village justement parce que quelqu'un lui en avait fait la révélation. Ce n'était pas alors une grande infamie, il n'y avait pas de quoi en ressentir de honte démesurée, mais qui sait l'impact que cela a pu avoir sur un jeune homme qui se sentait investi d'un devoir spirituel fort au sein d'un clan important ? Ton père était fier à cette époque. Cela l'a-t-il blessé d'apprendre par quelqu'un d'autre que moi qu'il n'était pas à proprement parler du sang de l'Ours ? »

Comme elle n'avait toujours pas levé les yeux de sa table, je n'étais pas sûre qu'elle s'adressait à moi plus qu'à elle-même. Pour ne pas être indiscrète, j'ai répondu le plus doucement possible : « Je ne sais pas, grand-mère, je ne sais pas… » Elle a alors planté son regard dans le mien. C'était bien à moi qu'elle racontait cette histoire : « Pourtant, à ce moment-là, je n'avais rien à cacher. C'est juste que cette partie de ma vie ne me semblait pas mériter qu'on y revienne encore et encore. Comme si je portais malheur, la dernière femme du clan de l'Ours gris est morte l'année où elle m'a recueillie. C'est ensuite la sœur de son mari qui m'a prise chez elle et s'est occupée de moi, jusqu'à ce qu'elle meure elle aussi. Quand c'est arrivé, j'étais encore très jeune, je ne pouvais pas avoir d'enfants, mais je me suis quand même mise avec un homme. Il était du clan du Bois-Graisseux, alors en déclin également : sa mère venait de mourir, et il n'avait pas de sœur, pas de tante… Il s'est donc uni à moi, et nous sommes restés la famille de l'Ours gris. À cette époque, où mon mari et moi étions très discrets, nos rapports avec les membres du clan de l'Ours noir étaient distants, mais fraternels. Comme il n'y avait pas d'homme de notre côté, tout le pouvoir spirituel du clan leur revenait naturellement, sans que personne n'en tire aucune jalousie ou aucune vanité. Et puis je suis tombée enceinte pour la première fois. Au début tout se passait bien, mais au bout de quelques mois, j'étais devenue si faible que mon mari est allé quérir l'homme-médecine de l'Ours noir. Celui-ci est venu poser ses mains sur mon ventre et a dit : "Il y a là deux enfants… Tu as une petite santé, ils sont en train de se battre pour survivre. En pratiquant ce qu'on appelle le rite de l'antilope, dont les petits naissent souvent jumeaux, je peux tenter de les réunir en un seul et ils auront peut-être alors une chance de naître en bonne santé. Si on ne fait rien, tu risques de les perdre tous les deux…" Mon mari a demandé ce qu'il fallait faire pour obtenir un bébé antilope. Je ne sais pas ce que l'homme-médecine lui a répondu, mais mon mari a refusé. Sans doute parce qu'il y avait un risque que j'y perde la vie. Quelques semaines plus tard, j'ai donc donné naissance à deux fils, dont l'un était déjà mort depuis longtemps. L'autre était ton père. J'étais triste, mais mon mari encore plus, car il se sentait responsable de la mort de cet enfant. La femme-médecine du clan du Lézard qui m'avait aidée à accoucher nous a consolés en nous expliquant que lorsque de jeunes parents perdent un bébé, ce n'est pas pour longtemps. L'âme de l'enfant mort-né reste dans leur maison, en attendant la prochaine grossesse pour renaître. Seulement, je ne suis pas retombée enceinte avant plusieurs années. Mon mari, impatient, a commencé à avoir des soupçons. Selon lui, l'homme-médecine de l'Ours noir, avec son fort pouvoir, avait tout simplement essayé de voler la vie de nos deux fils pour préserver le pouvoir du clan de l'Ours noir. Il avait en partie échoué, mais maintenant il empêchait une nouvelle grossesse de se produire, pour ne pas voir arriver d'autres garçons dans notre maison. Or, c'est justement à ce moment-là que ma sœur de l'Ours noir que tu connais, après plusieurs années de mariage sans enfant, a eu un premier garçon. Pour mon mari, cet enfant était le nôtre, le jumeau mort-né de ton père. Il n'en a pas démordu, car après lui, nous n'avons plus eu ensemble d'autre enfant que ta tante.

— Ce fils de l'Ours noir est-il celui qui m'a soignée ?

— Oui, c'est lui, ma fille.

— Mais toi, qu'en penses-tu, grand-mère ? Cet homme est-il ton fils ?

— Après sa naissance, mon mari m'a interdit de fréquenter la famille de l'Ours noir. Pourtant, je m'entendais bien avec cette sœur lointaine... Mais j'ai respecté la volonté de mon mari, pour ne pas aviver sa tristesse ni sa culpabilité. Puis ma sœur et sa famille ont quitté le village de nombreuses années, pendant lesquelles j'ai eu ta tante. Quand ton grand-père est mort, peu après le départ de ton père, j'ai pris un second mari, avec qui j'ai eu une fille et un nouveau fils. Ton père les a à peine connus, car à son retour il a tout de suite épousé ta mère et vécu à Oraibi. À peu près au moment où j'ai eu ces deux autres enfants, ma sœur est revenue avec sa famille. Elle aussi avait eu un deuxième fils, ainsi qu'une fille. Mon premier mari mort, je suis enfin retournée la voir. L'aîné de ses enfants n'avait que trois ans de moins que ton père et, à cette époque, il en était le portrait craché. Où avait-il appris à fumer des feuilles de tabac de la même manière ? Moi qui n'avais jamais été trop convaincue par l'intuition et le chagrin de ton grand-père, je les ai ressentis violemment, et n'ai plus jamais voulu fréquenter ma sœur de l'Ours noir. Personne n'a jamais rien su de cet immense chagrin. Il n'appartient qu'à moi et au père de ton père, qui en est mort avant moi. Même mon second mari n'a jamais rien su de cette histoire, ni du fait que le deuxième fils qu'il m'a donné n'était pas exactement celui que j'attendais. J'ai aimé tous les enfants que j'ai eus, mais je reste avec l'idée et l'amertume que l'on m'en a enlevé un. »

Dans le silence retombé en même temps que le regard de ma grand-mère sur sa table, j'ai demandé : « Grand-mère, pourquoi me racontes-tu tout ça à moi, alors que tant d'autres dans le clan ne savent rien ? »

Ma grand-mère m'a alors regardée sans haine ni pitié, et m'a dit : « Parce que tu es celle qui a trahi. Aucun de mes autres enfants n'a jamais tissé de lien avec l'Ours noir, je le leur avais interdit. C'est peut-être pour ça, d'ailleurs, que ma fille la plus jeune et mon dernier garçon ont eux aussi quitté le village, comme ton père. Pour ne pas trahir.

— Mais moi je ne savais pas, grand-mère!

— Si, tu le savais. Tu le savais parce que ton père le savait. C'est passé de sa chair à la tienne. Je souhaitais que tout cela finisse par tomber dans l'oubli et que mon secret meure avec moi, mais il a fallu que les choses soient autrement. Je ne t'en veux pas. Et peut-être se peut-il que, par ton mal, tu aies réuni l'esprit des deux frères… Je ne sais pas. Malheureusement, ça n'enlève rien à mon chagrin et te voir me rappelle qu'en plus d'avoir perdu un enfant à la naissance, je n'ai pas su garder les autres près de moi. Aussi, je préférerais que tu t'en ailles. »

Les paroles de ma grand-mère étaient dures, mais une nouvelle voix en moi, dont je ne sais si c'était celle de Màasaw ou bien celle des jumeaux réunis, me disait de ne pas en être blessée. Ma grand-mère était une femme seule qu'il fallait laisser en paix. Au-delà de ce qu'elle avait bien voulu me confier, elle semblait avoir une vie à elle qu'on ne connaissait pas et dont il était vain de vouloir se mêler – un peu comme Grand-Mère Araignée. Je suis donc partie sans la remercier de m'avoir livré son secret, puisqu'il me coupait de toutes les branches du clan paternel : celle de l'Ours noir qui avait volé un fils, celle de l'Ours gris dont finalement nous n'étions pas. Ne restait pour moi que l'image de deux pères jumeaux séparés, et d'une fratrie lancée sur les chemins, répétant sans le savoir les migrations des anciens. Était-ce là le sens des séjours hors de chez soi et des voyages ?

Je suis allée passer une dernière nuit chez mon frère, avant de reprendre la route d'Oraibi. Pour remercier tous ceux qui m'avaient accueillie à Walpi, j'ai confectionné une dizaine de petits gâteaux de maïs. J'en ai porté quatre à ma tante, dont deux étaient pour ma grand-mère de l'Ours gris – mais celle-ci ne devait pas savoir qu'ils venaient de moi. Deux encore étaient pour ma grand-mère de l'Ours noir, dont je souhaitais qu'elle sache que chez elle je m'étais sentie libre – libre d'observer, libre de ne pas parler, libre d'être naïve. Deux encore étaient pour mon frère et sa femme, pour qui j'avais désormais une grande tendresse. Deux enfin étaient pour mon père de l'Ours noir, à qui je devais les porter en personne. Frappant chez lui à la nuit tombée, j'ai dit : « Voilà, père, je m'en vais demain.

— *Père*… a-t-il ricané. Une fille, une sœur, une femme, je ne sais pas qui tu es. La seule chose dont je suis sûr, c'est que tu fais bien de t'en aller. »

Je lui ai alors tendu les deux gâteaux de maïs, mais il a fait un signe pour les refuser : « Garde ça, je n'ai pas besoin d'être payé.

— C'est seulement une marque de tendresse. Ou de reconnaissance, si tu préfères.

— Je n'en veux pas, je ne sais pas quoi faire de ces choses-là. Garde-les pour un autre que moi. Te souviens-tu de ce que je t'ai dit la première fois qu'on s'est quittés ?

— Oui, tu m'as dit de me trouver un mari.

— Eh bien, je te le répète. Allez, va. »

Je me suis alors dirigée vers la porte pour sortir, mais me ravisant, je suis revenue sur mes pas : « J'allais oublier. J'ai moi aussi un message pour toi : Màasaw dit que ça ne sert à rien de fumer comme ça. » Mon père de l'Ours noir a souri. Une dernière fois, il a posé ses mains sur moi, et je suis partie pour de bon.

* 22 *

Le lendemain, mon frère et moi avons quitté Walpi avant le lever du soleil. En chemin, je lui ai demandé s'il nous amènerait bientôt sa femme à Oraibi. « Pourquoi ? a-t-il demandé.

— Eh bien, parce que j'aimerais la revoir, tiens !

— Et vous avez besoin de moi pour ça, les filles ? Vous me faites rigoler … »

Mahukisi avait raison. Si nous voulions nous fréquenter, nous n'avions pas besoin de lui, nous étions aussi libres de nos mouvements que lui l'était des siens. D'ailleurs, quand nous avons été bien avancés sur la Troisième Mesa, il s'est tourné vers moi : « Tu marches bien maintenant, non ? Tu devrais arriver chez nous à pied, pour leur montrer comme on a bien pris soin de toi à Walpi. » Je suis donc descendue de la carriole à Kykotsmovi, quelques kilomètres avant Oraibi, tandis que Mahukisi a bifurqué vers je ne sais où, pour aller voir je ne sais qui.

Comme à chacun de mes retours, mon cœur se remplissait de joie à la vue du relief particulier de la Troisième Mesa. À mesure que je m'approchais de notre village, l'horizon reprenait sa forme « exacte », celle que j'avais toujours connue, comme pour me dire : « Tu es d'ici, et de nulle part ailleurs. » Toutes les perspectives entrevues à Walpi étaient en train de s'évanouir devant celles-ci, quand j'ai aperçu quelque chose d'inhabituel sur le chemin. Une simple silhouette, mais qui n'aurait pas dû se trouver là, à l'écart de la grande route.

Elle se tenait immobile près d'un rocher et, dans la lumière rasante du début de matinée, paraissait démesurée. J'ai craint un instant d'être à nouveau en présence de Màasaw. Même si je ne gardais pas un mauvais souvenir de mon séjour près de lui, je ne tenais pas à le recommencer. Aussi me suis-je d'abord tenue à distance.

Puis la silhouette s'est mise en mouvement, montrant un corps souple sous une tête bien proportionnée – il ne pouvait s'agir du Gardien des morts. J'ai donc continué mon chemin en sa direction, et c'est alors que j'ai découvert un homme. Mais grand... si grand ! Et vêtu de manière si étrange. Il portait une sorte de longue veste fendue dans le dos, dont l'étoffe sombre et épaisse contrastait avec les deux colonnes fluides et blanches de son pantalon. En haut, son cou jaillissait littéralement d'un col relevé, pour donner naissance à un visage filiforme, d'une pâleur effrayante. Ses yeux et son front étaient cachés par la visière noire d'une espèce de casquette blanche, mais je pouvais voir ses lèvres brunes, serrées autour d'un petit bâton fumant.

Comme j'arrivais à sa hauteur, l'homme m'a saluée en portant une main à sa tête. J'ai alors remarqué l'anneau à son oreille et les grandes pattes noires qui couraient sur ses joues. Il aurait pu être beau, mais le pauvre était si pâle… Je lui ai demandé s'il était perdu, s'il cherchait quelque chose. Il a fait non de la tête, en baragouinant quelques mots à propos du soleil. Je ne comprenais pas bien ce qu'il disait, mais il semblait savoir ce qu'il faisait là. J'ai donc continué ma route.

Quand je suis arrivée chez nous, ma mère était là, avec deux de ses sœurs. Toutes les trois ont crié de joie en me voyant dans l'encadrement de la porte et ma mère s'est précipitée sur moi. Elle voulait me toucher les hanches, le dos et les cuisses, pour vérifier que tout allait bien. « Assieds-toi, assieds-toi », disait-elle. Quand j'ai été assise, elle a fait rouler mes jambes entre ses bras. Elle riait.

« Tout le monde ici a tant prié pour ton retour en bonne santé… » Elle pleurait presque à présent. « Nous recevions de toi des nouvelles alarmantes. Personne ne savait dire de quoi te soignait l'homme-médecine, ni quand il te rendrait à ton frère et à nous. Quelqu'un a même insinué que le clan de l'Ours était en train de prendre ta vie ! Plusieurs fois, j'ai voulu venir te chercher, mais chaque fois notre chef m'a convaincue de faire confiance au clan de ton père. Avait-il raison ? Reviens-tu guérie ? »

Il m'était difficile de l'affirmer, mais au moins étais-je sur mes deux jambes. « Tu devrais aller montrer ça aux hommes, a suggéré l'une des sœurs de ma mère. Pendant que tu n'étais pas là, ton grand-père, tes oncles et même Patangwupööqa ont tous déposé des pahos dans ta pièce à chats. Ils en ont également porté à la sortie du village, en direction de la Première Mesa, pour que la force des esprits de chez nous t'y rejoigne. Ils seront heureux de te voir sur pied. » Je devinais qu'au-delà du souci qu'on s'était fait pour moi, ma guérison était un soulagement pour tout le clan. Une fois de plus, cela chassait le soupçon de sorcellerie ou de mauvais agissements que chaque nouvelle maladie faisait peser sur notre famille. Aux prochaines cérémonies, les hommes du Papillon pourraient prier sereinement, le cœur libéré de toute crainte, et cela certainement serait bon pour les récoltes.

J'ai ainsi passé la fin de la journée à montrer ma bonne santé partout, jusqu'à ce que mon frère arrive et détourne un peu l'attention. Cela m'allait très bien, car j'étais lasse de faire des ronds de hanches et des tours sur moi-même. Il fallait maintenant préparer un bon repas et nous manquions d'eau, je suis allée en chercher. À la source en bas du village, je suis à nouveau tombée sur l'homme pâle. Il flânait un demi-sourire aux lèvres, je ne l'ai pas dérangé.

Le soir venu, alors que tout le clan du Papillon était réuni chez nous, ainsi que quelques amis, j'ai eu la surprise de voir entrer l'étranger dans notre maison. J'ai demandé à Patangwupööqa ce qu'il faisait là. « Tu connais ta mère… m'a-t-il répondu. Cet homme est arrivé au village il y a quelques jours. Il dit qu'il est en route vers le sud, pour un pays dont on ne reconnaît pas le nom, mais il cherche à voir ici une inclinaison particulière du soleil.

Comme personne ne savait quoi en faire, les gens du village l'ont envoyé chez nous, et ta mère l'a accueilli. Voilà quatre jours qu'il dort dans ta pièce à chats. »

Maintenant assis parmi nous, l'homme blanc ne parlait pas, mais attirait l'attention de tous les convives. Même ceux qui étaient habitués à ce que ma mère accueille n'importe quel étranger le regardaient avec un mélange de curiosité et de méfiance. D'où pouvait venir un être aussi pâle et habillé de si curieuse manière ? Notre hôte n'avait pas l'air de s'en préoccuper. Il mangeait de bon appétit, souriait à tous ceux qui le regardaient franchement, et ignorait les regards torves des autres.

Moi, sa présence me plaisait. Profitant du fait que j'étais de la maison, je me suis installée près de lui. Il connaissait quelques mots de notre langue, mais parlait surtout celle que nous avait apprise la mère de mon amie Taalawsohu et qu'utilisent, paraît-il, un grand nombre de gens loin d'ici. Grâce à ce que j'avais retenu de ces leçons, je pouvais communiquer avec lui. Il racontait qu'il avait traversé la mer pour arriver jusque-là. L'île de laquelle il venait s'appelait *Europe*. Je lui ai demandé si là-bas tous les gens étaient habillés comme lui, mais il m'a fait signe que non. Les vêtements qu'il portait étaient plutôt ce qui lui restait de son séjour dans la *Marine*. D'après ce que j'ai compris, la Marine est une patrie flottante, à laquelle appartiennent tous les hommes qui voyagent sur la mer.

Comme je n'avais jamais vu la mer, j'ai voulu que l'étranger me la décrive. Il a réfléchi un peu, et m'a demandé d'imaginer un désert qui ne serait pas fait de sable, mais d'eau en mouvement, à perte de vue. Comme dans les étendues arides, plus on s'enfonce dans la mer, moins l'on y rencontre de monde. De temps en temps, un homme s'y aventure seul, mais c'est rare. Le plus souvent, on y va à plusieurs, rassemblés sur de grosses coques que l'on appelle *bateaux*, *navires* ou *vaisseaux*. Les plus importants peuvent avoir la taille d'une mesa. Comme sur nos plateaux, les hommes se tiennent alors au sommet, l'œil fixé sur l'horizon. Il y a toujours un chef parmi eux, à qui il faut remettre sa vie. Lui seul décide ce qui est bon pour les autres, parce qu'il sait. Il arrive qu'il se trompe et que le bateau sombre, on ne sait alors plus rien de ceux qui étaient dessus. Car si la surface de la mer est quasiment déserte, il existe en dessous une vie nombreuse et très diverse, qui reste encore très mystérieuse.

Cette description m'enthousiasmait, et j'avais soudain envie de voir la mer ! Tout en étant foncièrement différent de notre monde, ça semblait s'en rapprocher par certains aspects. Je tentais d'expliquer à l'étranger que sous notre terre également se tenait une vie nombreuse et diverse, mais tandis que je mêlais des gestes à la parole pour bien me faire comprendre, me voyant en si vive conversation avec l'étranger, le mari de l'une des sœurs de ma mère m'a interrompue pour évoquer Pahana, notre frère blanc disparu. Comme il était du clan du Feu, celui qui connaissait le mieux cette histoire, tout le monde s'est tu pour l'écouter.

Voici ce qu'il avait à dire : Pahana avait émergé du Troisième au Quatrième Monde en même temps que nos ancêtres. Tandis que notre peuple avait effectué ses longues migrations sur le continent, lui était parti à l'est en emportant la moitié d'une tablette dont l'autre bout est toujours détenu par le clan du Feu. Nous savons que ce frère blanc reparaîtra un jour, et que le moment d'émerger vers le Cinquième Monde sera alors venu. Mais en attendant, l'expérience nous a appris à nous méfier... Plusieurs hommes blancs sont déjà venus sur notre territoire et aucun n'y a dispensé les bienfaits qu'il promettait. Les uns ont apporté la guerre, d'autres des valeurs qui n'étaient pas les nôtres, et tous ont prétendu délivrer une vérité qui s'est avérée dangereuse pour notre peuple. Les plus naïfs ont débarqué avec un bout de caillou en prétendant qu'il s'agissait de la moitié manquante de la tablette détenue par le clan du Feu depuis l'Émergence – prenant ainsi les Hopis pour des idiots –, les plus fourbes ont prétexté vouloir prendre exemple sur nous, « étudier » nos rites et nos pratiques, pour finalement nous extorquer nos secrets et mettre en péril l'harmonie qui règne entre nos clans. Aussi était-il sans doute plus prudent de se garder de tout échange trop poussé avec notre hôte, qui appartenait à un peuple dont il ne fallait rien attendre de bon... Voilà où le mari de la sœur de ma mère voulait en venir.

La plupart des hommes étaient d'accord avec lui et ont exprimé le souhait que je me tienne dans une plus grande réserve vis-à-vis de l'étranger. Ma mère comprenait leur point de vue mais, piquée au vif par la méfiance dont on faisait preuve à l'égard de son hôte, elle a quand même demandé à ce qu'on s'enquière poliment de ce qu'il était venu faire chez nous avant de le juger. Réunis sous son toit, les hommes pouvaient difficilement rejeter sa demande. Puisque je parlais un peu sa langue, c'est moi qui ai été chargée d'interroger l'étranger sur les raisons de sa présence sur nos plateaux. Ayant saisi la teneur de nos échanges, il a déclaré être un simple voyageur en quête de vérités qui ne concernaient pas notre peuple. Il était sur la trace d'une civilisation ancienne en lien avec les Mayas et n'était ici que de passage. Fatigué par la longue route qu'il avait faite, il n'aspirait ici qu'à quelques jours de repos, mais il pouvait s'en aller tout de suite si c'était ce que les hommes souhaitaient.

Surveillés du coin de l'œil par ma mère, mes oncles ont fait semblant d'être satisfaits de cette réponse et se sont résignés à souhaiter la bienvenue à l'étranger. Le père de ma mère, toujours plus fin que les autres, a précisé qu'une danse sociale se tiendrait dans trois jours, à laquelle notre hôte était convié. Viendrait ensuite certainement pour lui le moment de nous quitter, et alors tout le monde n'aurait qu'à se féliciter de ce séjour amical.

Dès lors, j'ai pu m'entretenir librement avec l'étranger sans que personne ne trouve à y redire, et lui montrer tous les endroits non-sacrés de notre territoire. C'était pour moi l'occasion de renouer avec les chemins de la Troisième Mesa. J'avais proposé à mon amie Taalawsohu, qui parlait aussi la langue lointaine, de se joindre à nous mais, intimidée par ce grand échassier, elle avait refusé. J'étais fière d'avoir un ami particulier.

Durant nos longues promenades, je marchais toujours devant, tâchant d'expliquer tout ce qui pouvait l'être. N'ayant pas le droit de parler des sanctuaires, du chemin des esprits autour de notre village ni de la route qu'empruntaient les hommes pour leurs processions, je lui faisais faire mon petit pèlerinage personnel : les terres cultivées par ma famille, celles où nos frères du Blaireau capturaient les aigles pour nos deux clans, les chemins que j'empruntais jadis avec mon père. Ces derniers étaient inépuisables, et le fait d'y conduire quelqu'un me déliait la langue. Je racontais à l'étranger toutes les fois où mon père, par distraction, m'avait perdue, jusqu'où il me fallait cavaler pour le retrouver, les endroits encore où ensemble nous avions observé les aigles, les faucons, les serpents.

Racontant cela, je m'apercevais que je n'avais jamais partagé ces souvenirs avec quiconque. L'interdit exprimé un jour par ma grand-mère Honahöhöqya, selon lequel il ne fallait pas évoquer les morts sous peine de les retenir prisonniers, avait si bien pesé sur moi que je n'avais jamais libéré la petite musique qui était entrée en moi sur ces chemins. Et Màasaw avait raison, dès le premier jour de la mort de mon père, elle avait continué de jouer en moi, sans jamais s'interrompre ensuite, sous la forme d'un souffle, d'un chant silencieux mais permanent. Maintenant que j'avais vu mon père dans l'autre monde, maintenant que je savais qu'il vivait une autre vie avec sa femme navajo et ses trois fils, je me sentais libre d'évoquer des souvenirs qui, désormais, n'appartenaient qu'à moi. Et le fait de les dire dans une langue étrangère me laissait sans peur ni culpabilité.

Ce pèlerinage a duré trois jours entiers, au cours desquels l'étranger s'est tenu dans une réserve bienveillante. Au matin du quatrième jour, alors qu'il souriait toujours du même air distant en regardant l'endroit où, après sa mort, j'étais venue planter les haricots que mon père m'avait confiés lors de notre dernière promenade, je me suis quand même demandé s'il comprenait bien tout ce que je lui disais. Je lui ai posé franchement la question, et il m'a répondu d'un ton très doux qu'en effet, même s'il lui était agréable de m'écouter, il n'entendait pas grand-chose à la langue que je parlais spécialement pour lui. C'était comme un pépiement qui rythmait plaisamment les journées que nous passions ensemble sur les mesas, mais depuis le début il n'avait pas saisi le quart de ce que je lui avais raconté ! Cet aveu aurait pu me vexer, mais il était fait avec tant de délicatesse que ça m'a plutôt amusée, confirmant mon sentiment de la petite musique qui existait sur ces chemins. Aussi avons-nous simplement cherché un moyen plus sûr de nous comprendre.

Après plusieurs tentatives, nous avons fini par adopter un mélange de la langue des étrangers que je croyais connaître, de langage des signes et de mots anciens – ceux-là mêmes dont mon père de l'Ours noir s'était servi pour parler à Màasaw et qui composent aussi nos chants sacrés. Quand j'ai demandé à l'étranger où il avait appris ces mots-là, il m'a répondu : « En rêve, je crois. » Puis à son tour, il s'est lancé dans un récit dont j'ai eu du mal à saisir tous les détails. J'ai compris qu'une fois, durant son sommeil, il avait été entraîné dans des profondeurs sous-marines inconnues, où il était tombé sur des peintures anciennes en parfait état de conservation. À la faveur des courants et de son propre passage, les figures s'étaient animées et lui avaient livré de nombreux secrets sur les civilisations passées, présentes et à venir. La langue dans laquelle elles s'exprimaient lui avait semblé à mi-chemin entre l'aztèque et le maya. Selon ces figures bavardes qui parlaient toutes en même temps, chaque société possédait une façon de se mettre en contact avec d'autres mondes – par le chant, la prière, la danse, la peinture… Les bouches peintes piaillaient une multitude d'exemples de peuples entrés en contact alors même qu'ils ne partageaient ni le même espace ni la même époque. L'étranger, au retour de sa plongée, en avait conclu qu'il existait sûrement quelque part une grande marmite dans laquelle baignaient tous les peuples et toutes les civilisations. Et que c'était peut-être cette marmite qu'il avait atteinte en rêve ce jour-là.

Il me semblait que mon voyage dans la Maison des morts avait quelque chose à voir avec ça. « Est-ce que les figures t'ont parlé du monde d'en dessous et de Màasaw ? ai-je demandé.

— Màasaw… Màasaw… a répété l'étranger. Ce nom me dit quelque chose. Je ne sais pas pourquoi, il m'évoque un dieu à longue queue, qui fait peur aux enfants.

— C'est lui ! me suis-je écriée. Et l'on raconte qu'un jour, lassé de leurs cris, il a coupé sa queue en mille morceaux pour les jeter dans la mer.

— Et c'est bien sûr là l'origine des poissons, s'est amusé l'étranger. Je ne sais plus si je tiens cette histoire d'un marin ou des figures peintes… Mais pourquoi me parles-tu de ce dieu ?

— Parce que je l'ai rencontré, bien qu'il n'appartienne pas à notre monde.

— Comment ça ?

— Eh bien, au cours d'un voyage, si l'on peut dire. J'étais malade, je ne pouvais plus bouger, et un homme-médecine du clan de mon père m'a soignée en m'envoyant auprès de Màasaw.

— Les hommes-médecine ont le pouvoir d'envoyer directement les Hopis à la rencontre de leurs dieux ?

— Hmm, pas vraiment. En fait, dans mon cas, cela n'était possible que parce que Màasaw se trouvait déjà en moi. C'est même pour le chasser de là que mon père de l'Ours noir m'a fait entrer en contact avec lui.

— Je vois...

— Normalement, je n'aurais pas dû le suivre jusqu'à la Maison des morts dont il est le gardien, mais une force irrésistible m'y poussait. Là-bas, j'ai pu voir mon père dans sa nouvelle vie, celle où je ne suis plus rien pour lui, et je suis remontée – quasi indemne. Aussi, je comprends ce que t'ont dit les figures. Moi, ce sont les prières de mon père de l'Ours noir qui m'ont permis d'entrer en contact avec l'autre monde – et d'en revenir. »

L'étranger a hoché la tête, puis nous sommes restés silencieux un long moment. Quand je me suis aperçue que le soleil était arrivé à son zénith, nous avons repris le chemin du village, car la première danse sociale devait avoir lieu le lendemain et je devais encore aider ma mère et ses sœurs à préparer les masques et les habits. En marchant, j'ai eu le sentiment étrange de laisser quelque chose d'intime à l'endroit que nous venions de quitter – sans savoir exactement quoi.

Ce n'est que le soir venu, alors que j'accrochais les pousses de genévrier aux bracelets des hommes, qu'une image de la journée a ressurgi dans mon esprit. Pendant que l'étranger et moi avions évoqué les autres mondes, mon regard s'était posé près du rocher où nous étions assis. La chose qui avait attiré mon attention était minuscule, m'avait alors parue impossible, mais me revenait maintenant avec précision et évidence. Je n'ai pas pu attendre le lendemain pour en avoir le cœur net et, une fois les préparatifs achevés, j'ai refait le chemin parcouru le matin avec l'étranger.

Powamuy était passé depuis longtemps, mais les nuits étaient encore fraîches, comme à l'époque où, peu de temps après la mort de mon père, j'étais partie enterrer les haricots, en demandant aux esprits soit de me rendre mon père en même temps que sortiraient les nouvelles pousses, soit de les garder profondément en terre en même temps que mon chagrin et celui de ma mère. Les haricots, évidemment, n'étaient jamais sortis, probablement figés par le froid de ces nuits-là. J'en avais donc conclu que tout chagrin était enterré là pour toujours.

Quand je suis arrivée au rocher cette nuit-là, la lune venait de sortir de derrière les nuages. Je me suis mise à quatre pattes et ce que j'ai vu était à peine croyable : il y avait bien là, à l'endroit où je les avais plantés des années auparavant, de minuscules haricots en train de sortir. Rien d'autre ne poussait alentour, mais il semble qu'une plaque de neige déposée un peu plus haut, en fondant régulièrement chaque jour, alimentait un imperceptible filet d'eau qui nourrissait ces survivants-là.

Bien entendu, je savais que les esprits, en permettant ce miracle, n'étaient pas en train de me rendre mon père. En revanche, j'avais du mal à ne pas croire que mon père, lui-même devenu esprit, en faisant neiger régulièrement sur les haricots qu'il m'avait jadis confiés, n'était pas en train de me dire au revoir, avant de quitter définitivement le Quatrième Monde où je l'avais retenu prisonnier si longtemps. Avec lui, c'était mon chagrin qui, comme les pousses de haricots, était en train de s'échapper des profondeurs où je l'avais enfoui.

À moins qu'il ne s'agisse effectivement d'un miracle accompli par les esprits, pour me faire savoir que l'équilibre entre les deux mondes était enfin rétabli. À ma sortie de la Maison des morts, Grand-Mère Araignée ne m'avait pas raconté l'histoire des Jumeaux par hasard. Maintenant que je connaissais l'existence du jumeau perdu de mon père, que j'avais été soignée par celui qui était peut-être né à sa place dans le clan de l'Ours noir, je pouvais me libérer de cette histoire, de ce secret qui avait obligé mon père, en son temps, à être les deux pôles à la fois : celui qui gronde plutôt qu'il ne parle pour maintenir la vibration de vie, et celui qui arpente la Terre-Mère pour solidifier le monde.

Cette nuit-là, sur le chemin du retour, je me suis dit que les jumeaux avaient maintenant un autre visage. Mon père de l'Ours noir était celui dont la voix avait vibré pour me ramener à la vie et l'étranger voyageur fumant les mêmes petits bâtons que mon père allait être celui par qui le monde se solidifie. Grâce à lui, j'avais envie de voir comment était faite la terre au-delà des mesas. Mon père avait vu beaucoup de choses sans jamais rien en dire, j'avais désormais le désir de me faire ma propre idée du monde. Je voulais voir la mer où Màasaw avait jeté les petits bouts de sa queue devenus poissons. Je voulais moi aussi effectuer les quatre grandes migrations. Cette nuit-là, j'ai décidé de partir, de quitter mon village et la Troisième Mesa.

En rentrant chez nous, j'ai préparé mes affaires, dormi quelques heures et, juste avant la danse du lendemain midi, j'ai dit au revoir à ma mère. Sa première réaction a été de me dire que les femmes n'avaient pas besoin de parcourir le monde : « Tout ce qui t'appartient est ici, Tayatitaawa. » Puis repensant à mon père et à Honahöhöqya, elle a compris qu'elle ne pourrait pas m'empêcher de partir. Elle espérait seulement qu'en temps voulu, je saurais revenir.

Avant le soir, je quittais le village par l'ouest, en compagnie de l'étranger. Je ne lui avais pas demandé la permission de le suivre, il ne m'avait pas empêchée de le faire. Pensant que je le raccompagnais simplement aux portes de nos terres, des filles du village, parmi lesquelles mon amie Taalawsohu, ont crié dans notre langue : « Allez, ne sois pas triste, l'un de chez nous fera aussi bien l'affaire ! » J'ai souri à leurs plaisanteries et cela a semblé leur faire plaisir. Elles pensaient que j'étais enfin mûre pour me chercher un mari – ignorant que je partais pour une quête bien plus vaste.

* FIN *

* CAHIER DE PHOTOGRAPHIES *

La sélection ci-après reproduit des photographies prises à Oraibi et ses environs, principalement autour de 1900.

Page 275 : *Femme préparant du maïs.* James, George Wharton. 1898. | Page 276-277 : *Membres de la société de l'antilope devant leur kiva, durant la danse du serpent.* James, George Wharton. Vers 1896. | Page 278 : *Koch-i-vent-i-wa.* James, George Wharton. Vers 1896. | Page 279 : *Portrait d'un vieil homme.* James, George Wharton. 1898. | Page 280-281 : *Maisons.* James, George Wharton. 1898. | Page 282-283 : *Enfants jouant dans une grande mare formée par la pluie.* Pierce, C.C. (Charles C.). Vers 1900. | Page 284-285 : *Membres de la société de l'antilope dans leur kiva.* Pierce, C.C. (Charles C.). Vers 1900. | Page 286-287 : *Jeune garçon jouant avec un arc.* Pierce, C.C. (Charles C.). Vers 1901. | Page 288 : *Famille hopi.* James, George Wharton. Vers 1898. | Page 289 : *Jeune femme.* Pierce, C.C. (Charles C.). Vers 1901. | Page 290-291 : *Hopi surveillant une course de la société de l'antilope.* James, George Wharton. Vers 1896. | Page 292 : *Famille hopi.* Pierce, C.C. (Charles C.), 1861-1946; James, George Wharton. Vers 1901. | Page 293 : *Femme.* Pierce, C.C. (Charles C.), 1861-1946; James, George Wharton. Vers 1901. | Page 294-295 : *Danse de femmes.* 1879. © National Archives and Records Administration. | Page 296-297 : *Intérieur d'une maison.* James, George Wharton. Vers 1900. | Page 298-299 : *Oraibi.* John K. Hillers. Entre 1871 et 1907. © National Archives and Records Administration. | Page 300-301 : *Champ près d'Oraibi.* Vers 1899. | Page 302 : *Autel.* James, George Wharton. Vers 1898.

92

ACHEVÉ D'IMPRIMER

« Je souhaitais que tout cela finisse par tomber dans l'oubli et que mon secret meure avec moi, mais il a fallu que les choses soient autrement. »

Ce livre a été imprimé au mois de janvier 2017 par
les douces imprimeries Corlet, en Normandie.
Merci à elles. L'auteur remercie également
le Centre National du Livre pour son soutien.
ISBN : 978-2-37055-101-6.
Dépôt légal : été 2016.
Numéro d'imprimeur : 187542.